读客

读客科幻文库

跟着读客读科幻，经典科幻全看遍。

毛毛星球

[美] 约翰·斯卡尔齐 著　　万昱 译

FUZZY NATION

JOHN SCALZI

江苏凤凰文艺出版社
JIANGSU PHOENIX LITERATURE AND
ART PUBLISHING, LTD

谨以《毛毛星球》献给下列诸位：

玛丽·罗宾尼特·科沃尔，我的挚友，也是出色的作家；

伊森·艾伦伯格，他做了我们事先没有预料到的大量工作，这本书才得以诞生，他的努力至关重要，衷心感谢；

我还想对H.比姆·皮普致以深深的感谢，他对本书的贡献显而易见。

目 录

第 01 章	炸药，狗狗的好玩具	001
第 02 章	意外的收获	011
第 03 章	初遇毛毛	020
第 04 章	毛茸茸的麻烦	028
第 05 章	微妙的再会	038
第 06 章	1 兆巨款	048
第 07 章	危险！小毛球入侵！	060
第 08 章	毛毛家族的好管家	070
第 09 章	从 3.5 亿到 8216 块	083
第 10 章	毛茸茸的外星“人”？	097

第 11 章	速龙的美味点心——我	108
第 12 章	算有遗策	121
第 13 章	毛茸茸的闹剧	133
第 14 章	送上门的贿赂	152
第 15 章	培根，肉类之王！	165
第 16 章	虚伪的听证会	173
第 17 章	听！毛毛在唱歌	186
第 18 章	外星语言学家	196
第 19 章	灭绝的标记	206

第 20 章　废墟中的毛毛　222
第 21 章　前律师的布局　236
第 22 章　价值六千亿的教训　248
第 23 章　斑斑的复仇　265
第 24 章　不可能的证人　276
第 25 章　听不见的哭泣　289
第 26 章　滚出我的星球，人渣！　302
尾　声　毛毛星球　315
致　谢　323

第 01 章

炸药，狗狗的好玩具

杰克·哈洛威把飞船设定为悬停模式，转过他的旋转椅，看着卡尔，沮丧地摇着头。

“真不敢相信我们还得再重做一遍，”哈洛威说，“不是我不看重你，不把你看作好拍档，卡尔。我看重你，真的。但你真让我觉得，有些事不管怎么说你都不明白。这事我们都来过多少遍了？十二遍？二十四遍？但每次我们一到这儿，你就像把我教的所有事都忘了，真让人沮丧啊。告诉我你明白我现在说的话。”

卡尔抬眼望向哈洛威，吠了一声。它是条狗。

“好吧，”哈洛威说，“也许这次能行。”他从下面的储物箱里挖出一坨灰泥拢在一只手里。“这是声波爆炸泥。我们拿它怎么办来着？”

卡尔昂起了头。

“拜托，卡尔，”哈洛威说，“这可是我教你的第一件事。我们把它粘到悬崖侧面的关键位置上，就像我今天干过的那样。你记得的，当时你也在。”他指向“卡尔的悬崖”，高耸的巨石拔地而起，足有两百米，地表大体有植被覆盖，隐约可见地质风貌。而卡尔的眼睛一直没离开哈洛威的手指，显然，比起主人以它命名的悬崖来，它对手指更感兴趣。

哈洛威放下灰泥，又捡起另一件更小的东西。“这是遥控爆炸雷管，”他说，“我们把它粘到声波爆炸泥上，这样引爆的时候，我们就不需要留在爆炸泥附近了。因为会有‘砰’。我们对‘砰’什么感觉啊，卡尔？”

卡尔的狗脸上显出担忧的神情。“砰”这个字它知道，卡尔可不喜欢“砰”。

“这就对了。”哈洛威说。他放下爆炸雷管，放得离爆炸泥远远的，确保雷管的接收器没有激活。他拿起来第三样东西。

“而这个呢，是遥控引爆器，”哈洛威说，“还记得这个吧，卡尔？”

卡尔吠叫起来。

“什么意思，卡尔？”哈洛威说，“你想引爆声控爆炸泥？”

卡尔又叫了一声。

“我说不好，”哈洛威迟疑地说，“技术上来说，让非智慧物种去引爆炸弹违反扎拉图斯特拉公司的安全工作守则啊。”

卡尔凑上前去一边呜呜叫一边舔哈洛威的脸，像在说：让我去嘛，嗷，就让我去嘛。

“好吧。”哈洛威说着，挥开卡尔，“但没有下次了。你得先掌握这份工作的所有基本要求才行。可不许再吊儿郎当，把所有脏活累活都推给我。我只干监工的活儿。明白了吗？”

卡尔又吠了一声，退后了几步，尾巴摇来摇去。它知道接下来要干什么了。

哈洛威低头看向引爆器的显示操作屏，这是从他今天安好火药后第三遍检查了，他得确保引爆器和埋在炸泥里的雷管连接无误。他对所有系统自动弹出的安全问题都按下“确认”，等系统确认引爆器的地理方位，确保他们千真万确安全地处于爆破范围之外。这些安全问题是可以设置为“忽略”，但得黑了系统，要花不少工夫。不管怎么说，哈洛威可啥时都不想把自己给炸了，卡尔也真不喜欢“砰”。

火药到位，引爆器如此显示，即时引爆请按显示屏。

“好嘞。”哈洛威说着，把引爆器放在他和卡尔之间的飞行舱地板上。卡尔期待地仰着头。

“再等等。”哈洛威转过座椅面对悬崖。他能听到卡尔的尾巴兴奋地拍打着笼子。

“等等。”哈洛威又说了一遍，然后试着检视他早前在悬崖上钻好的那些孔，他用飞船当操作平台，把炸泥小心地填进钻好的孔里。

卡尔低低地呜咽了一声。

“开火！”哈洛威喊。然后听到狗爪子朝前爬动了。

悬崖由四点向外炸开，岩石和尘土飞散，植被飞旋出好几米。在悬崖表面植被上筑巢的鸟儿们（或者说当地类似于鸟的飞行生物）被爆炸的响动和喷发惊得飞起。悬崖的正面随即暗下来了。数秒之后，紧凑的四声闷响划破空气传到飞船座舱，哈洛威和卡尔终于听到了爆炸的声音——声音挺大，但没有卡尔担心的“砰”。

哈洛威朝他右边的信息面板看去，声波成像程序启动运行。他布置在悬崖周围的声波探头正向成像程序输送原始数据，而成像程序则通过整理收集数据来呈现悬崖内部结构的三维示意图。

“完事了。”他说，又转回来看卡尔，卡尔的爪子还搭在引爆器上，舌头耷拉在嘴巴外面。

“好孩子！”哈洛威说着，在储物箱里翻了翻，掏出一根扎拉速龙骨头，沉甸甸还带着肉。他拆开包装纸，把骨头扔给卡尔，卡尔欢快地扑了上去。约定是这样的：按下引爆器，奖一块肉骨头。为了让卡尔正确地按下引爆器，哈洛威可是试了好多次，幸好努力最终没有白费。反正卡尔得跟着来勘探，不如让它派上点用场，哪怕逗个乐也好。

眼下，让一条狗去搞爆破，还真是违反扎拉图斯特公司安全工作守则了。但哈洛威和卡尔干活没人看着，离扎拉集团在本星球的当地总部几百公里远，地球上的集团总部更在178光年以外；还有，严格来说他并不是扎拉集团的雇员，他只是个合同工，在扎拉23号上的每一个采矿员/勘探员也都是这样，他们拿的工资更低。

哈洛威垂下手，怜爱地揉了揉卡尔的脑袋。卡尔啃肉骨头太投入了，完全忽视了他。

从哈洛威的信息面板传来一声紧急警报。他拿起来一看，大量数据突然从他们的带宽灌进来了。

一阵低沉的轰隆声笼住了飞艇的座舱，而且越来越响。卡尔的视线从骨头上移开，开始呜呜哀叫。这声音太像"砰"了，真可怕。

哈洛威抬头一看，漫天的尘土从悬崖一侧猛地升起，形成巨大的灰柱，挡住了其后的一切。

"见鬼！"他自言自语。他心里一沉，有种糟透了的感觉。

几分钟后，尘土散去了一些，他心里沉重、糟糕的感觉更强烈了。透过模糊的尘雾，哈洛威看到悬崖的一部分坍塌了，坍塌的边缘大致就在他放炸药的地方。突兀的地质纹路暴露在外，取代了原本的植被。鸟儿们来回疾飞，寻找它们的巢穴，残余的山体在它们之下好几百米，坍塌落下的泥石搅浑了山脚的河流，连河道都变样了。

“见鬼！”哈洛威又说了一遍，伸手去够他的双筒望远镜。

他刚刚把悬崖炸坍塌了，扎拉集团要气坏了。最近几年，扎拉集团正试着努力挽回他们在公众心目中长期以来肆无忌惮破坏自然的恶劣公共形象——这形象实至名归，归功于他们在好几个作业的星球上肆无忌惮地破坏自然。公众不再相信无生命居住的星球比有生命居住的星球的生态耐受性更高这套说辞，也不相信这些星球的生态系统能够在扎拉集团离开之后很快地恢复生态平衡。在他们看来，露天剥采就是露天剥采，管你开采的是宾夕法尼亚还是扎拉23号上的山脉。

面对来势汹汹的公众不满，谴责他公司的生态作业规范（或者说缺乏生态作业规范），威顿·奥布里六世，扎拉图斯特拉集团的主席和首席执行官说“行了”，下命令让扎拉集团以及下属所有企业按照殖民星环境保护局[1]提出的生态保护准则来进行作业。这样做奥布里其实没什么损失。他对他公司登陆的各种星球的生态都谈不上友好，但扎拉集团和殖民星管理局签定的探测和开发协定里列明，如果公司遵守CEPA的准则，只要实际商业成本比一个微不足道的发展成本基准线高，就能享受税务优惠。这个基准线是几十年前定下的，那时候没人关心他们从未真正踏足的那些世界的生态环境遭到破坏。

扎拉集团这套全新的“生态最优”表面功夫，其实倒让公司

---

1 殖民星环境保护局（Colonial Environmental Protection Agency），下文缩写为CEPA。——编者注（文中注释如无特殊说明，均为编者注）

的税赋降到了近乎于零。此招甚妙，像扎拉集团这种大公司，它的规模和收入对移民星管理局来说，都是非同小可的。

但这也意味着一切让扎拉集团最新生态友好活动蒙尘的事件将受到最严厉的审视。比如说，炸飞一整面悬崖壁。本来用声波炸药是为了减少地质勘探造成的破坏，哈洛威不是存心想让半座悬崖塌下来，但鉴于扎拉集团恶名远扬，要让人相信这是无心之失可不容易。哈洛威以前也对规章制度打打擦边球，总是侥幸混过去了。但现在这事，是那种能把哈洛威从这星球上开出去的大事。

除非——

“快点，快点啊。”哈洛威念叨，还举着望远镜张望。他在等尘雾再沉下去点，细节可以看得更清楚。

哈洛威信息面板上的通讯线路狂闪了起来，显示通话人是查德·伯恩，哈洛威骂了一句，拍下“音频通讯”选项。

“嘿，查德。”他说，又举起望远镜看。

“杰克，数据室那些技术员跟我说你的数据大大地不对头，”伯恩说，“他们说刚开始数据都好好的，突然像有人给调到了最大值。”查德·伯恩的声音一清二楚，萦绕耳边，全靠飞船的一项真正奢侈的性能：非同凡响的音响系统，这是在哈洛威意识到他全部的工作时间都要困在飞船里时装的。很多情况下，这系统简直创造奇迹，但伯恩说话还是大舌头。

“嗯。”哈洛威应了一声。

“他们说只能在地震的时候才能见着这样的数据，要么是山体塌陷。”伯恩接着说。

“这么说起来，我想我是碰到地震了。”

“真的？”伯恩问。

“没错，”哈洛威说，“就在那之前，卡尔的举动可奇怪了。人家说动物对这种事最敏感了。”

“刚刚技术员告诉我，你所在的那块陆地上从没发生过地震，你觉得奇怪吗？”伯恩说。

“你信谁？”哈洛威说，“我在这里，他们又不在。”

“他们有价值2500万的设备在这里，”伯恩说，“而你只有一个信息面板，还有一长串不当勘测行为的不良记录。”

“未经证实的不当勘测行为。”哈洛威反驳。

“杰克，你让你的狗搞爆破。”伯恩说。

“我没有。”哈洛威说。悬崖壁上的尘土终于散得差不多了。“那是谣言。”

“我们有目击证人。”伯恩说。

“她不可信。”哈洛威说。

“她是位值得信赖的员工，”伯恩说，“不像某些人。”

“她另有所图，”哈洛威说，“相信我。”

“说穿了就是这么回事，杰克。”伯恩说，“你得自己争取信任。此时此刻，你可没从我这儿争取到多少。但我这么告诉你吧，我有一架探测卫星大概六分钟后会到你那儿。它一到，我就要它去检查你很可能炸掉的那块悬崖壁。如果悬崖看着安然无恙，下次你到奥布里镇的时候，我请你上鲁比餐厅吃牛排，还给你道歉。但如果悬崖就像我预料之中的那样，我会中止你的合同，派安保人员把你逮回来。可不是经常和你一块喝酒的那帮人，杰克。我会派不喜欢你的人，我知道了，我会派乔·德里斯。他肯定很乐意见到你的。”

“你能把他从酒吧高脚凳上弄下来再说吧。”哈洛威说。

“为了你，我想他愿意的。”伯恩说，“你怎么说？”

哈洛威没有回答，几秒钟前他就没在听了，因为他的望远镜里能看到一块薄薄的岩层，夹在两块很厚的岩层之间。他眼神聚焦的那岩层黑得就像煤。

而且，闪闪发光。

“赞！”哈洛威说。

“什么？”伯恩追问，“杰克，你到底有没有听见我刚刚说了什么？”

“抱歉，查德，你的信号不好，”哈洛威说，“信号干扰，太阳黑子闹的。”

“老天啊，杰克。你别想糊弄我！”伯恩嚷嚷，“好好享受接下来的五分钟吧。我已经把你的合同调到我的信息面板上了。一旦我看到卫星图像，我就按删除键。”伯恩切断了连线。

哈洛威看向卡尔，拿起引爆面板。“进笼子去。”他对狗说。卡尔吠了一声回应，叼起它的肉骨头，跑向它的笼子，万一飞船出事故，这笼子能固定保护它。哈洛威把引爆器丢进储物箱，放好他的信息板，自己在座位上绑好安全带。

“来吧，卡尔。”他说，加大油门驾驶着飞船往前，“我们有五分钟的时间来不让人把我们从这星球上踢走。”

第 02 章

意外的收获

5分30秒之后，哈洛威打开信息面板上的联络线路，只开音频。“我猜你准备告诉我，我的合同已经作废了。”他对伯恩说。

“彻底作废了，”伯恩说，“我现在正在输入安保遣返指令。留在原地别动，大概一小时内会有人过去把你带回来。他们会把你直接带到豆秆[1]去，轻装上阵噢。”

“没有说服你改变主意的可能了？”哈洛威问。

“门儿都没有。”伯恩说，“我要管六打合同工，杰克。整整六打！没有一个像你这么难缠。没了你，我的好日子要来

1　豆秆（Beanstalk）：源于童话《杰克与豆茎》，作者斯卡尔齐虚构的可从星球表面直达太空的电梯，在他的其他多部小说中也出现过，例如《老人的战争》。

了。”

“你确定你从卫星图像里看到的正是你需要看到的一切？”哈洛威说。

“卫星图像的分辨率精确到厘米，杰克。”伯恩说，“实时图像。我这会儿正看着你刚刚炸开的悬崖壁，你和你的狗正坐在一块突起上，不久前那还是悬崖内部的突起。替我向卡尔问声好。”

哈洛威转向卡尔：“查德问你好。”卡尔眨巴眨巴眼睛，趴下休息了。

“卡尔是条好狗，”伯恩说，“当你的狗可惜了。”

“这话以前说过了。”哈洛威说，“查德，既然卫星能精确到厘米，你真该看看我的手。”

“你在对我比中指，”过了一秒钟，伯恩说，“好极了。你一直都只有十二岁吗，还是有什么新花样？”

“很高兴你留意到了，不过不是那只手。”哈洛威说，“另一只。”

静默了一会儿后，“狗屁！”伯恩说。

“不是，”哈洛威说，“是太阳石来着。”

“狗屁！”伯恩又说了句。

“个头也不小。”哈洛威说，“这块足有俗话说的婴儿拳头那么大，我坐着的这块突起上还有三块这么大的石头。我把它们从缝里弄出来，就跟从树上摘苹果似的。这里是原始的水母殉葬地啊，朋友。”

“信息面板，”伯恩说，“切换至高分辨率图像。马上。”

哈洛威笑了，拿起了他的信息面板。

扎拉23号在许多方面都是一颗平凡无奇的Ⅲ类星球：大小和地球差不多，质量和地球差不多，绕着它的恒星在适居带[1]转。这让星球上液态水的存在成为可能，也让星球上生物的存在成为必然。它没有智慧生命。但大部分Ⅲ类星球也没有，不然就该算作Ⅲa类星球，这样扎拉集团的探测开采协定就用不上了，星球的资源会被托管，留给星球上的智慧生物。然而，因为扎拉23号的生物没有长前脑（也没长前脑的等同物），扎拉集团就可以在这星球上自由地探测和开发，采集金属矿物，深钻开采石油——人类世界的石油早被他们用完了。

扎拉23号还有一点不同寻常，使它在所有扎拉集团的采矿星球中尤为特殊。扎拉23号上的海水富含矿物质，一百多万年前，星球的海洋里生活着一种外形与水母相似的大型生物，以水藻和浮游生物为食。这些水母死去之后，它们脆弱的遗体沉到缺乏氧气的深海，在海床上延绵数公里。淤泥覆盖了这些遗体，漫长的时间过去了，在海水重力和压强的作用下，这些水母成了另一种物质。

它们变成了太阳石。猫眼石般的石头，但不同于猫眼石折射

1　适居带（Goldilocks Zone）：源于童话《金发姑娘和三只熊》，童话中的金发姑娘喜欢“既不太冷又不太热”的粥，引申为天文术语，指适合生物生存、温度适中的空间区域。

阳光发出微弱幽光，太阳石吸热发光。佩戴者的体热就能让它从内里发光。不是舞场里荧光棒或给孩子们玩的变色戒指那种晃眼的亮光，而是优雅深邃的白光，柔和肤色，为佩戴者平添光彩。因为每个人的体温都有细微的差异，即使是同一块太阳石，在不同人的身上也散发不同的光。这宝石可谓个性化到极致了。

扎拉集团在勘探计划中的煤层时发现了这种石头，直觉在料斗中翻滚的这些石头比煤值钱多了。从那时起集团就谨遵过去钻石巨头的教诲，把太阳石定位成现存最罕见最稀有的宝石：只存于一个星球，开采受严格管制，理所当然索取高价。哈洛威手里那块太阳石大概能抵他九个月的收入，切割造型之后，价格比他作为合同勘测员三年的工资还高。

幸好他不是合同勘测员了。

“我的天！”透过信息面板的监视摄像盯着那块太阳石，伯恩惊叹，“那玩意儿简直跟‘碎下巴糖’[1]一样大！”

“那当然，”哈洛威说，“有了这宝贝，再从这矿层多挖几块太阳石，我就能退休了。我想我还真能就这么不干了，这些宝贝还有这岩层都归我了。”

“什么？”伯恩叫道，“杰克，大太阳晒久了你傻了？这里啥也不归你。”

“当然归我，”哈洛威说，“你删了我的合同，还记得

1 碎下巴糖（Jawbreaker）：一种球形硬糖，直径最大可达8厘米。

吧？这下我成了独立勘测员了，不再是合同勘测员，我发现所有的矿层我都有权自己开采，而开采出来的所有东西都归我。这是最基本的殖民星探测开发案例法。准确来说，‘伯特斯诉韦伦公司案’。”

“哦，得了吧，杰克，”伯恩说，“你知道扎拉集团不允许独立勘测员登陆殖民星。”

“我登陆的时候不是独立勘测员，”哈洛威说，“是你刚才让我成了独立勘测员。”

“退一步说，扎拉集团拥有整个星球。”伯恩又提出。

“不，”杰克说，“经殖民星管理局批准，扎拉集团拥有星球的独家勘测开采权。事实上，扎拉集团经营这个星球。法律上，这里是殖民星管理局属地。”

“独家这个词什么意思你不明白吗？”伯恩说，“独家勘测开采权就是说只允许扎拉集团勘测和开采。”

“不，”哈洛威说，“那只意味着扎拉集团是唯一一家能在这个星球作业的公司法人。只要遵守CEPA指引，并且保证拥有特许开采勘测权的公司法人对他们所得的优先购买权，独立个人享有对任何III类星球的勘测开采权。‘巴凯特诉扎拉集团’。”

“这些所谓案例都是你信口胡说，杰克。”伯恩说。

“他们都是真的，好吧。”哈洛威说，“自己查查去。我以前是个律师，你知道的。”

伯恩不屑地哼了一声，从信息面板里能听得一清二楚。“是啊，你还被吊销律师资格了呢。”他接了一句。

“又不是因为我不懂法律。”哈洛威说。言尽于此，倒也没错。

“再怎么说那都不重要，你勘测岩层的时候还在为扎拉集团工作，”伯恩说，“我在那之后才删掉你的合同。因此岩层是我们发现的，发现带来的收益也是我们的。”

“要是我用扎拉集团的设备，归扎拉倒还说得过去，”哈洛威说，“但事实上，我用的是我自己的家伙，我按照你删掉的那张合同上的要求买的，我给的钱。既然我用的是自己的设备，一旦你开了我，法律上发现归属权[1]是我的。‘列文森诉希尔德布兰’。”

“胡说八道。”伯恩说。

“自己查去。”哈洛威说。其实他暗地希望伯恩别去查——他说的前两个案子确有其事，但“列文森诉希尔德布兰”是他现编的。反正他快要被踢出这星球了。试试没坏处。

“我一定会去查，”伯恩说，“相信我。”

“好，”哈洛威说，“查吧。趁你查的时候，我正好把岩层开采透了。等你那帮呆傻保安一到，想把我从我的岩层拉走，我可就太高兴了。因为那样我就能告他们，告你，告扎拉集团，就按‘格林诉温斯顿’的先例告。”

1　发现归属权（The right to the find）：对发现所得的所有权。

即便哈洛威不能亲眼看见，他也知道伯恩僵在椅子上了。“格林诉温斯顿”在扎拉集团可是挑事禁语，别的不说，最后的裁定把威顿·奥布里——扎拉集团的前主席兼执行总裁——送进圣昆廷监狱里蹲了七年。

“格林案被推翻了，你个傻子。”伯恩快速地打断他。

“不，”哈洛威说，“‘米耶维勒诉马丁案’裁定有限的小部分例外情况不能援引格林案，我们现在说的不属于例外。”

“不属于才怪。”伯恩说。

“好吧，我看我们得试试才知道，”哈洛威说，“不过这样来回打官司得好几年，期间扎拉集团的负面消息可就满天飞了。上一次的事我们都没忘吧。还有，顺便告诉你，我们这段小对话我录下来了。以防你脑子进水想让德里斯和他的呆傻保安跟班们一找到我，就把我推下悬崖去。”

“你以为我会耍阴招？小人之心。”伯恩说。

“不耍就好，查德，”哈洛威说，“不过小心驶得万年船。”

伯恩叹了口气。“好吧，杰克，”他说，“你赢了。你的合同又回来了。高兴了？”

“一点也不高兴。”哈洛威说，“既然你删了旧合同，我有权重新谈判签一份新合同。”

“给你签一份标准合同，和别人没两样。”伯恩说。

“你这么说话，好像我现在不是站在价值上亿的太阳石矿边上似的，查德，”哈洛威说，“我的石矿。”

“我恨你。”伯恩说。

“别怪我，”哈洛威说，“是你删了我的合同。我的要求很简单。第一，这次坍塌不能罚我款，这是一次意外，我相信查了数据以后你也明白这点。”

“行吧，”伯恩说，“成交。”

“我要1%收益作为发现者奖金。”哈洛威说。

伯恩破口大骂。哈洛威要求的是标准发现者奖金的四倍。“没门，”伯恩说，“没门。我哪怕就只是想一想批准这要求，他们都会让我卷铺盖走人。”

“不就1%嘛。”哈洛威说。

“你炸塌了一边悬崖还想要一千万信用币。”伯恩说。

“也许不止一千万，”哈洛威说，“我坐在这儿就能看见石层上还有六块太阳石。”

“不行，”伯恩说，“想都别想。我的权限最多只能批准0.4%。拿着咱们完事儿，不拿咱上法院去。我发誓，杰克，如果你连累我被炒，我天涯海角也要逮着你，亲自灭了你，然后偷走你的狗。”

“那也太低级了，偷人家的狗。”哈洛威说。

“0.4%，”伯恩说，“不能再多了。”

“成交，”哈洛威说，“写下来作为附件加到被你删除的那份合同里面，删合同是你蠢，这点你我都别争了。作为附件的话，我就不用专门飞去奥布里镇上签字同意了。”

“已经写完了。”伯恩说，“现在发过去。”哈洛威信息面板上的邮件图标弹了出来，他端起信息板，扫描附件，用安全校验工具签了字。

“和你谈生意真愉快，查德。”哈洛威说，放下信息板。

“我希望你被火烧死，杰克。”伯恩说。

“这意思是你不准备带我上鲁比餐厅吃牛排了吗？”哈洛威问道，但伯恩已经切断了连线。

哈洛威笑了，对着阳光举起那块太阳石。即便未经切割，灰尘扑扑也掩盖不了它的美丽。哈洛威握在手里也挺久了，他的体热已经传入宝石的中心，像一块琥珀捕捉到一道闪电，絮状的光芒辐散而出。

“你跟我走。”哈洛威对这块太阳石说。其他石头扎拉集团可以全拿走，也会全拿走。但这块太阳石刚让他成为富翁。千真万确，这是块幸运石。他想送给一个人，聊表歉意。

哈洛威站起身，把太阳石揣进口袋。他低头看着还趴在崖边上的卡尔，卡尔冲他抬了抬眉毛。

“好了，”哈洛威说，“我们今天在这儿搞的破坏够多了。回家去吧。”

第 03 章

初遇毛毛

哈洛威的飞船大约才走到回家的半路上，信息面板就示警说他家被闯入了，紧急警报系统的动作感应警报被激活了。

“糟糕。”哈洛威说。他挥手把飞船打到自动驾驶挡，飞船倾斜了一下，获取从哈洛威家发出的信号以确定路线。路上几乎没有其他飞船——哈洛威勘探的地点处于横跨大陆的森林深处，远离所有人口稠密的中心，也远离所有人类——因此路线几乎是从树顶山尖上方通向他家的一条直线。自动驾驶启动，哈洛威拿起信息板，点开保安监视摄像影像。

镜头里什么也没有。哈洛威把镜头装在工作台上，基本上当帽架用。他家的情况，还有闯入的人都被一顶脏兮兮的平顶帽子挡住了，那帽子是他在杜克法学院第二年那会儿为了好玩才戴的。

“蠢帽子。”哈洛威骂道。他打开安保监视摄像的收音，把耳朵贴在信息板的扩音上，走运的话，侵入者也许会说话。

不走运。没人说话，而他能听到的那一点儿别的什么声音也被飞船的引擎和呼呼吹进敞开机舱的风声盖过了。

哈洛威把信息板卡回到支架上，低头看向他的飞船指示面板。飞船正以八十公里每小时的速度平缓前进，在林子里这速度才安全，不然鸟儿们可能会从树上惊起，撞上飞船。哈洛威不用看GPS都知道离家还有二十公里；因为从他的右方能看到伊莎贝尔山。山的东坡已经完全秃了，山前面四公里都围上了栅栏，地表植被也被挖走了，扎拉集团挖的，美其名曰“智能开采”——其实还是开采，不过表面承诺最小化污染以及开采结束后恢复该地区的初始环境。

扎拉集团刚开始挖伊莎贝尔山的时候，哈洛威也漫不经心地想过，扎拉集团把好东西都开采殆尽了，这片区域还怎么恢复到初始环境，但当时他真正关心的不是这件事。最初勘测伊莎贝尔山的是他，他最先发现的一小块太阳石矿层在几周内就被挖空了，但山里还蕴藏着丰富的无烟煤资源，较为珍稀的硬木树从山顶一直延绵到山脚的河边。他得到一笔不菲的收入，矿产价值的0.25%，就没再管了。

照哈洛威的谨慎眼光看，再有一两年，伊莎贝尔山就只剩下大土堆了。到那时候，扎拉集团会派飞机来运走设备，丢下一群惊慌的暑期实习生，一个个急急忙忙把硬木树种子乱撒一地——这就算“恢复当地的初始环境”了——同时祈祷围着开挖区域的栅栏够结实，能撑到他们把种子撒完。

栅栏通常能撑住。今时今日已经很少有实习生被扎拉速龙吃掉了，但恐惧的激励效果真心不坏。

信息板里传来一声巨响，闯入哈洛威家里的那家伙打碎了什么东西。哈洛威骂了一句，按下关闭飞船罩的按钮，加大喷射马力。这样的话，五分钟就能到家了，树梢上的鸟儿们就自求多福吧。

飞船靠近他家时，哈洛威把它调到潜行模式，速度大幅下降但行驶几乎无声。他在离家一公里的时候悬停，拿起他的望远镜。

哈洛威的家是一座树屋——更准确地说，是在几颗高大的刺木之间架着的一片平台，边缘有栋朴素的集成小屋充当他的住所，外加哈洛威放勘测设备的两个棚子。高空中连着平台上电力装备的涡轮风筝顶端有太阳能电池，它能为小屋供电，哈洛威的集水系统和排污系统也由此供电。平台中央是停机坪，足够哈洛威的飞船停靠，再来一架别的小型飞船也凑合。

眼下哈洛威正盯着停机坪看，空的。

哈洛威松了一口气。上哈洛威家最容易的方法是乘飞船，走到树屋跟前爬上去的确也有可能，但这人得非常走运或者非常大胆才行。丛林地表是扎拉速龙的天下，还有当地类似鳄鱼和蟒蛇的生物横行，它们都把软绵绵慢吞吞的人类视作好抓又好吃的零食。哈洛威住在树上是因为所有大型掠食猛兽都在地面活动，除了蟒蛇，而蟒蛇不喜欢刺木——看这树的名字就知道为什么了。攀爬刺木对任何超过半米的生物都是重大挑战，对超过半米的人类也不例外。

无论如何，哈洛威扫描了平台和叶子遮蔽的区域，看看有没有攀岩绳索之类的玩意儿。什么也没有。还有一种可能就是有人从悬停在高处的飞船上下来，完了又乘着飞船走了。但哈洛威开着自动导航系统，方圆一百公里出现任何交通工具他都能锁定。但他什么也没见着。

结论：除非有位超级棒的忍者刺客潜伏在他的小屋里，还撞翻他的东西；不然只不过是些蠢动物而已。虽然哈洛威还不能完全排除伯恩派人暗杀他的可能，特别是今天之后，但他也不怎么相信伯恩能在这么短时间里找出这么高明的刺客。他能找到的最佳人选不过是低智商扎拉集团保安这类型的，比如说之前说到的乔·德里斯。他们（尤其是德里斯）才不会费劲偷袭他呢。

那么几乎可以确定，这只不过是只蠢动物；事实上，很可能是一只当地的蜥蜴。它们和鬣蜥差不多大——刚好能避开刺木上的尖刺——素食动物，比石头还蠢。只要有机会，它们哪儿都敢闯。哈洛威刚到扎拉23号建好树屋那会儿，家里蜥蜴泛滥。刚开始他装了电网，结果每天早上一起床眼睛里鼻子里看到闻到的都是烧焦的蜥蜴，快把他愁死了。然后另一位勘测员告诉他，这些蜥蜴非常害怕狗。于是卡尔就来了。

“嘿，卡尔，”哈洛威对他的狗说，“我想我们碰上蜥蜴这麻烦了。”

卡尔一下就精神了。它特别乐于扮演“蜥蜴终结者”这角色。哈洛威笑了，关掉悬停模式，开始降落。

哈洛威一把引擎熄火，打开机舱罩，卡尔就冲出飞船去了。它兴致勃勃地嗅着，朝着其中一个储物棚就去了。

“嘿，小傻瓜。”哈洛威冲着卡尔的尾巴喊。那尾巴摇来摇去好不欢快。他向前走到狗的旁边，轻轻地在它的身侧打了一下。“你走错了。蜥蜴在屋子里呢。”哈洛威指向小屋的方向，眼睛也随之瞄过去，发现有只猫正透过他书桌上方的窗子盯着他看。他也盯着那猫看，过了一秒想起来他没养猫。

又过了一秒他才想起来猫通常也不两条腿站着。

“见鬼，那是啥？”哈洛威喊出声了。

听见主人的声音，卡尔转过来，也看见窗里那团毛球了。

那小毛球张开嘴。

卡尔像疯狗似的狂吠起来，飙向屋门。它没有可相对拇指[1]，本来开不了门，但哈洛威给它装了狗门。他受不了老要半夜起来放卡尔出去尿尿。狗门的上锁装置感应到卡尔肩上植入芯片发出

1　可相对拇指（Opposable Thumbs）：能与食指相对的拇指，使用某些工具的必备要素，比如说拧门把。

的对应信号，在卡尔连头带身体撞进门前大概四分之一秒弹开门锁，于是它毫不费力地冲进了小屋。

从他的视角，哈洛威看到那小猫从窗边荡开。过了不到一秒钟，哈洛威就听见好多打碎东西的乒乓声。

“糟糕！”哈洛威哀叫，跑向屋门。

不像卡尔，哈洛威肩膀上没有植入感应芯片，他翻来翻去找钥匙去开锁死的门，与此同时屋里的狗吠和乒乓声一刻不停。等哈洛威终于打开锁，推开门，刚好碰上那小毛球冲着门来了。

那小毛球朝上望，看到了哈洛威，猛地刹住脚步，玩命似的往回跑。卡尔本来紧跟在小猫后面，此时被迫一跃而起，避免和急刹车的小东西撞作一团，它在半空一扭身，腰撞上了屋门，门“砰”一下扇向哈洛威的额头和鼻子，疼得他破口大骂，捂着鼻子跪在紧闭的门前。屋里摔东西的声音还在继续。

过了好几分钟，哈洛威意识到了两件事：第一，他的鼻子虽然肿了，但不会出血；第二，乒乓响停了，只剩下卡尔不间歇的吠叫声。哈洛威站起来，又摸了摸他的鼻子，确定它不会突然大出血后，小心翼翼地打开了屋门。

屋子里活像哈洛威大学宿舍每个学期末时的光景：原本在架子和书桌上的纸张和杂物散落在地上，放在屋内洗碗池里的碟子也碎了一地，哈洛威的备用信息板更是脸朝下躺在地上，他简直提不起勇气去看它到底还能不能用。

卡尔前爪搭在小屋里唯一的书柜上，立着身狂吠。只消扫一眼就能看出它把那毛球困在书柜顶上了。柜子里文件夹和书全掉出来了，要么是那小东西爬上去的时候扒拉下来了，要么是卡尔追它的时候碰下来了。书柜很高，那小毛球不可能直接跳上去，现在它也跳不下来，更别提卡尔还在下面等着呢。小毛球目前离卡尔倒是远远的，但也无处可逃，被死死困住了。它低下头瞪瞪卡尔，又看看哈洛威，目光在他们之间游移不定，睁大了眼睛，一副害怕的样子。

“安静，卡尔！”哈洛威吼道。但这狗追猫追得太兴奋了，脑子没顾上听它主人的指令。

哈洛威环视房间，在一片废墟之中发现了小毛球进房间的入口——卧室上方小小的斜窗。一定是哈洛威忘了锁，小家伙就不知怎么弄开窗子溜了进来。进来容易出去难。对小毛球来说，窗从外面比较容易够着，但房间内侧的床或地面离窗子就太远了，它完全没办法爬回去。

哈洛威回头又看向小毛球，小毛球也盯着他瞧，而后看了看斜窗，又瞧回哈洛威。似乎它也知道这个人类明白它是怎么进来的了。

哈洛威走向卧间的斜窗，关上锁好。然后他走向他的狗，一把握住它的项圈。卡尔惊讶地停住了吠叫，用后掌一个劲儿地扒着地板，却没啥用。哈洛威拽着它穿过小屋，打开门，把它扔了出去。他用腿顶着狗门，锁上了人工锁，走回屋子中间。后头传来“砰”“砰”两声，是卡尔在用头撞门。过了几秒，它的爪子和脑袋从桌上的窗外冒了上来，一下一下哀怨地叫着，不顾尊严地恳求回到小屋。

哈洛威没管他的狗，转身面向那小毛球，那小毛球也看着他，还是吓坏了的样子，不过似乎比刚才要好点。

“好了，你这小毛球，”哈洛威念叨，“现在只剩你和我了。”

第 04 章

毛茸茸的麻烦

如果我是这小东西，我为什么而来？哈洛威思考着。小动物不是特别复杂的生物，无论身处宇宙何方，它们总想着三件事：吃的，睡觉，做爱。哈洛威推断后两项可以排除。那样的话，吃的。

他环顾小屋里的一团糟，厨房台面洗手池旁的盘子是他用来放水果的，上面用塑料罩盖好，以免此地的小虫子光顾。骚乱之后，盘子被动过但罩子还扣着。里面有两个苹果一个槟迪——一种当地水果，形状像梨子但味道和香蕉差不多。苹果和槟迪都不容易坏，所以哈洛威才存着它们。

哈洛威慢慢地走回厨房，眼睛盯着那小毛球不放，只敢转开眼一两秒揭开水果盘罩子。他先是去够苹果，但想了想还是拿了槟迪。槟迪是这里的水果，小毛球是这里的动物。他以前是没听说过苹果能吃死外星生物，不过何必冒险呢。

哈洛威拉开抽屉拿出一把刀，小毛球看到刀明显缩了一下。哈洛威放低刀，快速地把槟迪切成四片，却才记起来槟迪这种水果绵软多汁，溅了他一手果汁果肉。他也没管这些，动作夸张地把刀子放回抽屉关好，等会儿再清理。

小毛球似乎放松了点，但哈洛威再次走向书柜让它马上又紧张起来。小东西在书柜顶上的一角，而哈洛威则绕了个大圈子踱到了书柜的另一角，离那动物远远的够不着它。小毛球蜷在那儿，眼睛眨也不眨地盯着哈洛威。

哈洛威拿起一片槟迪，扔进嘴里，慢慢地嚼啊嚼，露出显而易见的满足表情，观察那猫，而猫也在观察他。他吞下嘴里的，又把一片槟迪放在书柜顶上最远的另一角。

“那是你的。”哈洛威说，好像说了那动物就能明白他什么意思似的。他把最后两片槟迪放在他的书桌上，然后生怕猫咪看不见似的大动作背过身去，开始收拾小屋里的一团乱。

哈洛威不知道小东西明不明白他在喂它吃的，甚至不知道它喜不喜欢槟迪。如果那东西真的就像猫，那它应该是肉食动物。好吧，哈洛威的冰箱里还有些蜥蜴肉排，等下可以试试。

哈洛威的一部分脑细胞，自诩明智的那部分，正在对他大声咆哮。你疯了吗？喂野生动物？它们这样嚷嚷着，你应该打开门让卡尔把它撵出小屋。蜥蜴进来的时候你可不这样！

哈洛威一时也解释不了，只能说不知为何，这生物引起了他的兴趣。扎拉23号上大多都是爬虫类生物，哺乳动物在这星球上少之又少。说真的，哈洛威还真不记得见过任何哺乳动物，活生生的没有，数据库里也没有眼前这么大的，他得再查查数据库。

但最让哈洛威好奇的是这只动物的行为。这小毛球显然被吓坏了，但它又不像惊恐的动物那般慌张。它看着比一般的野生动物聪明，尤其在扎拉23号上，哈洛威还真没觉得本土物种在大脑这方面进化出了任何优势。

还有，小东西看着像猫，而哈洛威一直喜欢猫，哈洛威脑内的理智小人对此猛一拍虚拟的脑门，无可奈何。

哈洛威叠好捡起来的纸，钉在一起，放在书桌上，眼睛朝上瞄那小毛球。它正忙着大嚼槟迪，活像饿了好几天。果然是肚子饿了，哈洛威想。他弯下腰把地上的备用信息板翻过来，心里惴惴不安，怕显示屏摔裂了，或者比这还糟糕。结果出乎他预料，信息板似乎安然无恙。他一开机它就启动了，一切功能正常。松了一口气，哈洛威回头又去看小毛球，正好它也吃完水果了。

“这玩意儿没坏你可走大运了，”哈洛威对小家伙说，“如果你把它摔坏了，我恐怕得让卡尔吃了你。”

小毛球（当然）什么也没说，但目光不断地在哈洛威和剩下的两片槟迪间扫来扫去。小家伙显然还很饿，正琢磨着怎么才能绕过哈洛威到槟迪那儿去。哈洛威探身，只用拇指和食指拎起一片槟迪最最小的一角，朝着那动物慢慢晃。

“给你。”哈洛威说。

哈，这下好。他脑内的明白人说。现在你有机会染上扎拉23号上的狂犬病了。

小毛球同样对眼下的新进展有所疑虑，送上门的水果片一到跟前，它倒往后缩了。

“来吧，快，”哈洛威对小家伙说，“如果我想弄死你、吃了你，我早就这么干了。”他又摇了摇那片水果。

过了几秒，那小毛球小心翼翼地往前凑，显然有些犹豫，接着双手并用，一把抢过水果片。那的确是手。哈洛威留意到上面有三根指头还有一根长长的拇指——与人类的拇指相比在手掌更靠下的位置。哈洛威一眨眼的工夫，两只小手就不见了，小东西又蹿回到最远的角落里，大口大口地嚼起槟迪，眼睛还不忘牢牢地锁住哈洛威。

哈洛威耸耸肩，又转过身去，跪在地上收拾散落一地的书和文件夹，放回到架子上。

收拾了几分钟，他有种被监视的感觉。他抬头一看，那小毛球正居高临下瞅着他，还冲他眨眼。

“嘿，”他对那小家伙说，“吃完了？还要吗？”小家伙张开嘴算是回答，但没出声。哈洛威看到了小家伙的牙，和猫的一点也不像，与人类的牙齿更相似。杂食动物，他脑海中传来一个声音，不是他自己的，是一个他曾经很熟悉的人。听到这声音他有了主意。

哈洛威站起身走向他的书桌。他摘下那顶搁在监视摄像上的卷边帽，然后把监视摄像扶正——卡尔追那猫的时候撞歪了。监视摄像装有全角度图像感应器，能拍摄各个方向的图像，正下方除外——它自己的支架挡住了。他拿起他的备用信息板，安上支架开机，设置显示监视摄像的实时图像。接着他拿起最后一片槟迪，递到那小毛球跟前。小东西现在已经不太怕哈洛威了，便伸出手来接。

“不给。”哈洛威说，把水果片又放回书桌上。他把椅子从地上扶起来摆好，这样小毛球下地之后，就能顺着椅子爬上去拿水果。“想要，自己拿去。”哈洛威说。他戴上卷边帽走向小屋门口，只开一点点门够自己出去，不让卡尔进来。

卡尔对此很不满，沮丧地对哈洛威叫唤。哈洛威拍了拍他家狗的脑袋，然后走向飞船。他探进去取出他的信息板，启动进入监视摄像。

“让我们看看你到底有多聪明。”他自言自语。他调整影像显示小屋内的全景。

最初的几分钟里，小毛球啥也没干。后来它开始从书柜上爬下来，比它嗖嗖蹿上去慢多了。有那么一瞬间，哈洛威看不到那小东西，书桌挡住了地板。随着椅子轻轻地动了动，小猫似的脸探了出来，东张西望找那片水果。

它瞄到水果了，随即突然露出警觉的神情，又藏起来不见了。哈洛威窃笑：小家伙刚刚在摆在水果前面的备用信息板上看到自个儿了。哈洛威想知道这东西能认得镜中的自己吗，或者现下这情况，它能认得照镜子似的影片里的自己吗。看现在这反应第一时间它认不出来，但哈洛威有那么几次也被镜中的自己吓着过，有意思的是接下来会发生什么事。

小家伙的脑袋又探上来了，这次谨慎了很多，慢慢地观察“另外”那只小毛球。最后它扒拉着把自己拽上桌子，爬向信息板。它猫下腰仔细看那板子，摆了摆一只手，似乎想验证它的影子会不会照做。摆弄几分钟之后，它心满意足地转身离开信息板，两只手抓紧那片槟迪，坐在桌子边缘上，晃着小脚丫，啃起了水果——它认出了自己。

“恭喜，你的智商现在正式赶上狗了。”哈洛威说。卡尔听到“狗”这字时眼睛冲上瞅了瞅。哈洛威知道这么对比不太可能伤了这狗的感情，纯粹是他想象力过于丰富。

哈洛威回放小毛球的影像，录下来了，还启动了监视摄像的录制。他把信息板收好，回到了屋里。这次还是把门打开一条缝溜进去的，门外的卡尔更不高兴了。

小毛球看见哈洛威进来了，但它动也没动，连晃荡着小腿蹬脚丫子都没停下。显然它判断哈洛威不具威胁性。卡尔隔着窗户冲着那动物猛吠。猫咪轻描淡写地扫了一眼，继续吃它的水果。它知道卡尔没法穿过那窗户，暂时还算不上什么威胁。

卡尔还在吠。

小毛球放下水果，从桌沿边收回两条腿，又抱上水果走向窗边。卡尔不吠了，不明白这小东西想干什么。那猫在离窗玻璃只有几毫米的地方坐下，对上卡尔的目光，非常刻意地在狗的眼皮底下吃起水果来。哈洛威可以发誓它故意张着嘴嚼给卡尔看。

卡尔像疯了似的狂吠，小毛球却没挪地方，吃啊吃，眼睛还眨啊眨的。卡尔从窗户上下去了，没到两秒，就听到卡尔的头撞上狗门的一声响。人工锁还锁着呢。几秒钟后卡尔又在窗外探出头，这次虽然没吠出声来，但明显被小毛球惹毛了。

“你这可就太小人得志了。”哈洛威对那猫说。小毛球回头看了看哈洛威，又继续盯着卡尔，把水果啃完了。

哈洛威决定再碰碰运气。他走向书桌，拉开其中一个抽屉。那猫好奇地看着他没动。哈洛威拿出一个狗项圈和一条狗带。他几乎从来不给卡尔戴这些，但有时他们俩去奥布里镇必须得戴上。他关好抽屉，又走向屋门，趁着卡尔来不及从窗户跑过来，侧身出去了。哈洛威走到狗身边，当着小东西的面把项圈套在卡尔的脖子上，扣上狗带。

狗带项圈套在身上，卡尔抬眼望向哈洛威，好像在质问：你搞什么鬼？

“相信我，”哈洛威安慰卡尔，“站好！”

卡尔挺不服气，但它可是受过训练的。能等待指示引爆炸药的狗狗当然也懂得听从主人的命令。它老大不乐意地从窗户上下来，紧挨着哈洛威站好。

“别动。”哈洛威下令，走到能把狗带拉直的距离停下。卡尔没动。哈洛威看了看那小毛球，它似乎兴致勃勃地把这一切都看在眼里。

“坐下。”哈洛威对他的狗说。卡尔这下千真万确地先瞅了一眼窗里，再斜眼哈洛威，好像在抱怨：哥们儿，你这是在新来的面前丢我的脸啊。但它还是坐下了，同时几不可闻地呜咽了一声。

“趴下。”哈洛威说。卡尔忧郁地趴在地上。它的脸丢光了。

“站好。”哈洛威又下了这个命令，卡尔起身挨着它的主人站好。哈洛威眼睛没有离开小毛球，小毛球也把这出戏从头看到尾。哈洛威把狗带绕在手上，这样卡尔只能紧靠在他身边，开始往小屋门口走。那小毛球留神看着，但没动一下。

哈洛威打开屋门，和卡尔一起在外面站了一会儿。卡尔准备好了要往门里头冲，但哈洛威拽着它，迫使它站好。卡尔嗷嗷抱怨了两句但很快冷静下来，它明白这是要干什么了。

他们俩慢慢地走进门，小毛球还待在桌子上，瞪大了眼但没有慌。

“好狗狗。”哈洛威对卡尔说，带着它径直走向书桌。“坐下。”卡尔坐下了。

“趴下。”哈洛威说。卡尔趴下。

“滚一圈。”哈洛威说。

哈洛威发誓他听到他家狗叹气了。卡尔一滚，四爪朝天躺在那儿，盯着那猫瞧。

有那么一会儿，小毛球坐在原地不动，看看开着的门，又瞅瞅地上的狗。然后它走到桌子边缘，滑下来蹦到椅子上。卡尔想翻过来站好，但哈洛威手按在他家狗的胸前。“别动。”他说。卡尔没动。

小毛球从椅子滑下地板，落在离卡尔鼻子不到一尺的地方。两只动物好奇地互相打量，那猫上下打量躺卧的卡尔，而卡尔，拼了命使劲嗅，试图把这小毛球气味里的每一个分子都好好分析个彻底。

猫咪挪近了一点儿，接着小心翼翼地探出一只手伸向卡尔的鼻子。哈洛威暗中在压在卡尔胸前的手上加了几分力，又握紧了攥着狗带的另一只手，以防卡尔反应过激。

小猫碰了碰卡尔的鼻子，缩了手，又碰了碰，轻轻地反复抚摸，就这么持续了好几秒。而从卡尔的反应看，它小幅度地摇着尾巴。

“我就说了，”哈洛威说，“看，不算太糟吧。”

卡尔扭过脸，闪电般吐出舌头舔了小毛球一脸口水。小家伙赶紧退开，发出愤怒的嘶嘶叫，使劲想擦干净脸。哈洛威大笑，卡尔尾巴摇得更厉害了。

小毛球突然仰起头，好像听到了什么动静。卡尔跟着蠢蠢欲动，但哈洛威按住了它。那猫张嘴嘶叫了一阵子，像喘不过气来似的。它看了看哈洛威，又望向门口，一溜烟奔出小屋跑没影儿了。

过了一分钟，哈洛威从卡尔身上摘下项圈，狗马上就一跃而起，追出门去。哈洛威也直起腰，悠闲地踱着步子跟上。

狗在平台的边缘停下，望向东边高处的刺木树冠，有一搭没一搭地甩着尾巴。哈洛威猜他们的客人已经从平台往那个方向走了。

哈洛威把卡尔唤回身边，回到小屋，一进门就喂了狗一块饼干。“好狗狗。”哈洛威说。卡尔摇了摇尾巴，趴下享用它的奖励了。

哈洛威走到书桌前，拿起信息板，查看这名访客的录像。现在他确定他是见过这种生物的第一人了：如果之前有人见过，这么友好又聪明的生物，现在肯定已经被当作宠物养了。各色各样的育种商啊宠物秀啊毛球食品广告也该粉墨登场了。哈洛威庆幸自己的贪念完全没往那方向去。宠物育种太费事了他不乐意。

即便如此，发现人所未见而且体型还这么大的哺乳动物意义重大。意义重大不是对哈洛威来说的，他很难从中赚钱；也不是对扎拉集团，集团对当地动植物的兴趣基本仅限于挖开动植物遗骸沉积而成的稠密淤泥，开采其中的资源。但哈洛威知道有个人会对这小毛球很感兴趣的。古怪的小毛球正是她的专长。

哈洛威保存好录像，关上文件，露出了微笑。没错，她一定很高兴看到这段录像。

唯一问题在于不知道她高不高兴见到他。

第 05 章

微妙的再会

任何时候，扎拉23号上都大概有十万人。更准确地说，十万人类，偶尔会有乌拉族或泥疙瘩[1]，扎拉集团让他们担任少数中层管理职位，以显示公司在雇佣和任命人员上致力于智慧生物平等多样。非人类一般留不长，扎拉集团和人类雇员也没怎么努力劝他们留下。说到底，扎拉23号一直是“人力工厂”。

在扎拉23号上有六万人直接在数百个勘探开采营地上工作，这些营地大小不一，开采难度各异，因此规模也从十五人到两千人不等。这些人员大多是劳工——操作挖掘和采矿机械，搜刮山上矿坑和矿井资源的男人们，偶尔也有女人；还有一些经理和监

1 乌拉族（Urai）、泥疙瘩（Negad）：本书设定中，除了人类之外被认定的另两种智慧生物。

工。每个营地还有后勤人员、厨师、IT人员、清洁工、医疗队伍和服务两性的“特殊工作者”。

这些勘测开采营地从赤道到极地散布在星球表面，将开采到的原料运回星球唯一的城市奥布里镇。镇子位于赤道地带的一座高原上，因为建在这里能省几英里的“豆秆”运输管道。同时，奥布里镇则向营地运送补给、轮换工人，还有棺材——给那些需要被替代的工人。一个人能在扎拉集团的勘探开采营地工作一辈子，而有些人也的确这样过了一生。

另外的两万人在奥布里镇的“豆秆”运输轨道上工作，整理打包从勘测开采营地运回的原料，准备运输，首先通过“豆秆”送上停靠在运输站的载货飞船上，运输站建在星球的对地静止轨道上。看一眼这些船，就知道从扎拉23号星运回地球的原料资源数量巨大，这种掠夺极端不公平——如果星球上有任何智慧生物的话，就能对这种不公提出抗议。但星球上没有，所以从扎拉集团和殖民星官方的角度来看，一切都很好。

扎拉星球上还有一万五千人是合同勘测员，就像哈洛威。这些合同勘测员每年上交数千元信用币给扎拉集团作为特许作业费用，扎拉集团分给他们一块营地勘测。如果他们发现任何值得开采的资源，勘测员可获得开采所得资源市场总价的0.25%作为报酬。

如果你分到的营地藏有丰富的太阳石资源，你就发财了，哈洛威就快要变成富翁了。如果有一般的矿石和稀有木材，你也能舒舒服服赚进不少。如果你不幸和大多数勘测员一样，分到的营地上面资源密度不足以让扎拉集团组织开采，你很快就会破产。大部分合同勘测员一两年之后就坚持不了回地球了，一贫如洗。扎拉集团甚至要求每个合同勘测员事先交付回地球的费用，星球上不允许独立勘测员的存在。

剩下五千人的工作各种各样：负责建造和维护奥布里镇中建筑和设施的工人；扎拉集团的管理人员和常驻星球负责核算利润和管理原料的白领员工以及他们的下属；一位殖民星官方指派法官和她的两位书记员；一支装备精良（也可以说装备过火）、训练有素的治安队伍，主要职责是阻止镇上的酒吧斗殴（前提是这些斗殴不是他们自己挑起来的）；奥布里十六家酒吧、三家餐厅，还有一家综合商店的老板和伙计们；奥布里镇上拥有十二张病床的医院的医务人员；最后还有一位单身的孤独牧师，守着位于奥布里镇边缘地带的小礼拜堂，扎拉集团还把垃圾焚烧炉建在旁边。星球上没有家庭主妇或家庭主夫，大家都要工作，也没有孩子。

留心的观察者会发现在上述列出的形形色色各种工作之中，无人从事纯粹的科学研究。这点是有意为之。扎拉集团获得的协议是勘测和开采，对于这两者，集团更乐于把精力集中在后者上。勘测的工作被外包给大多不走运的合同勘测员，反正不管他们能不能找到有用的资源，集团都能从中获利。这种程度的勘测不需要经过专业训练的科学家，只要有人愿意到星球各处引爆声波炸泥，采集样本，然后把数据发送给专门负责科学运算分析的机器。开采不需要工程师和其他具有技术操作经验的工人，也不需要实验室的科学家。

然而扎拉集团在扎拉23号星上还是有三名科学家雇员，主要是为了满足勘测开采协议的要求。他们是一名地理学家，一名生物学家还有一位抑郁的外星语言学家——他本该被委派到乌拉星，但由于繁文缛节带来的手续混乱，被错送到扎拉23号星了。他必须留在星球上，直到手续理清办好，这个流程已经走了两个标准年了，目前还没有丝毫将要解决的迹象。这位外星语言学家，拿着工资却无事可做，每天靠读侦探小说喝酒度日。

杰克·哈洛威在一次被逼参加的扎拉集团宴会上与这位外星语言学家碰过面。期间这位半醉的老兄把乌拉语言多个分支的语音复杂性，以及乌拉语的三种次级方言如何互相影响等等知识，一股脑儿都倒给哈洛威了。经过一小时狂轰滥炸之后，哈洛威告诉带他来参加宴会的约会对象，她必须要补偿他。她照办了。她就是那位生物学家。

而哈洛威现在正看着她。

伊莎贝尔·凡加没有看见哈洛威。她步出办公区域时正低头专心看着她的信息板，况且他还站在街对面，握着狗带牵着卡尔。卡尔看到了伊莎贝尔，尾巴疯狂地摇了起来。哈洛威看看街道左右两旁，没有车只有些行人。他解开卡尔，狗像离弦的箭一样奔向街对面的伊莎贝尔。

眼瞧着一只狗向她冲来，伊莎贝尔起先看上去有些困惑，但紧接着就认出了这只小动物，发出来一声欢喜的叫喊，跪下身来接受她的每日建议定额犬类舔脸量。哈洛威走过去时，她还在欢快地揉着卡尔的耳朵。

“它看到你可开心了。”哈洛威说。

“我看到它也很开心。”伊莎贝尔说罢亲了亲狗的鼻子。

“你看到我开心吗？”哈洛威问。

伊莎贝尔仰头看向哈洛威，露出了她的招牌微笑。“当然开心啦，”她说，“不然我怎么能见到卡尔呢？”

“呵呵，说得好。”哈洛威说，“那我现在要带我的狗走了。”

伊莎贝尔笑了，她站起来，友好地拍了拍哈洛威的脸颊。“这下好了吧，”她说，“舒服点了吧。”

“谢谢。”哈洛威说。

“不客气。”伊莎贝尔说。她转向卡尔，先拍了拍手，然后伸出双手。卡尔跳起身把爪子按在她的手上，来了一次双重握手。“你来镇上有什么事？还是你特地赶了六百公里路就为了让我能和卡尔见一面？”

“我有事找查德·伯恩。”哈洛威说。

“这可好玩了，”伊莎贝尔说着抬头打趣地看向哈洛威，“你们俩还痛恨彼此吗？”

“我们现在相处得可好了。”哈洛威说。

"啊哈。"伊莎贝尔说，"我见识过你说谎太多遍了，我能看出来你现在就没说真话，杰克。"

"那我换个说法吧。"哈洛威说，掏出他带来的太阳石，"我最近给了他一个和我好好相处的理由。"

伊莎贝尔看到那块太阳石，放开了卡尔，不和它双重握手了，手伸向哈洛威。他把太阳石放在她的掌心，她举起石头对着太阳一照，里面的晶体闪闪发光。

"好大。"过了一会儿，她终于发表了看法。

"矿层上还有更大的。"哈洛威说。

"嗯——"伊莎贝尔继续端详太阳石，她双手将石头握在掌心，面向哈洛威说，"所以你终于走大运了。"

"似乎如此，"哈洛威说，"声像显示这个太阳石矿大概上百米宽，长度超过了测量的范围，深度也有四米，这可能是之前发现的各个太阳石矿的母矿。"

"那么，恭喜了，杰克。"伊莎贝尔说，"这正是你一直期待的。"她将太阳石递还给他，她掌心的热度已经让太阳石发出了柔和的微光。

"给你了。"哈洛威说，"当作道歉礼吧。"

伊莎贝尔微微抬起半边眉毛。"道歉？真的？事到如今是为了什么道歉呢？"她问。

"你知道的，"杰克不自在地说，"为了所有的事。"

"好吧。"伊莎贝尔说。

“我承认是我弄砸了。”哈洛威说。

“你只是不能承认你是怎么搞砸的，”伊莎贝尔说，“但其实这点在任何道歉中都很重要，杰克。”

杰克指了指太阳石。“大宝石噢。”他说。

伊莎贝尔轻笑了一声，把太阳石塞回他手上，哈洛威不情愿地接过来。

“这很值钱，”哈洛威说，“就算不说别的，你也可以卖了它。”

“然后在集团的商店大肆采购一番？”伊莎贝尔说。

“在那楼里找别的地方花也行。”哈洛威说。

“还是不要了。”伊莎贝尔说，“别的地方也花不出去。再说了，如果我想赚钱的话，我也不会当生物学家。我会向你学。”

“哎哟。”哈洛威表示受伤。

“抱歉。”伊莎贝尔说，“这块太阳石很漂亮，你想道歉我也很感激，但我觉得这不适合我。”

“道歉还是太阳石？”哈洛威问。

“都不适合。”伊莎贝尔说，“我还是想要更恰当的道歉，还在等你能说出口的那天。而你也知道我对太阳石大致是什么感觉。”

“那些水母已经死去多时，不用担心。”哈洛威说。

“也许吧，”伊莎贝尔说，“但是眼睁睁地看着扎拉集团把那座你用我的名字命名的山挖成千疮百孔，赶跑上面所有生灵，就为了这些石头——”她指向现在正握在哈洛威手上的太阳石，“——我没法喜欢它们。”

“他们开挖不光是为了太阳石，”哈洛威说，“他们也要木材。”

伊莎贝尔瞪了哈洛威一眼。

“开个玩笑而已。”哈洛威说。

“是吗？”伊莎贝尔反问，声音里不带任何感情，哈洛威过往已经学会了害怕这种声音，到后来甚至直觉逃避。“你以前讲过更好笑的。”

“我想我可以再给你别的礼物补救。”哈洛威说。

“什么？另一块石头？不用了，谢谢。”伊莎贝尔说，“你很久以前用我的名字给一座生机盎然的山命名，那份礼物很有心思，我很喜欢。可惜后来它成那样了。”她侧身弯腰在卡尔的额头上印下一吻，沿着大街走了。

“还有件事。”哈洛威出声挽留。

伊莎贝尔停下脚步，过了一秒才转过身面对哈洛威。“什么事？”她问。她的语气暗示哈洛威，他已经用完了今天她愿意与他相处的有限时间。

哈洛威从口袋里掏出一张数据卡。“我的小屋前几天有客人来过，”他说，“某种小动物。我以前没见过。我想别人也没见过。我想你大概会感兴趣。”

她不由自主地脱口问："什么样的动物？"

"我想你应该自己看一下那段录像。"哈洛威说。

"如果只是另一种蜥蜴，扎拉集团不在乎的。"伊莎贝尔说，"除非它身藏剧毒，对人类有害或者它排出来的尿都是纯石油。"

"不是蜥蜴，"哈洛威保证道，"集团交代你应该研究什么了吗？"

"当然。"伊莎贝尔说，"准确来说，它交代我什么不能研究。非常不幸，即便我不给蜥蜴分类，我也没别的事情可做。我会变得和陈博士一样。"陈博士就是那位外星语言学家。

哈洛威偏头示意那张数据卡。"这个会让你忙上一阵子。"他说，"我保证。"

伊莎贝尔怀疑地看着那张卡，但还是朝他走来伸出了手。"我会看一下。"她接过那张卡，"你最好不要浪费我的时间，杰克。"

"我没有。"他说，"至少我已经学会了不要浪费你的时间。"

"那就好。"伊莎贝尔说，"我们谈一次恋爱你也长点知识。"

"但这知识我最近不是天天用得到，"哈洛威说，"你现在基本都待在镇上。"

"生活有时候就是这样子。等我们终于学会已经太晚了，用不上了。”伊莎贝尔静静地看着哈洛威。

“对不起，真的。”哈洛威说。

“我知道。”伊莎贝尔说，“谢谢你，杰克。”她又在他的脸颊上轻轻地拍了拍，表示友好，但没有别的意思了。“现在我真要走了。我的午餐约会已经迟到了。”她拍了拍卡尔，匆匆忙忙地走了。

过了几分钟，哈洛威目送她离开后，俯身将狗带扣上卡尔的项圈。“我觉得刚才气氛还不错，”他对卡尔说，“总体来说还不错。”

卡尔抬头看着哈洛威，脸上带着一种“我表示怀疑”的表情。

“哦，得了，”哈洛威说，“也不全是我的错。”

面面相觑的卡尔和哈洛威及时移开目光，注意力回到街道上，正好赶上伊莎贝尔转过角落，消失在街口。

第 06 章

1兆巨款

“你迟到了。”伯恩站在扎拉集团行政大楼的楼梯上说。哈洛威一个人来的，他把卡尔送回到飞船上，给了它一根扎拉速龙的骨头，还给它开了空调。

“我刚刚碰到了熟人。”哈洛威说。

“碰到了伊莎贝尔，对吧？”伯恩说，“你们俩还痛恨彼此吗？”

“哈哈，她听说我要来见你，问了同样的问题。”哈洛威说。

“我猜也是。”伯恩说，“杰克，我不是那种太注意细枝末节，总觉得里面别有深意的人，但你用女朋友的名字命名一座山之后，又把山挖个七零八落，推成石堆，就连我也看出来这不是感情发展的好兆头。”

“所以我不找你咨询感情问题。”哈洛威说。

“好吧。”伯恩说，“我听说她有新男朋友了。”

“我不知道。”哈洛威说。

“一个几个月前刚调到这星球上来的管理人员，”伯恩说，“一个律师。法律副总顾问。如果我和你要上法庭打官司，代表我的很可能就是他，他会斩瓜切菜似的瓦解你的所有主张。”

“听起来这人不错。”哈洛威说。

“没错，”伯恩说，“大家都觉得伊莎贝尔终于找了个更好的。”

“我们不是已经晚了吗？”哈洛威打算换话题了。

“你来晚了。”伯恩说，“但我预计你会晚到，因为你就是这种讨人嫌的浑蛋。所以我让你比约定时间早来二十分钟。现在时间正好，跟我来。”他走上楼梯。

“这地方还像以前一样‘宜人’。”他们走进大楼之后，哈洛威说了一句。地球上的扎拉集团总部位于俄亥俄州代顿市，被誉为上世纪最伟大的建筑成就之一。到了扎拉23号星，远离公众视线几光年，无需公关噱头，扎拉集团的总部大楼就成了一幢由便宜耐用的建筑材料堆砌而成的大块头，外观不伦不类，只求容纳所有员工，没有任何额外的功能。

“我可喜欢你们造的千篇一律格子间了，”哈洛威说，“居然还有日光灯，我真是没想到。”

伯恩对他的讽刺充耳不闻，头也不回向前走，逼得哈洛威不得不快步跟着。“听好了，杰克，”伯恩向后扫了哈洛威一眼，“我知道我和你一直合不来，但如果可以的话，我希望你这次开会规矩点。”

“这次开会有什么特别？”杰克问。

“你发现的矿层，”伯恩说，“真的很大。”

“我知道啊，查德，”哈洛威不以为然，“我发现的，还记得吧？”

“你不知道。”伯恩说。他们走到了一间会议室的门口。“你以为你知道，但其实这个矿层比你想象的还要大。这事连地球上的总部都惊动了，现在成了头等大事。”

“什么意思？”哈洛威说。

“答应我，杰克。”伯恩说，“作为发现矿层的合同勘测员，你是既得利益相关方，勘测开采协议要求我们在过程中事无巨细都要让你知情。我会做到这点。但你也要答应我开会规矩点。”

“不然呢？”哈洛威这下真的好奇了。

“没有不然，杰克，”伯恩说，“这次不比从前，不是我和你互相掐着脖子看看谁先喘不上气。我不是威胁你，也不是给你下命令。我是恳求你，拜托，规矩点。”

哈洛威沉默了一会儿。“你说矿层很大——”他问伯恩。

“嗯。”伯恩说。

“多大？”哈洛威又问。

“大得连我都没资格代表扎拉集团和你对接，我之所以能和这个会议沾上边是因为他们让我带点三明治去。”伯恩说。

“这和你的日常工作有什么不同？”哈洛威讥讽道。

“天啊，杰克。”伯恩说，“你到底有没有听我说话。”

“开个玩笑。”哈洛威说。

“你以前讲过更好笑的。”伯恩说，看到哈洛威突然露出了微笑。“怎么了？”

“这句话我今天也是第二次听到了。”哈洛威说。

“杰克。”伯恩想再次出言提醒。

“放松，查德。”哈洛威说，“我听到了，我会规矩点的，我保证。”

“谢谢。”伯恩说。

“不过话说回来，这次会议最好值回票价。”哈洛威说。

“那得你告诉我了。”伯恩说。他打开会议室的门，里面坐了一圈本地扎拉集团的所有高层。

“好吧，这阵仗还是挺唬人的。”哈洛威低声对伯恩说。而伯恩没有回应。

“为今年扎拉集团年度报告锦上添花的贵客终于来了。”扎拉集团副总裁兼扎拉23号星总监艾伦·欧文说。他笑容满面地从椅子里站起来，和哈洛威握手，还在他背上热情洋溢地拍了一下，太亲切了。“哈洛威先生，热情欢迎你。”

“谢谢。”哈洛威说。

“请坐。”欧文指了指桌旁的空椅子。椅子只有一张，显然伯恩得站着参加整场会议。他连同一群其他低层书记员一起悄悄地贴着墙站成一排。“这里其他人我想你都认识了。”

“认识。”哈洛威对着桌上其他人的方向点了点头，“我去过几次扎拉集团假期派对。”

“对了，”欧文说，“我好像记得你是跟着我们的生物学家来的。叫凡纳？”

“凡加。”哈洛威说。

“印度人？”欧文问。

“肯尼亚人，”哈洛威说，“牛津出来的。”

“对，”欧文说，“还在和她交往吗？”

“今天刚打过交道。”哈洛威说。

“好极了。”欧文转过身，指向一个人，“这位你就不认识了，哈洛威先生，威顿·奥布里七世。他刚好在巡视扎拉集团的各分支和旗下产业，你发现这个矿层的时候碰巧他就在这个星球上。这个名字你认识吧。”

“当然。我收到的所有支票上也有一个差不多的名字。”哈洛威说。他感觉到伯恩在后面紧张得绷直了身体。这离不守规矩不远了。幸好桌上的一圈纷纷发出了轻笑。

“的确，”欧文说，“而不久之后，支票上就是他的签名了。”

“还是晚点比早点好。”奥布里话虽这么说，但他的语气给哈洛威的感觉却是他言不由衷。奥布里在椅子里挪了挪，面对哈洛威："我看过你的档案，你念的是杜克大学。"

"对，法学院。"哈洛威说。

"我本科在那里念，"奥布里说，"18届。"

"我们中间差了三年。"哈洛威说。

"拿着杜克大学法学学位到三级行星做野外勘测的人也不多。"奥布里说。

"说来话长。"哈洛威说。

"我猜也是，显然这其中还牵涉到吊销律师资格，这种事从来就不是三言两语能解释清楚的。"奥布里说。

哈洛威盯着奥布里看了好一会儿。他长着一张讨喜的脸，古铜色皮肤带有日晒的痕迹，还有著名的奥布里家族高耸鼻梁，哈洛威猜还没有人因为他如此傲慢混账而一拳砸扁这鼻梁。"是不好解释，"他说，"但反正事情的结局就是我发财了，你和你的家族也更有钱了，我想我们都没什么好抱怨的吧。"他向奥布里露出了微笑。

顿了一顿，奥布里也回了他一个微笑。"的确没什么好抱怨的。"他说，接着转向欧文，欧文一直有些惊恐地看着他们你来我往针锋相对。"那我们就直接跳到故事的结局吧，我想我们该谈谈到底我们能有多少钱了。"

"没错。"欧文说着，点了点放在他面前桌上的信息板。他身后那面墙突然亮了起来，开始播放展示页面。"乔汉，我记得你要和我们过一下这件事。”

“对。”扎拉集团的开采总监乔汉·格鲁伯应声转向那面墙，“哈洛威先生发现那片矿并上传初始勘测数据之后，我们很快清楚地认识到这片矿产比我们最初想象中的要大。因此我们派了一支后续勘测队伍去那片区域——”

“什么？”哈洛威说。在合同勘测员营地上的所有勘测工作都应由勘测员本人或在其监管下进行，否则勘测员可能会错过新矿层的发现，也可能会损失原矿层的后续采矿收益。“我对此并不知情。”

“紧急情况。”扎拉集团在扎拉23号星上的总法律顾问珍妮丝·梅耶说，“如果你查一下你的合同，你会看到扎拉集团有权在特定紧急情况下，于合同勘测员的营地上勘测搜集信息或样本。”

“什么紧急情况？”哈洛威问。

“我。”奥布里说，“这次发现的矿层巨大，我希望能亲自向董事长及董事会其他董事汇报此事。我预定在明天离开扎拉23号星，所以下令启动紧急情况条款。”

“你不用担心，哈洛威先生，”梅耶说，“在启动紧急情况条款后，所有后续发现的矿层将自动累加至原始矿层，勘测员也会获得相应的额外收益。”

“怎么说？”哈洛威问。

梅耶眼光移向欧文，欧文点点头。“我们认为0.1%额外奖金是恰当的。”他说。

“听着不错。”哈洛威说。

“恭喜你将获得0.35%的收益。”奥布里说，语气不经意带着点趾高气扬的调调。他要分到的那块蛋糕可是大多了，哈洛威根本没法和他比。他示意格鲁伯继续。

哈洛威犹豫该不该说些什么，但很快意识到如果他不说，他就要吃哑巴亏了。“应该是0.5%。”他说。

“你说什么？”奥布里说。被打断话题让他很恼火。

哈洛威看向伯恩，伯恩发现注意力到了他身上吓得不轻。“告诉他。”哈洛威催他。

“呃，”伯恩支吾了两句还是鼓足了勇气，“哈洛威最近更改了合同，收益改成了0.4%的总收入，”他说，“所以这次额外奖金让他一共获得0.5%的收益。”

“我明白了。”奥布里说，“这么突然地更改扎拉集团标准合同有什么特别原因吗？”

“紧急情况。”哈洛威说。

奥布里似乎觉得这句俏皮话一点也不好笑。“好吧，”他说，“但是你的奖金要押后到我们扣除你炸塌悬崖的清理费用之后再发放。CEPA已经在处理有关罚款了。收益你有份，成本你也要分担。”

斤斤计较的小气鬼，哈洛威暗暗骂道，又看了伯恩一眼。伯恩无助地看向他，脸上的表情在说“别折腾我了”。哈洛威无视他的表情。“查德？”他喊了他一声。

“又怎么了？”奥布里火了，注意力也转向查德，“他的合同难道还免除了清理责任吗？”

伯恩竭尽全力不让眼神流露出困兽般的可怜神情，他叹了口气，承认道：“是的，免除了。”

“你是谁？”奥布里问。

“查德·伯恩。”伯恩回答，“合同勘测员代表。”

“你肯定广受爱戴吧，伯恩先生。”奥布里说，“你对你的合同勘测员也太慷慨了。哈洛威先生的合同上还有什么特惠条款我们需要了解一下吗？暗地里还有什么额外好处？免费嫖妓？每次他到镇上来你都手洗他的飞船？”

“没有，”伯恩说，“没有其他了。”

“最好如此，”奥布里说，“这里谁是你的主管？”

“我。”人事总监文森特·达波举手示意。

“这次会议之后，我们谈谈。”奥布里说。

“好的，先生。”达波说，接着恶狠狠地瞪了哈洛威和伯恩一眼。

“好了，我们已经浪费了几分钟讨论合同了，现在回到这次会议的正题上来吧，要是不麻烦的话。”奥布里说。格鲁伯突然回过神来，清了清嗓子，重新开始展示。

哈洛威又看向伯恩，伯恩面无血色呆立着。对不起。哈洛威无声地用口型对他说。伯恩下定决心不搭理他。

哈洛威注意力回到墙上的幻灯片，还有格鲁伯乏味的声音，他正在介绍额外勘测的方法和困难，勘测员们如果不保持警惕可能会被扎拉速龙吃掉。“总而言之，我们的勘测队伍还在给这片矿层声波测像，”格鲁伯说，“但目前我们收到的数据相当惊人。请看下一页幻灯片。”

墙上画面跳到下一页，显示了鸟瞰和侧面的地形图。两张图上矿层都用绿色高亮表示。

“我的天。”哈洛威说。他在悬崖发现的那段巨大的矿层实际上只是一段分支。太阳石矿的整个脉络延伸到悬崖之外，分支四散开去汇入悬崖北边一条宽阔的大河般的主矿，绵延数公里，一直延展到离伊莎贝尔山不到一公里的地方。哈罗威看着矿层的长度和宽度，尝试着算出它值多少钱，他的脑子算不过来了。

显然算不过来的人不止他一个。“这个矿层对我们来说值多少钱？”奥布里问。

“这取决于其中太阳石的蕴藏密度有多高，”格鲁伯说，“哈洛威先生发现的那片矿层的密度非同一般地高，但保险起见，我想比较明智的做法是采用从过往开采中推算出的标准太阳石矿密度计算。”

“好了，”奥布里不耐烦地说，“直接告诉我值多少。”

“大概在0.8到1.2兆信用币之间。”格鲁伯说。

这个数字太大，众人花了好一会儿才反应过来。会议桌上有人情不自禁轻声吹了一下口哨。哈洛威确定那不是他自己。

“1兆信用币。”终于，奥布里发话了。

“是的。”格鲁伯说，“前提是我们能开采整个太阳石矿。”

奥布里哼了一声。“拜托，”他说，“这石矿抵得上公司过去六十年的总利润。你真以为我们不会开采整个太阳石矿吗？”

“不是的，先生，”格鲁伯解释道，“但的确存在操作上的限制和环境保护问题——”

“这些我们总会想办法解决的。”奥布里打断了格鲁伯。

“好的，先生。”格鲁伯顺从地继续往下说，“即便如此，开采工作还是面临很多挑战，尤其是如果我们挖掘处于低地丛林地带的主矿的话，很有可能就违反CEPA开采及砍伐森林相关规定了。”

“CEPA规定又不是刻在石板上定死的。”奥布里不以为然。

“的确不是。”格鲁伯表示同意，“但根据您父亲的指示，我们还是要遵守这些规定。”

“那是当然。”奥布里说，语气和他方才期盼他父亲身体健康他晚点接任如出一辙，言不由衷。哈洛威特意环视会议桌，看看有没有人对此有所顾虑。扎拉集团高层们战战兢兢，脸上一片空白。哈洛威忍不住嗤笑了一声。

奥布里也环视了一圈。“诸位，我想申明一点，”他说，“这片矿层可能会为扎拉集团带来巨大的收益。而且我也不用提醒你们，最近我们公司勘测开采带来的经济收益大不如前了，一方面因为殖民星官方的有关规定越来越严格，另一方面取得勘测开采权的其他竞争者越来越多，特别是蓝天集团，去年他们的利润在历史上首次超过了我们。这片太阳石矿完全开采后的收益，能让扎拉集团在往后几十年都保持不败之地。几十年的滚滚利润！所以我们会完全开采这片石矿。”

“所以，诸位。这片矿层的开采将会成为这个星球经营活动的首要任务，”奥布里说，“你们必须整合调动手头上的所有资源，以及未来能调动的一切资源，立即投入到这次开采当中。我已经决定留在这个星球上亲自监督这项工程的启动工作。如果在一个月内我们还没有开挖——我说的是集中全部资源全力开挖——你们都要开始找新工作了，而我会保证你们再也找不到任何工作。明白了吗？”

没有人说话。威顿·奥布里七世没有任何扎拉集团的正式头衔，但威顿·奥布里六世在出任董事会主席和执行总裁之前也没有任何头衔，在他之前他父亲也没有。没人会天真地以为奥布里七世不会接过扎拉集团的权杖。没人胆敢幻想奥布里七世没法毁了他们的事业，让他们永不翻身。

“好了，”奥布里说，“我们赶快开工。”他嘴角翘起，猛一拍桌面。“见鬼！这真是天大的好消息。”他目光又锁定在坐在桌边的哈洛威身上。“此刻我真的很高兴你被吊销律师资格了，哈洛威。”

“谢谢。”哈洛威干巴巴地说。

第 07 章

危险！小毛球入侵！

什么东西在戳他的鼻子，哈洛威被戳醒了。

他还闭着眼，在脸上挥了挥手。“别闹，卡尔。”他说。接着马上又睡着了。

戳。

哈洛威哼哼了两声，翻身埋进被窝，躲开他那烦死人戳个不停的狗。

戳。

这下开始戳他的后脑勺了。哈洛威发出愤怒的咕噜声，挥手想拍卡尔，结果只虚晃了一下。

戳。

就在这下戳到后脑勺的同时，一个想法划过哈洛威好像塞满棉花糖的没睡醒的大脑：从啥时起，卡尔这舔脸能手也会戳人了？又过了一小会儿，哈洛威才意识到这意味着什么。

这下子哈洛威吓得叫出声来，从他的吊床上蹦起，落到吊床和墙壁之间的空地。他半个身体还挂在床上，拽着床翻了下来，差点撞地上，幸好枕头掉出来挡住了，不然他额头得撞出一个口子。

那毛球，站在吊床原来位置的边上，兴致勃勃地看着。等这场灾难终于尘埃落定，它瞅着哈洛威，冲他眨了眨眼。

“老天！”哈洛威对那小家伙喊，“你怎么进来的？”

它怎么进来的？哈洛威抬眼看了看吊床原来位置上方的窗子，关得很严实，小屋里其他的窗子也关着。屋门也紧闭着。这毛球小浑蛋无路可进，除非……

“卡尔！”哈洛威边喊边从睡觉的隔间往外看向小屋。

卡尔偷偷地从书桌后面探出头来看了看，使出最擅长的“糟糕我最好别看他的眼睛”这一招。

“你放这小东西进来的，对不对？”哈洛威问，“你让它从你的狗门大摇大摆进来的，老老实实承认吧。”

卡尔心虚地摇了下尾巴聊表歉意，躲了起来。

“太离谱了。”哈洛威埋怨道。他低头看了看那小毛球，它似乎相当平静，毫不关心在身旁爆发的家务纠纷。

有什么东西在哔哔响。哈洛威看向四周，在一团乱的小卧间里找到掉在床头柜旁边的信息面板。他睡前用它查阅过勘测报告。眼下上面显示有人来电。哈洛威捡起信息板，拍了拍，打开了纯音频模式。

“什么事？”他说。

“杰克？”伊莎贝尔说，“抱歉，我吵醒你了吗？”

“我起来了。”哈洛威答道，看向小毛球。

“杰克，你给我那段视频，是真的吗？”伊莎贝尔问道。

“什么？”哈洛威反问。

“我意思是，这视频是你拍的吧？不是你在网上或哪里找到的吧？”伊莎贝尔又问。

“是我拍的。”哈洛威说，“你应该能认出我的小屋，伊莎贝尔。”

“我知道，抱歉，”伊莎贝尔说，“只是……杰克，视频上的无论是什么生物，以前从来没有人见过。”

“还用你说。”哈洛威说。此时小毛球看哈洛威看得无聊，开始在小屋里转悠，好像它才是屋主。

“就连数据库里也没有类似的。”伊莎贝尔说，“当然这也不意味什么，扎拉集团做事从来只求达到勘测开采规定的最低要求，而且他们只关注智慧生物。”

“啊哈。”哈洛威说。那小毛球晃悠到卡尔身边，朝卡尔的鼻头伸手，摸了摸。卡尔摇起了尾巴，又朝哈洛威投来愧疚的一瞥。

“算你明白，你个叛徒。”哈洛威说。

“什么？”伊莎贝尔问。

“没事，”哈洛威说，“我在对卡尔说话。”

“我的意思是数据库里也没有这种生物的数据，”伊莎贝尔继续说下去，“我们有几种类哺乳动物的数据，大多是啮齿动物。这里还有一种飞行动物与哺乳动物也很相近。但没有像这样的。这动物有多大，杰克？”

哈洛威看向小家伙，它正朝厨房走去。“和猫差不多，要我说。”他回答道，“大猫。像站起来的缅因猫那么大。”

“这么说它主要是两足行走的，据你的观察来看。”伊莎贝尔说。

小毛球正顺着厨房餐桌旁的一张椅子往上爬。“我看是。”

“那也很不寻常，”伊莎贝尔说，“除了飞行生物，这里发现的其他哺乳动物都是四足行走的。你看见它用手了吗？它表现过双手具有灵巧性的显著迹象吗？”

毛球现在站在椅子上，举着手往上够，一下攀住了厨房料理台的边缘，灵活地一撑，爬上去了。

“有一些。”哈洛威说。

“你知道这动物有多不寻常吗，杰克？”伊莎贝尔说。

“我现在知道了。”哈洛威说。小毛球现在到达它的目的地了——哈洛威盖着水果的塑料罩子。哈洛威三步并作两步从卧间走向厨房。“至少你听起来很兴奋。”

“当然。”伊莎贝尔说，“这里自然环境动物群主要是爬行动物，在其中找到像这样一种前所未见的大型哺乳动物是件大事。非常重要。这种发现不是随随便便就有的。”

“看来你终于走了大运了。”哈洛威说，故意重复上次他们见面伊莎贝尔说他的话。他到了厨房。小毛球看看他，又看看水果罩子，好像在说：“帮我拿，好吗？”

“还不算。”伊莎贝尔说。她没有留意到哈洛威说话的深意。“不是不相信你，杰克，但你的保安录像可以轻易伪造出来。”

“我没有伪造。”杰克说。他拿开了水果上的罩子。

“我知道你没有。”伊莎贝尔说，“我不是那个意思。我意思是这录像不能作为证据。录像太容易做手脚了。这段录像的保密级别也不够。如果我提交这录像当证据，我会被当作笑话。”

小毛球探向水果盘，双手并用抓出一个槟迪。“那你怎么说？”哈洛威问。

“杰克，你觉得那生物还在那片区域吗？”伊莎贝尔问，“我的意思是，还在附近吗？”

小毛球捧着槟迪走过来，放在哈洛威面前。

“大概吧。”哈洛威说。

“我想过来。”伊莎贝尔说。

“什么？”哈洛威说。这句话让他顾不上理那小毛球了。“刚刚有那么一秒钟好像你真的说了你想过来这里。”

“嗯。”伊莎贝尔说。

“你，”哈洛威一字一顿地说，“过来。到我身边。”

伊莎贝尔叹气了。“杰克——”她准备说下去。

“等等，不对。”哈洛威说，“不是到我身边来，还得待在我身边。你只能留在我这里，除非你乐意和蜥蜴做伴。”

“你觉得这样好玩吗，杰克？”伊莎贝尔说。

“有点。”哈洛威说。

小毛球凑过来，从旁边戳了戳哈洛威想引起他注意。哈洛威看过去。干吗？他不出声用口型问小家伙。

小毛球举起槟迪又放下，然后看向哈洛威，脸上带着显而易见的不耐烦。哈洛威突然想起来，上次他给小家伙吃槟迪，是切好的。小家伙等着它的切片呢。

“你这咄咄逼人的家伙。”哈洛威说。他摸向抽屉拿刀。

“我以为你愿意帮我，杰克。”伊莎贝尔说，“因为是你先把那录像给我的。”

哈洛威意识到伊莎贝尔以为他刚刚那句话是对她说的。“对不起，”他说，“不是你想的那个意思。”他放下信息板去拿那个槟迪。

“听着，杰克。”伊莎贝尔说，“我知道我们之间分手不愉快，我知道你还生我的气。我承认我也有错。但我以为这些都过去了，我们可以做朋友。真正的朋友，不是‘公共场合礼貌相待’的朋友。对吗？我以朋友的身份请你帮我这次忙。”

“以朋友的身份。”杰克说。他把槟迪切开四瓣，递给那毛球一片，把剩下的放在台子上，到洗手台洗手。小毛球看着他，似乎对水龙头产生了浓厚的兴趣。

“希望这要求不算过分，”伊莎贝尔说，“这可能真是非常重要的发现。退一步说，这发现对我很重要。我希望对你来说这还有点意义。”

伊莎贝尔说话这会儿，哈洛威探向他的碗柜，拿出一个小碗，从水池接了水递给小毛球。小东西蹲下从碗里喝水，像人类那样撅着嘴啜，而不是像猫狗那样舔。

“这小动物的确很有意思。”他说。

“那么——”伊莎贝尔说。

哈洛威的注意力回到信息板。“你当然可以过来，伊莎贝尔。”他说，“能见到你我很高兴。我还没想到你能睡哪儿。但见到你我会很高兴的。”

“谢谢你，杰克。”伊莎贝尔说，“别担心，你压根不会感觉到我的存在。”

哈洛威不禁笑了。我深表怀疑。他对自己说。

他回头又去瞧那毛球，它喝完水了。哈洛威以为这会儿小家伙该吃水果了，但它跑去捡了一片槟迪提着，之前那片夹在胳膊下面。接着，它在厨房料理台的边缘坐下，小腿儿和小脚丫用力拽着毛茸茸的屁股，跳了下去。落地的时候，一块槟迪没抓稳也着地了。小家伙迅速捡起来，朝着大门出发。

“你想我什么时候来？”伊莎贝尔问。

“什么？”哈洛威说，他被小毛球分散了注意力。

“我什么时候到你那儿方便？”伊莎贝尔说，“我不想打乱你的时间安排。”

“你想什么时候来？”哈洛威问。这会儿小毛球已经走到了门口，站在一旁，好像等着人来开门。它咳嗽了一声。哈洛威拿上信息板，走向门口，但坐着的卡尔先从书桌那头站起来了。

“老实说，我想下午就过来。”伊莎贝尔说，“但我这边还有事要先做完。”

“我还以为你最近没什么事。”哈洛威说。卡尔已经跑到狗门前，爬了过去。它前腿出去之后，那小毛球挤在卡尔身体下面也出去了，狗的后半身紧跟其后。

“我本来没什么事。”伊莎贝尔说，“然后显然有人发现了一大片太阳石矿，他们让我准备生物影响报告，两倍速完成。”

“抱歉。”哈洛威说，他朝着门走去。

“你该说抱歉。”伊莎贝尔说，“因为生物和环境影响将会是巨大的。这里的开采部门向CEPA提交了生态特例请求。他们想竭尽所能尽快挖开那岩层。那会是场灾难，他们想让我在请求上签字。”

“你会签吗？”哈洛威问。

“我觉得我没有别的选择。”伊莎贝尔说，“他们想开采的那片区域丛林里没什么珍贵独特的动植物。我在区域里做的生物群落扫描还有机器人采样都没找到不寻常的物种。扎拉集团会声称开采造成的任何损害都可以通过事后重新种植或从别处的丛林移植恢复，继而肆无忌惮地在这片区域上开挖，当然这说法本来也就是场面话。”

哈洛威走出小屋门外。卡尔坐在门边，懒洋洋地甩着尾巴。哈洛威走到它跟前，轻轻拍了拍它脑袋。小毛球窜到一株刺木下面，哈洛威上次见过它从那儿离开。

“总之，生态特例请求需要额外的工作量。”伊莎贝尔继续说，“我会尽快完成，但估计至少得三天我才能出来，很可能要四天。”

“四天后我没问题。”哈洛威说。

“好的，”伊莎贝尔说，“到时候见。那之前别再有什么重大生物发现了好吗？”

那小毛球抬头看向刺木，张开了嘴。它发出了轻轻的声响，咳嗽似的，就像刚才在门边那样。刺木的叶子轻轻地翕动了几下，叶丛下钻出来四个团子，小小的，毛茸茸的，像猫一样。它们看到了小毛球，慢慢地爬下来。

“我可不保证。”哈洛威说。

“你总是那么别扭。”伊莎贝尔说。

“我以为你就喜欢我这样。”哈洛威说。

“其实不太喜欢。”伊莎贝尔说。

“你可以早点告诉我。”哈洛威说。

“我相当确定我告诉过你了。”伊莎贝尔说。

“哦，”哈洛威反应过来，“对不起。”

这一刻其中一只新来的小毛球已经爬到哈洛威认识的那小家伙身边。看上去两只小毛球轻轻地碰了碰额头，然后哈洛威认识的那只毛球拿起一块槟迪，掰开两半，递了一半给新来的。接着它给每只下来的新毛球都分了一块。转眼间新来的小家伙们都心满意足地嚼起了槟迪。

“这次我就原谅你，因为你帮了我个大忙。”伊莎贝尔说。

“谢谢。”哈洛威说。

“我来之前给你打电话。”伊莎贝尔说。

“没问题。”哈洛威说。

“我知道你来镇里的时候买了生活必需品，但你还需要我给你带什么吗？”伊莎贝尔问，“比如说你忘了买什么吗？”

现在小家伙们已经吃完了水果，正好奇地打量哈洛威和卡尔。卡尔冲着新访客讨好地猛摇一通尾巴。叛徒。哈洛威又在心里说了一遍。卡尔读懂主人心思的能力目前似乎暂时关闭了。

“我想要些槟迪。”哈洛威说。

“没问题。”伊莎贝尔说，“你想要多少呢？”

“不知道，”哈洛威盯着他的新客人说，“尽量多带点。”

第 08 章

毛毛家族的好管家

小毛球们都毛茸茸的，看上去是一家子。想不到更好的叫法，哈洛威只好管他的五位客人叫“毛毛家族”。几天以来，他和它们混熟了，因为毛毛一家决定搬进他家了。一家子总共五只毛毛，哈洛威根据它们的行为和互相之间的相处模式给它们起了代号。

最早来他家的是毛毛爸爸，因为很明显它是这小家族的头儿。最初是它出来找食物，来查探环境，它还给这家子发出了“安全”信号，让大伙儿从树丛里出来会见人类和狗。

哈洛威知道要是伊莎贝尔来了，她会温和地批评他如此武断的猜测，首先毛毛爸爸就不一定是公的。哈洛威承认毛毛爸爸也可能是母的，或者别的什么性别。不是所有生命形式都严格对应人类习惯的性别区分。啧，连在地球上也不是那么回事。哈洛威记得伊莎贝尔给他讲过海马，雄性长着育儿袋，雌性海马往那里面产卵，然后雄性受孕怀胎直至生产。

虽然挺长知识的，但说到底哈洛威不太关心海马啊育儿袋啊什么的。他假装感兴趣是因为那时他刚开始和伊莎贝尔交往，他盼望着上完课之后，也许能有什么别的收获。到后来伊莎贝尔认出了他“左耳进右耳出”的表情。这问题他们刚交往不久就出现了，最后也没有完全解决。哈洛威想，大概就是因为这样，他现在孑然一身。

好吧，身边好歹还有一条狗和五只小家伙——他不管不顾地都给它们乱安了性别和角色。哈洛威想肯定有办法确定小家伙们的性别，但他觉得那不归他管。过几天，生物学家就来了，他等等没关系。如果他猜错了，他还能改。问问卡尔就知道了，它最开始叫卡拉，和哈洛威的姨妈一个名字，直到有人细看之后指出他家小狗显然带把儿。卡尔是哈洛威养的第一条狗。别人指指点点笑话他的时候，哈洛威就用这借口堵回去。

所以，毛毛爸爸（暂名）是领头的和一家之长。哈洛威观察他和其他毛毛互动，再次好奇这生物的智慧程度。对于动物来说，它非常聪明。绝对比卡尔要强，卡尔现在对它俯首称臣，跟着它绕着树屋摇着尾巴到处走。只有少数特别的狗才会自觉自愿不当领头犬，卡尔不巧就是。哈洛威打算晚点跟它谈谈，这样没啥好处，无利于卡尔好好做狗，对别的方面也不好。

哈洛威绞尽脑汁去想还有什么动物有这么聪明。如果非要他猜，他估计毛毛爸爸大概和僧帽猴差不多。哈洛威这么说是有原因的，他刚来扎拉23号星时遇见过一只，另一个勘测员山姆·汉密顿养了一只“小帽儿”，他们俩的勘测营地挨着。据说那猴子可能比汉密顿都聪明，传闻他在信息板里装了儿童启蒙读物，不然这辈子都得是目不识丁的文盲。

不管传言是真是假，那猴子聪明得吓人，而且还是个小偷。山姆总要抱歉地把钱包和钥匙还给别人，不过钱包里的扎拉集团信用币总是不翼而飞，勘测员们靠那玩意儿买生活必需品和赌博。信用卡余额偶尔也会少点。没人相信这是猴子干的。哈洛威一度不得不为这事和山姆掰开来谈。

现在山姆和猴子都没了。山姆没有好好维护他的飞船，船上一个驱动器意外爆炸，飞船硬着陆摔在了丛林地上。山姆也从不费神去装应急围栏，等附近一个勘测员到达他所在位置时，山姆和他的猴子只剩下一条延伸至丛林深处的血迹。接下来的一周，应急围栏的销量翻了一番。

哈洛威越想越觉得毛毛爸爸应该比那猴子更聪明。首先，它和它那一家子都在丛林里好好活着，而那猴子被丛林生吞活剥了。其次，它也聪明地意识到跟着哈洛威讨生活，比四处躲树上和地上的掠食动物要容易多了。

毛毛家族里排第二位的毛毛，是第一个从树上下来和毛毛爸爸打招呼的那只。这只毛毛比爸爸个头小点，也更亮眼——它的毛发是金色的，比毛毛爸爸的暗玳瑁色要浅，但脸上的毛色又深些。它（哈洛威又一次猜测这只是雌性）在哈洛威眼里有点像暹罗猫或喜马拉雅猫。这只毛毛是毛毛爸爸的伴儿，它们俩老黏在一块，看着就像一对儿，经常互相摸摸蹭蹭。哈洛威开始有点担心照这样发展下去，他也许要被迫旁观毛毛性行为或者别的什么。但这俩没啥出格的行为，至少他在旁边的时候没啥动静。

无论如何，这只毛毛似乎对哈洛威和卡尔很友好，也很信任他们，哈洛威估计是因为毛毛爸爸信任他们，把他们当朋友。哈洛威完全放弃发挥创造力了，就管这只叫毛毛妈妈。

毛毛家族的第三号毛毛是一只灰色的，和毛毛爸爸差不多大的毛毛，但比毛毛爸爸胖些，动作好像也有点迟缓，哈洛威觉得它脑子转得也慢点。这只毛毛也和毛毛妈妈很亲密，但和毛毛爸爸那种亲密又不一样。如果非要哈洛威猜，从它们的互动来看，他猜这只毛毛是毛毛妈妈自己的爸爸。又来了，这完全是哈洛威单方面的想法。也许他是毛毛妈妈遇见毛毛爸爸之前的伴儿，现在他接受了某种第二顺位的角色。实话实说，哈洛威对毛毛的世界一无所知。无论如何，他管第三号小家伙叫毛毛爷爷。

哈洛威给它起名毛毛爷爷的部分原因来自于爷爷的主要职责——看好剩下两只小毛毛，别让它们淘气。两只小毛毛个头更小，行为也像小孩儿似的毛毛躁躁随心所欲。举例来说，其中一只小毛毛爬上卡尔的背，企图像骑马那样骑狗。卡尔可不高兴，一度想灭了毛毛。这毛毛打了狗鼻子一下，接着尖叫逃窜，卡尔想吃了它，它反而更兴奋。哈洛威想这只大概就是毛毛中的青春期少年了。它的毛发是白色的，上面叠着些或黑或灰的斑纹。哈洛威叫它斑斑。

最后一只毛毛，像毛毛妈妈那样毛发金黄，像斑斑一样精力充沛，但没那么讨人厌。它没打算骑上卡尔，它只是拍拍它，给它顺毛，一有机会就抱抱它。卡尔对此还算配合，但觉着这比被骑也只好那么一点儿。似乎再黏人的狗也需要一点独处空间。于是，卡尔会轻轻地甩开最后这只毛毛，溜回小屋。狗门还连接着它肩上的无线电发射器，没有它的允许毛毛们不能跟进去。它会钻进门里，躲上一两个小时。

最小的毛毛被抛下了也不会生气或者不高兴。它只会把注意力转移到哈洛威身上，好奇他在做什么。它对哈洛威没有对卡尔那么热乎，但它会跟在他后面，捡起他在摆弄的任何东西。哈洛威心里暗暗记下：千万别在这小家伙身边玩拼图。总体来说，他觉得有它做伴挺愉快，而且老实说，这小毛球可爱极了。他开始管它叫毛毛宝宝。

爸爸、妈妈、爷爷、斑斑、宝宝——它们是温暖的一家子。哈洛威不确定是他收养了它们，还是反过来。实际上他怀疑这家子收养了卡尔，他只是某种附属品——毛毛家族的最佳管家。不知怎的，哈洛威被这想法逗乐了，大概也因为这样，他立刻就接纳了入侵他房子和生活的小家伙们。

但还是有些要磨合的地方。

毛毛们从树丛里爬下来的第二天早上，哈洛威经历了第一次小冲突。哈洛威一起来，背疼得要命，几秒钟后他明白过来，背疼是因为他像拧麻花似的蜷在床上。

罪魁祸首是五只毛毛中的其中四只，东一只西一只地赖在他的毯子上，包括毛毛爷爷，抱着他的枕头，冲着他的脸轻轻打着呼，可把他吓得够呛。在他还处于睡梦中时，卡尔把毛毛们放进屋里，它们爬上了床和他一起睡，而哈洛威在梦中侧身给它们腾地方，结果就扭成了如此纠结的姿势。

哈洛威从枕头上抬起头，看见卡尔趴在吊床旁边的地板上。毛毛宝宝睡在它腹侧，一边揉它肚子，一边在梦中轻叹出声。卡尔看着也不怎么自在。它发现哈洛威在看它，于是用眉毛做了个表情向他示意：抱歉，伙计。我不知道会这样。

“白痴。”哈洛威说了它一句，脑袋又沉到枕头上。

后来，哈洛威在屋里的小盥洗室洗热水澡，希望背疼能好点，结果毛毛宝宝拉开了浴帘，第一次看到光秃秃身上都是肥皂泡的人类。

“能回避吗？”哈洛威温和地请求。他不是什么暴露狂，不过洗澡被毛毛看见了他也不怎么害臊，这就和换衣服的时候你家猫在旁边看着差不多。

宝宝转过脸叫了一声。五秒之后，其余四只毛毛也过来偷看，围观滑稽的无毛生物莫名其妙往身上淋水。现在哈洛威有点不自在了。

“你们好好听着，”哈洛威对他的观众说，“你们都应该像这样洗个澡，知道不。你们身上的味道一点都不可爱，特别是你。”他示意毛毛爷爷。“我一起来就闻到你那毛屁股了。你需要强制洗澡，朋友。”

卡尔的脑袋也探进浴室里，瞧瞧它错过了什么热闹。哈洛威把淋浴头对准它们一顿猛冲，冷笑着看着它们四散逃窜。

早餐也经历了一些变化。坐在厨房餐桌上的毛毛们似乎吃厌了它们的槟迪，眼睛又瞄上了哈洛威做给自己吃的超大三明治。

“想都别想。”哈洛威对它们说，同时给面包抹上了蛋黄酱和芥末。他举起一片给它们看：“瞧见没？一礼拜就吃光了。我就没面包吃了，要等下个月去镇里才有。所以呢，我的面包，没你们的份。”

它们都盯着面包，盯得入了神，卡尔也不例外。

“再说了，这是纯地球出品三明治，”哈洛威继续说，根本不在乎它们懂不懂，就像他也不在乎卡尔懂不懂，“全麦面包、蛋黄酱、芥末、熏火鸡肉。”说着他把熏火鸡肉铺在面包上，接着去拿芝士，“还有瑞士芝士。这些可能会毒死你，腐蚀你的肠子，或者造成其他可怕的后果。相信我，为了你们好我才自己吃的。我可真是个好人。”他叠好三明治，转身把配料放回到冷冻柜里。

他转过身时，斑斑站在他面前，用乞求的目光看着他。

“演得不错。”哈洛威表示肯定，“但你不是最可爱的那只。”他拿起三明治。

宝宝也站起来了，凑到斑斑身边，用同样的目光看着他。

“哦，拜托。”哈洛威说，“这样不公平。”

宝宝走到哈洛威跟前，轻轻地碰碰他的手臂，睁大了眼睛，渴望地看着他。

“停下！”哈洛威说，“你神秘又邪恶的可爱攻势对我无效。”

宝宝用它毛茸茸的小胳膊搂着哈洛威的手臂，可怜巴巴地叹了口气。

两分钟后那份三明治被分成了六块，每只毛毛都第一次尝到了烟熏火鸡芝士全麦三明治，每啃一口都满意地哼哼两下。哈洛威沮丧地看着他大幅缩水的那六分之一块三明治。

“糟透了。”过了一会儿，他咕哝了一句。

嗅到了示弱的味道，卡尔挪到它的主人跟前，眼里满是希冀。

“老天！”哈洛威叫道，“好吧，给你。”他递上微缩版的早餐，卡尔嗷呜一口吞进肚子里。“我希望你噎着，你这浑身长毛的刺头儿！你自己明白。”

卡尔抬眼瞅着他，甩着尾巴，高兴地舔了舔嘴巴。

三天后，一艘眼熟的小飞船停在了哈洛威那艘大家伙的旁边，一个同样眼熟的人走了出来，抱着装满水果的编织袋。

“嘿。”伊莎贝尔冲着哈洛威打招呼。

“嘿。”哈洛威说，“那是一大袋槟迪，还是你见到我太高兴了？”

“显而易见，这是一大袋槟迪，”伊莎贝尔回答，放下袋子，“你让我多带点。”

“的确。”哈洛威说，接过袋子。

“我还带了够一星期用的个人生活用品和一个帐篷。”伊莎贝尔说，“我信守承诺，你不会感觉到我的存在。”

“你可以睡在小屋里。”哈洛威说，“这里的雨季快开始了。”

“现代帐篷能防水。”伊莎贝尔说。

“我知道。”哈洛威说，“你改变主意的话，随时进来睡。”

伊莎贝尔直直地看着他，说：“你知道我在和别人约会。”

“我听说了。”哈洛威说，“一个律师什么的。”

“嗯。”伊莎贝尔说，“只要我们说清楚了就好。”

“我说你可以睡在屋里，没说让你睡我床上。”哈洛威说，“说到底，我们可以让卡尔看门。你会很安全的。”

伊莎贝尔看了看四周。“卡尔在哪儿？”她问。

“它在屋里。”哈洛威说。

“你把它关里面免得把那些小动物吓跑吗？”伊莎贝尔又问。

哈洛威笑了。“不是那么回事。”他说，“快进来。”

他把她领到小屋的窗户前。“往里看。”他说，“但尽量动作小点，别出声。”

伊莎贝尔疑惑地看了他一眼，朝窗户里面看去，毛毛一家坐在地板上，看着用书柜底层的书支起来的信息板。卡尔趴在宝宝旁边打瞌睡。

她猛地退回来，手捂着嘴巴，掩住了抽气声，然后转过脸对哈洛威惊叹：“老天，那儿有整整一家子。”

“嗯。”哈洛威说。

“话说回来，可能是一家子。”伊莎贝尔说，“也可能是别的社会结构……你笑什么？”

“没什么。”哈洛威说。

伊莎贝尔小心翼翼地又凑到窗户边上看，皱起了眉头。“它们在干什么？”她问。

“我放了一部电影好让它们有点事做。”哈洛威说。

“我想知道你放了什么。”伊莎贝尔问。

“一部科幻老电影《绝地归来》[1]。”哈洛威耸了耸肩，说，“那里面有些毛茸茸的小东西。伊沃克。我想管他呢，让它们看去。”

“啊哈。”伊莎贝尔回应。

小屋传来一阵小骚动，毛毛们兴高采烈地上蹦下跳。

---

1 《绝地归来》（Return Of The Jedi）：即1983年上映的《星球大战3》。

“那是在干吗？”伊莎贝尔问。

“它们喜欢看伊沃克拿石头砸坏人那场戏。”哈洛威说。

“你还真一点不担心教坏它们，是吧？”伊莎贝尔又问。

“它们是动物，伊莎贝尔。”哈洛威说，“虽然真的很聪明，但还是动物。我想它们不会智商突飞猛进，在信息板上看了电影接下来就往我脑袋上砸石头。”

“你把它们这样放在家里养着也不太好。”伊莎贝尔说，“你不会在这里待一辈子，杰克。你走的时候又不能带上它们。”

“你说得好像我有别的选择似的。”哈洛威说，“我其实也不想家养它们。那样我晚上也能睡个好觉。”

“它们睡床上？”伊莎贝尔问。

“知道为什么我没邀请你睡床上了吧？”哈洛威说，“已经够挤了。昨晚我都半夜起来躲船上睡去了。不管怎么说，它们擅自就留下来了，至少你不用等着它们出现才能认识。”

“顺便问一下，你觉得我们怎么办好？”伊莎贝尔说，“我的意思是我该怎么跟它们认识。我不想吓着它们。”

“换我就不担心。”哈洛威说，“它们友好得吓人。”

“那也可能不是什么好事。”伊莎贝尔说，“完全不怕人的动物不幸更有可能灭绝。看渡渡鸟就知道了。”

“我明白。”哈洛威说，“可又不是我让它们那么友好的。”

“可你做的事对它们也不好，杰克。”伊莎贝尔说，“这就是我想说的。”

“跟它们说去。”哈洛威边说边指向窗户。宝宝正从里面朝外面看。

“天啊，真可爱！”伊莎贝尔惊叹。

宝宝转过它的小脑袋，张开了嘴。几秒后毛毛一家子都看向小屋的窗户了。

“它们好像进化成这样就是为了扮可爱，对吧？”哈洛威说。

“说的是。”伊莎贝尔说。

狗门顶开了，卡尔半身探出来，伊莎贝尔叫它，但它没动。

“它卡住了吗？”伊莎贝尔疑惑地问。

“等等。”哈洛威说。

毛毛们结成一队从狗门里钻出来。最后一只出来了以后，卡尔才把后半身挪出来，朝伊莎贝尔走来，尾巴使劲地晃着。

伊莎贝尔转过身，用眼神问哈洛威。哈洛威耸了耸肩：“不是我教它的。”卡尔和毛毛走到伊莎贝尔跟前，小家伙们那么可爱，她着迷了。

哈洛威笑了，趁这机会走进小屋去拿啤酒。他进去之后，发现信息板还在放电影。毛毛们虽然聪明，但显然还没学会怎么关掉这东西。哈洛威捡起信息板，暂停电影，最小化界面，把信息板切换到初始界面。上面显示查德·伯恩给他来了封语音信息。

哈洛威打开了。

“嘿，杰克。”信息这么说，“在我说任何话之前，我想申明这不是我的主意。我们是不太合得来，但你知道我不会扣着你应得的东西不给你。对吗？”

搞什么鬼？哈洛威心里问了一句。

“话说好了，我接到命令要推迟你承包商账户的付款，”信息还在继续播放着，“来自威顿·奥布里七世本人。我告诉他推迟给你付款违反公司和你之间的合同，但他说在你收到太阳石矿的任何款项之前，他想先和你谈谈。他说他有桩生意要亲自和你谈。”

第 09 章

从3.5亿到8216块

威顿·奥布里七世暂时没空见哈洛威。他身处星球的西南大陆，正在巡视那里的开采项目，至少他们是这么跟哈洛威说的。他们还告诉他，虽然法律上他有责任义务去进一步勘探他的太阳石矿，但在奥布里安排之前他暂时不能那样做。有一笔款项转到了他的承包商账户上，作为他遭遇这种“紧急情况”形式上的补偿。

当然，奥布里下令延迟付款，在进一步处理之前，哈洛威也不能进入他自己的账户。他骂了几句，还对伊莎贝尔说幸好她带了槟迪，不然他要饿死了。伊莎贝尔心思全在毛毛上面，听到这话连头都没怎么抬起来。

两天后，哈洛威驾着飞船朝着卡尔的悬崖和他的太阳石矿飞去。奥布里可能在那里，勘测当地的原始地质结构。还没到跟前，哈洛威就看到了人类活动留下的痕迹。工业机械排放的气体划过天空，留下了一道带状云雾。几分钟后，他围着太阳矿附近绕圈，找地方降落。

我的天，他们手脚可真够快的。哈洛威想。在悬崖脚下有一小片正在扩张的工地。边缘围着组装型防兽围栏。围栏里面，机械在清理场地，犁平地面，直到只剩泥土好作为固定装置的地基。围栏外面的机器人正在挖洞，扩张工地范围，操作员在安全的围栏里面操控这些机器人。洞挖好了之后，另一组机器人在上面装上新的防兽围栏，再和原有的围栏连上，一点一点扩大工地的范围，直到空间足以容纳扎拉集团需要的所有设备。哈洛威环视四周的自然环境，这样的景色很快将不复存在。

“飞船，表明身份。”哈洛威的信息板接到一条信息。

哈洛威挑了挑眉。“你说表明就表明？”他回了一句，“你先表明你的身份吧，朋友。”

“飞船，表明身份，否则你将被击落。”那个声音说。

“敢冲我射击，我就直接砸你脑袋上。”哈洛威说，“而且我不负任何责任。因为你正在我发现的矿产上。你快表明身份，不然咱们法庭见，你还得打着石膏出庭。”

沉默了一分钟后，那声音说：“飞船，你获准于指示灯处降落。”信息面板上出现一个图标，标明指示灯的位置，还圈出了旁边离大型设施很近的一个降落点。“奥布里先生正在等你。”

他不等我才怪。哈洛威心说。他打开自动导航，驶向指示灯。他大概一分钟之后就着陆了，他爬下飞船，两个人朝他走来。他认出其中一个是乔·德里斯，扎拉集团的安保队伍成员。他就属于哈洛威打死也不愿意一块儿喝酒的那些治安官中的一个。

“哦，是你啊。”哈洛威说，“我猜到了。你从来不爱表明身份。乔，这违反扎拉集团的规章制度。我可以投诉你。”

“下次你再不表明身份，哈洛威，我就把你的飞船打下来。”德里斯说，“我接到命令可以这么做。”

“而我握着所有权合同。”哈洛威说。

“你没有所有权了。”德里斯说。

哈洛威对此一笑：“我想‘紧急情况’在法庭上这么解释可说不通，乔，我不介意拽上你这大屁股到法官面前遛遛。”

“先生们，克制点。”另外那人说。他饶有兴味地观摩了哈洛威和德里斯之间的友好往来。“哈洛威先生，德里斯先生的确接到了命令，截停任何拒绝表明身份的飞船，必要时可以使用武力。德里斯先生，哈洛威对此处矿产的所有权依然有效。所以你们两位都是对的，现在可以把你们的家伙都收回到裤子里了。”

德里斯听到这话磨牙都磨出响声了，但他什么也没说。哈洛威抬头看了看这人，有点好笑地问：“你是？”

“布拉德·兰登。”那人说。他走到哈洛威面前，伸出手：“我是奥布里先生的私人助理。我是来带你去见他的。”

“他这么忙，没空自己来接我？”哈洛威开玩笑说。

“他当然很忙。”兰登说。他的语气告诉哈洛威，虽然是回应他的玩笑，但奥布里也真的很忙。兰登又对德里斯说：“谢谢你，德里斯先生。这里交给我，你可以回到你的岗位上去了。”

“我希望回来的时候看到飞船打好了蜡。”哈洛威说。德里斯瞪了他一眼，气冲冲地走了。

“你和别人见面时总爱惹毛他们吗，哈洛威先生。”兰登问，他们正走向工地的另一头。

“我以前见过德里斯，”哈洛威说，“见过很多次，所以我爱惹他。”

“我明白了。”兰登说，“我还以为也许这是一种典型的反权威倾向。”

“我怀疑德里斯算不上权威。”哈洛威说，“他是那种人，以为‘警察’的职能就是‘专业流氓’。”

“他没有不良记录。我批准他驻守此地之前看过他的档案。”

“有意思，你真以为有人敢在集团的地盘说集团打手的坏话。”哈洛威说。

“有道理。”兰登说，“这么说，你觉得我们应该把他遣送回去？”

“千万别，”哈洛威说，“他在这里一天，酒吧那里就太平一天。你帮了奥布里镇居民一个大忙。”

兰登轻轻地笑了一声。

两人走到哈洛威绕圈时见过的围栏区域：机器人在围栏一边挖洞，操作员在另一边插满操作杆的操作台上控制它们。随着他们越走越近，哈洛威感到耳朵有种压迫感，像是他驾驶飞船上升太快的那种感觉。他使劲吞了吞口水，没用。

哈洛威走近那些操作员，发现其中一个是奥布里。他戴着一顶扎拉集团的安全帽。另一个人站在奥布里操作台的旁边。哈洛威怀疑那人才是真正的机器人操作员，正沉默有礼地等着奥布里玩厌了，他好回去工作。

兰登掏出巴掌大的一块信息板按了一下。“我们到了。”他对信息板说。操作台上的奥布里转过身，示意他们过去。

“好玩吗？”他们一到，哈洛威就问。他留意到兰登抿了抿嘴唇，显出不赞同的神色。哈洛威显然忘记了他不能先开口说话，问他了他才能回应。

“不是为了好玩。”奥布里说着，从操作台爬出来，脱下安全帽，“有一天我要执掌扎拉集团。父亲经常说领导人了解手下的工作和工作方法很重要，那是爷爷交代他的，祖祖辈辈都是这个道理。每个奥布里都要巡查家族生意，亲身感受基层的工作，这让我们脚踏实地。”

“这么说来，摆弄围栏组装机器人二十分钟能让你成为更好的领导人。”哈洛威说。

“半小时。”奥布里说，察觉到讽刺之意，开始回应，“管用也好，不管用也罢，但即便你也得同意，出来实地操作一会儿总比在俱乐部让人喂着葡萄，干等老爹两腿一伸好一点。”

“你这么说也是。”哈洛威说。耳朵更难受了，他又吞咽了一下。

奥布里面带询问地看着哈洛威，问：“你的耳朵有点胀，是吧？”

“嗯。”哈洛威说。

奥布里指了指围栏线上的一个大盒子。“那是个扩音器，”他说，“扎拉速龙和其他猛兽能听到的频率比我们高，它们讨厌噪声。我们播放高达160分贝的25千赫声响，它们听到就掉头跑。”

“嗯。”哈洛威哼哼表示了解，又吞咽了一下。

“以前我们直接用自动步枪打跑它们，”奥布里说，“但动物保护团体有意见，有损我们的公众形象。于是我们改用噪声。”

“你们真人性化。”哈洛威说。

“碰巧也更省钱，”奥布里说，“但的确有副作用，你也感觉到了。虽然你听不见，但还是会感到难受。在这里待久了你会偏头疼，再久点就会流鼻血。”

“工作条件真宜人。”哈洛威说。

奥布里指着自己的耳朵。“入耳式降噪耳塞，”他说，“滤除高频声响。不会头疼。”

“可能你是不会。”哈洛威说。

“所有围栏工人都有。”奥布里说。

“太棒了。”哈洛威说，“我没有。”

“哦，对了。”奥布里说，“那么，跟我来。”他往前走，哈洛威和兰登跟着。

“你觉得工地怎么样？”他们走着走着，奥布里问。

“这么快就建起来了，我很意外。”哈洛威说，“一个礼拜前这里什么都没有。”

“我告诉过你这是我们的头等任务。”奥布里说，“我征用了空吊机把大型机械运进来，还从其他工地挖来了最好的工人。你和我们开会的当天，我就派人来清理场地了。工地建好以后将成为扎拉23号上最大的长期工地，开采你发现的那片石矿。”

“我发现你做了这么多事都没我的份儿。”哈洛威说。

“呃，这个嘛——”奥布里想辩解。

“紧急情况，我懂的。”哈洛威说，无视奥布里和兰登对他强硬态度的不满。他没有再往前走了，他们离围栏够远了，他耳朵不疼了。“问题是紧急情况顾名思义是临时的、非常规的，你在这里的做法是长期又系统化的。如果我不参与，扎拉集团将有很好的理由撤销我的所有权。我查过扎拉集团的规章和殖民星法律的相关规定。过往有先例：‘特普诉米勒’。特普败诉，损失了几百万信用币，因为米勒证明了特普没有恰当地参与到他所有矿产的开采当中。好了，你也许有意，也许无心，但在我看来，你正把我推向特普的处境。”

奥布里盯着哈洛威看了足足一分钟。“上帝把我们从业余律师的手里救出来吧。”最后，他这么说。

“我不是业余律师。”哈洛威说。

“北卡罗来纳州律师公会不是这么说的。”奥布里说。

“我不是因为不懂法才被撤销律师资格的。”哈洛威说。

“是吗？那你是为了什么才被撤销的？”奥布里问。

“当下这问题不重要。”哈洛威说。

“你知道你不说我也能查到。”奥布里说。

“查去吧。”哈洛威冲着奥布里的助理点点头，“让兰登在网上搜索，记录是公开的，很好找。但现在我想谈谈我们的情况。”

奥布里点点头，继续往前走。“来吧，哈洛威，”他说，“我想让你看点东西。”

过了没多久，他们一行三人走到一块巨大的落石跟前。那是哈洛威炸掉的悬崖散落在河床上的一部分。工人和机器正在上面忙活。“眼熟吗？”奥布里问哈洛威。

“和我上次见到的不太一样。”哈洛威说。

“我猜也是。”奥布里说，“我们要花好几百万信用币清理这东西。CEPA规章要求我们把这块区域还原到本来面目后才能行使开采权。规定很愚蠢，但这是殖民星官方法律的规定。”

“我以为你们在申请生态特例开采。”哈洛威说。他满意地发现奥布里和兰登都有点惊讶，他竟然知道这事。太好了，哈洛威心想，让他们担心我还知道些什么。

“我们是申请了。”过了一会儿，兰登说，“但我们很少获批，几乎从来没有过。”

“同时，清理这笔钱我们已经花出去了。”奥布里说。

哈洛威朝那堆乱石点点头。“悬崖坠落之后，我从矿层里几乎徒手就挖出好几块鸡蛋那么大的太阳石。很有可能你们单从这石堆里找到的太阳石就足以支付清理费用了，还有额外的利润。”

“的确如此。”奥布里说，“但你没讲到重点上。”

“深陷生态事故清理的泥淖不是你抱怨的重点？”哈洛威问。

“重点是你造成了你所说的‘生态事故’。”奥布里说，“无论我们获利与否，你仍然给扎拉集团造成了损害。”

“我不是故意的。”哈洛威说。

“那不重要。”奥布里说，“扎拉集团必须对生态事宜敏感，尤其当我们正要申请生态特例开采这片矿层。我们必须让180光年以外的CEPA办公室的官僚们相信我们会小心处理开采造成的破坏，开采完毕之后我们会好好清理。然而，矿层的首要勘测员一开始就大摇大摆地制造了一场生态灾难，这让我们很难说服他们。”

“环境保护团体已经知道你的名字了，哈洛威先生。”兰登说，“他们的论坛上到处是对你训练你的狗搞爆破的愤怒控诉。”

“没有证据显示我那么干了。”哈洛威说。

“这些人不怎么考虑证据，哈洛威先生。”兰登说。

“你们俩还准备怎么绕圈子呢？”哈洛威问，“如果你们不介意，我想不如直说好了。”

“好。”奥布里说，“听好了。我认为你的事是场公关灾难，扎拉集团承受不来。我想为了我们好，也为了你好，你最好还是走人。我想买断你的所有权。”

“真的啊，”哈洛威说，“我估计指望你能以太阳矿的实际价值买断我的份额是不可能的吧。”

“我们不知道它的实际价值。”奥布里说。

“你的开采总监估计价值大概在0.8到1.2兆信用币之间。”哈洛威说，“我还清楚记得这个数字。我相信你也记得。”

“话虽如此，还有很多变数。”兰登说，“比如说太阳石的纯度，自然环境给开采带来的挑战，市场变动，等等。”

“扎拉集团花了几十年把太阳石打造成宇宙最稀有的宝石，”哈洛威说，“我想我们可以预计成效显著，不用担心市场。”

“这次发现的矿层太大了，可能会造成供应过剩。”奥布里说。

哈洛威看向奥布里：“我们俩先假装明白独家销售权在此情

况下意味着什么，然后，说说你的条件。”

奥布里回头看向兰登。“3.5亿信用币。”兰登说。

“一次付清？”哈洛威问。

“分十年付清。”兰登说。

“你肯定是开玩笑。”哈洛威说，“你想让我以低于矿层价值十分之一的价格卖出，还不一次付清？”

“一年进账3500万不算小钱了，”兰登解释道，“尤其对你这样的人来说，你去年总收入也只有21000信用币。”

“我同意，”哈洛威说，“但每年一亿左右更不算小钱，不是吗？”

“我们还给你扎拉集团的股票。”兰登说。

“有表决权的？”哈洛威问。

“当然没有。”兰登不耐烦地回答。只有奥布里家族的人才拥有带表决权的股票。“B级股。”

“我要是一年有一亿，扎拉集团的B级股我爱买多少买多少。”哈洛威说，“还能再买点蓝天集团的股票，让我在勘测开采行业的投资组合更多元化。”

“天啊。”奥布里说，哈洛威提到蓝天集团有点惹毛他了，“我们赶快完事拉倒。5亿信用币，哈洛威，现在就拨到你的账户里。拿好了，带着你的狗，跳上下一班星际航班离开扎拉23号，成为扎拉集团史上最富有的合同勘测员。”

“有什么条件？”哈洛威说。

“无条件。”奥布里说，“兰登就可以调钱，我们在这石堆上就能成交。但你必须放弃所有要求和权利，之后必须离开。”

“我有多少时间考虑这个交易？”哈洛威说。

“直到我嫌你烦走开为止。”奥布里说。

“那样的话，我现在就可以答复你。”哈洛威说，“你带上你的交易一边去吧。我不乐意被迫达成协议，我也不在乎你以后会不会当上公司的大老板。我有合法所有权，我要行使我的所有权，获得收益。我不会为了你方便，就接受少于我合法权益的买断。”他用拇指比了比兰登，“虽然只要有人对你说话不那么谄媚，兰登就不爽快，我还是要告诉你，我言出必行——再试着买断我或者赶我走，你就会发现我到底能造成多大的公关噩梦。事实上，比起我需要你的钱，你更需要我的合作。你记住这点。”

奥布里看向兰登。“就跟你说了。”他说。

“嗯，你说过。”兰登说，目光投向哈洛威，然后掏出信息板开始按，“我们已经准备好应对这种情况了——你勃然大怒，拒绝我们。哈洛威先生，我刚把勘测要求发给你了，你回到飞船上就能看到。太阳石主矿似乎有相当大的一条分支延伸出去。我们当然可以派我们的勘测员去绘制分支的地图，但既然你担心遇到特普的情况，我们也不想你误会被有意架空，无事可做，所以还是请你亲自去吧。事先警告，绘制丛林地图时，小心猛兽。”

“还有，不要引发更多的大型生态灾害，如果你办得到的话。”奥布里补充道。

“我想我办得到。”哈洛威说。

“我们到时候看吧。”奥布里说。哈洛威转身就走。

“还有一件事，哈洛威。”奥布里说。

哈洛威转头：“什么事？”

“你对这片矿层享有所有权，你也能得到这上面的所有收益，无论你人在这里还是离开。”奥布里说，“但你的合同五个月后就到期了。到那天，你的时候就到了。你会被送回家，然后无论花多少钱，这家公司也不会再跟你签另一张合同。等你滚蛋之后，你连扎拉集团的船票都订不到。我们旗下所有子公司都不欢迎你。我言出必行，丑话说在前头。”

“有点小题大做啊。”哈洛威说。

“也许是有点。”奥布里说。

“你对所有激怒你的人都这样？”哈洛威问。

“不，”奥布里答道，“只对你。你总能激起别人的怒火，哈洛威。”

“这是天赋。”哈洛威说，“但既然我们都言出必行，你现在把狠话也放出来了，你能把非法扣押的合同款发给我吗？矿层的初始勘测费用是从我的口袋里掏的。现在你要开采了，你有义务把这笔钱还给我。我的狗已经买不起炸药了。”

“真好笑。”奥布里说，他对兰登点点头。兰登在信息板上按了几下。

“好了。”兰登说，“好好花你那8216信用币，哈洛威先生。别一次花光了。”

哈洛威已经走开了，他回头送上一个微笑。

乔·德里斯在哈洛威的飞船旁边等着。“你没偷什么东西吧？”哈洛威问。

德里斯笑了笑。“我会想念你的，杰克。”他说。

“别多愁善感了，乔。”哈洛威说，“我眼下哪里也不去。”

第 10 章

毛茸茸的外星“人”？

飞船一降落，伊莎贝尔就过来了。“我们得谈谈。”她说。

“嗯，我们是得谈谈。”哈洛威说，从船里出来，“你能别再告诉别人我让卡尔引爆炸药了吗？”

“什么？”伊莎贝尔说。

“不要再告诉别人我让卡尔引爆炸药。”哈洛威说。

“你的确让卡尔引爆炸药了。”伊莎贝尔说。

“对，但你犯不着告诉别人。”哈洛威说。这时话题的主角过来了，摇着尾巴。哈洛威拍了拍它：“我显然因此闻名于全星际，我宁愿不要这名气。”

“如果你训练你的宠物去炸东西，别人会知道的。”伊莎贝尔说，“还有，正式澄清一下，我没有去说。我唯一说过的那次是在听证会上，我提醒你一下，杰克，听证会的起因是你不按程序来，老图省事。”

“你在听证会上也不是非要说出来。”哈洛威说。

“真的？”伊莎贝尔抿紧了她的嘴唇说，“我的理解是如果有人被迫在公司听证会上做证，如果不说实话她的工作就保不住了，有人问起‘你还亲眼目睹过杰克·哈洛威别的违规勘测行为吗？’谨慎起见，还是要说出来。”

“这让我当时的处境更困难了。”哈洛威说。

“不好意思，我如实说出你干过的蠢事给你带来了不便。”伊莎贝尔飞快地轻声说了一长串——她气急了就这样，“不过你既然提起了，你说我撒谎还有你在听证会上说的其他事也没让我好过。听证会得出‘无法证明违规操作’这个结论之后，我的工作记录上也添了一笔。上面说我‘判断力可能受亲密关系或私情的不良影响’。我觉得也许这说得对，因为我选择和你在一起，判断力显然不足。但不是他们认为的那种不良影响，而我绝对不应该得到这么一个负面评价，因为你撒谎了，杰克。”

哈洛威看着伊莎贝尔，想起听证会后她对他宣泄的那股冰冷的怒气，这场爆发还带有隐隐的余威。“我说了我很抱歉。”哈洛威说。

“是啊，你打算把那块石头给我。”伊莎贝尔说，“我也告诉你了，如果你真心感到抱歉，我会很高兴接受的。但你还在生我的气，为了你做错的事生气。所以我想我还是等你真心抱歉的那天再说吧。”

这时候，毛毛宝宝走到伊莎贝尔身旁，扯了扯她的裤腿。伊莎贝尔低头往下看。宝宝伸出双手，伊莎贝尔抱起它，用臂弯托着它，挠它的脑袋。毛毛宝宝似乎很享受的样子。

“它真像只猫。”哈洛威说。和伊莎贝尔的谈话气氛直转急下，哈洛威准备换个话题。

“它真的不像猫。”伊莎贝尔说，“所以我才要和你谈谈，但你指责我到处说卡尔的事，我们跑题了。”

“对不起。”哈洛威说，“我向你表达及时的小小歉意。我和威顿·奥布里七世见了一面，说到这件事了。”

“那么，我猜会面不怎么愉快。”伊莎贝尔说。

“嗯。”哈洛威说，“他对我趾高气扬，我对他充满敌意，他傲慢地扔给我一个瞧不起人的交易条件，我照他的脸摔回去，告诉他再惹我就采取法律手段。”

“哦，你常来那一套。”伊莎贝尔说。

“我猜是吧。”哈洛威说。

“我越了解你，越能理解为什么你要住在离别人好几公里的地方。”伊莎贝尔说。

“我们回到刚才你想说的话题吧。”哈洛威边说边朝小屋走去，他得拿罐啤酒。

“好吧。”伊莎贝尔说，“这些毛毛，你发现的这些动物，我开始怀疑它们是不是动物了。”

“我想如果你说它们是植物，会被生物学家们笑话的。”哈洛威说。

“我显然不是这个意思。”伊莎贝尔说，“我说我觉得它们不是动物，意思是说我想它们不仅仅是动物。我认为它们身上还有别的特质。”

哈洛威停下脚步，转过身面对伊莎贝尔。“告诉我，你不是要说我猜你要说的话吧，”他说，“因为我知道我不想听。”

“我认为它们是智慧生物。”伊莎贝尔说，“我认为这些生物的智力水平超过一般动物。这些小东西和人类一样，杰克。”

哈洛威气呼呼地转身，扬起双手，继续往小屋走。“你可以在我拒绝五亿信用币之前告诉我，伊莎贝尔。”他说。

伊莎贝尔跟着他，疑惑不解。“这有什么关系？”她问。

“扎拉23号是三级行星。”哈洛威说，他停在小屋门前，指着看上去正在打瞌睡的毛毛宝宝，“如果这是个‘人’，那扎拉23号星就成了三级行星中有当地智慧生物的一颗，扎拉集团的勘测开采协议就作废了。这意味着这里的一切都得停下，伊莎贝尔。不能挖矿了，不能钻洞了，也不能采矿了。我不能从太阳石矿里得到一分钱了。”

“呃，我很抱歉你可能损失了一点钱，杰克。”伊莎贝尔说。

“天啊，伊莎贝尔！”哈洛威打开门，“一点钱？好几亿信用币呢。论亿算的，论亿！管那叫一点钱就像说森林大火正好用来烤棉花糖似的。”他走进小屋，伊莎贝尔跟着也进去了。

小屋里面，毛毛们懒洋洋地四下休息着。外面又闷又热，哈洛威的小屋里有空调。哈洛威环视一圈，毛毛妈妈从书架上拿了一本书，它和毛毛爸爸正在认真地研究那本书。他凑近一看，毛毛妈妈拿反了。

“也许它们没有你想象的那么聪明。”哈洛威指着倒过来的书对伊莎贝尔说。他走到厨房冰箱，拿了一罐啤酒。

伊莎贝尔看着他，放下毛毛宝宝。它快步走向它的一家子。伊莎贝尔向厨房走去，“毛毛爸爸。”她唤道。毛毛爸爸好奇地从书后面抬起头，然后也朝厨房走来。

“麻烦让一下。”伊莎贝尔对杰克说。她推开他好从冰箱里拿东西，她拿了烟熏火鸡肉、芝士、蛋黄酱和芥末，放在厨房的小桌子上。然后关上冰箱门，越过厨房的料理台拿了最后两块面包片，也放在桌子上。最后，她打开放厨具的抽屉，拿出一把奶油刀，放在食物的旁边。她低头看着毛毛。

“毛毛爸爸，”伊莎贝尔说，“三明治。”

毛毛发出了快乐的叫声。

四分钟之后，所有的毛毛都吃上了毛毛爸爸做的三明治，虽然笨手笨脚的，它还是挥着奶油刀把三明治分成了几乎等份的六块，把最后一块严肃地交给了卡尔。

“你可以教它这么做，”哈洛威说，“我还教会了一条狗引爆炸药呢。”

“没有贬低卡尔的意思，我爱它。”伊莎贝尔说，“但让一只动物踩上引爆面板换零食吃，和教它做三明治是两码事，更别说平均分给其他五只动物了。”

“找只猴子就会这么干。”哈洛威说。

“告诉我哪只。”伊莎贝尔说。

“我又不是生物学家。”哈洛威说。

“真的啊，”伊莎贝尔轻声地嘲讽道，“还有一件小事，就算我能训练毛毛爸爸做三明治，我也没教过。你去开会之后不久，我走进来就发现它自己在做三明治。要么它看过你做，要么它比我想的还聪明，不管怎么样都证明了我的猜想。”

“它看过我做。”哈洛威说着，把三明治的配料放好。

“所以我们要说的是，这只动物看过你做了一次三明治，就记得配料都放在哪里，能把配料都拿出来，组合起来，凭记忆做三明治，不是一个，不是两个，而是连续做了三个。”伊莎贝尔说。

“三个？”哈洛威说。

“我发现它在做三明治之后，我让它又做了一个，确认它是真会。”伊莎贝尔说。

“你要把它们养胖了。”哈洛威说，关上冰箱。

“它把第二个给了我。”伊莎贝尔说。

“真贴心。”哈洛威干巴巴地说，又喝了一口啤酒。

“这显示了它具有更高阶的认知能力，”伊莎贝尔说，“这叫作心智解读。当我让它再做一个三明治时，毛毛爸爸认为我是让它给我做，因为我饿了。它思考我的行为动机和原因。”

“我知道心智解读什么意思，”哈洛威说，“知道还有谁会心智解读吗？猴子。还有某些品种的乌贼。就连卡尔也想知道我在想什么。”地板上的卡尔听到它的名字，尾巴划过地板甩了几下。

“乌贼不会做三明治。”伊莎贝尔说。

“我怀疑有没有那方面的科学研究。”哈洛威说，“面包碰到水就软烂烂了。”

“别打岔。”伊莎贝尔说，“猴子也不会，卡尔也不会。而且它们绝对不可能看你做过一次就学会。毛毛不仅仅是动物，杰克。”她弯腰给自己也拿了一罐啤酒。

“但这也不能说明它们是智慧生物。”哈洛威说，“我知道这些小东西很聪明，伊莎贝尔。所以我才拍下爸爸的录像发给你。这些小家伙是重大发现。我知道你会想见它们。‘聪明的小猴子’和‘智慧生物’差得远着呢。你见过它们说话吗？”

“它们之间绝对有交流。”伊莎贝尔答道。哈洛威无奈地举起手。

“不是那种交流。”哈洛威说，“它们吱吱叫，发出很多声响，它们之间的确有动物层面的交流。这点我承认。但有证据表明它们会说话吗？有语言吗？它们之间有任何超出我们在比较聪明的动物身上能看到的沟通形式吗？”

伊莎贝尔沉默了一会儿，说：“没有。”她低头喝了一口啤酒。

“你知道这点很重要。”哈洛威说，“我在杜克读书的时候要修一门外星智慧生物认定法。虽然我不太记得了，因为我不专攻这方面。但我记得‘程诉蓝天集团’这个案子。集团的生物学家坚持云浮族[1]是智慧生物，提交法庭裁断要求停止集团的开采活动。法院最后列出了一张判断智慧生物资格的条件清单，而语言——或者说‘超出即时反应需要的有意义交流’——列于其中。这条已经被写入法律了。”

“清单上又不止这一条。”伊莎贝尔说。

“是不止这一条，”哈洛威说，“但这条绊住了程，他不能证明云浮族会说话。”

“你在这件事上的立场又不公正。”伊莎贝尔说。

“对，我立场不公正。”哈洛威说，他指着吃饱了又躺回到地板上看书和在卡尔身上打瞌睡的毛毛们，“如果我们的小朋友只是特别聪明的动物，我能当上亿万富翁。如果它们是智慧生物，我就成了失业的傻子，而且我有充分理由相信我很难再找到另一份勘测的工作。所以没错，我是利益相关方，立场的确很难保持公正。”

“很高兴你也知道。”伊莎贝尔说。

“我是知道，”哈洛威说，“但就算我不是利益相关方，我

1　云浮族（Nimbus Floaters）：本书中出现的疑似外星智慧生物。

还是要告诉你，你要非常确定你现在看到的情况千真万确如你所想。因为一旦你提交了疑似智慧生物报告[1]，扎拉集团要依法搁置这个星球上的所有作业。一切事宜都要急刹车，等待法庭决定我们的毛毛朋友是不是智慧生物。因为你而损失好几亿的不止我一个。如果法院裁定毛毛不是智慧生物，你余生只能当杂货店店员了。所以在你对其他人说什么智慧生物之前，你要非常确定。你非常确定吗，伊莎贝尔？

伊莎贝尔又沉默了一会儿，然后说："不。我不能非常肯定。我也没说我能，我要进一步研究它们。"

"好吧。"哈洛威说，"那就继续研究它们。拍你的录像，观察你的，要干啥干啥。你没必要匆匆忙忙的，多花点时间。"

伊莎贝尔嘲讽地哼了一声。"你是说，多花点时间，好让你当上亿万富翁。"她说。

"那样挺好，"哈洛威说，"那样的话我很满意，没什么意见。"

"我知道你满意，"伊莎贝尔说，示意毛毛们，"但它们呢？"

"我不明白你的意思。"哈洛威说。

"这是它们的星球，杰克。"伊莎贝尔说，"如果它们是智慧生物，我们从这世界拿走的每一样东西，它们以后都没法用

1 疑似智慧生物报告（Suspected Sapience Report）：后文简称SSR。

上了。也许你不清楚扎拉集团榨取星球上可开采资源的效率有多高，也许你也不想弄清楚，但我知道得很清楚。我读过扎拉集团开采后所有星球的生态影响报告。扎拉集团早期拿到勘测开采许可的一部分行星上，稀有金属和矿产的消耗程度已经接近地球了，就连普通矿石的开采速度也加快了很多。这才过了几十年，而扎拉集团近十年开采效率又提高了不少。”

哈洛威想起太阳石矿旁飞速建起的工地，他又喝了一口啤酒，见底了。

“如果它们是智慧生物，就算我们只等上一年两年，想想它们能用的资源已经少很多了，”伊莎贝尔说，“它们自己还没能用上就被挖走了。”

“它们还处于刚刚发现三明治的阶段，”哈洛威说，“开采太阳石不是它们日程上的紧急事项。”

“你不明白。”伊莎贝尔说，她放下啤酒，“等它们有能力开采的时候，矿产已经没了。你找到的太阳石矿层的形成要经过几百万年的吸热受压，而扎拉集团只要十年就能开采殆尽，也许还要不了十年，太阳石就没了，遗体形成太阳石的那种水母也已经灭绝了。其他的矿石和矿产，也要过好几百万年才能再生，有些甚至不可再生。到时候毛毛们还剩下什么？”

“我明白你的意思。”哈洛威说，“你很有可能说得也对。但我还是认为你得先百分百确定了，才能报告发现智慧生物。我不是说不让你报告，只是让你先确定。我以朋友的立场对你说这番话。”

“谢谢。”伊莎贝尔说，“我知道，我只是在想，你有没有想过我们有多幸运，至少在这一片宇宙当中，人类是智力进化领先一步的灵识生物？”

“偶尔想过。”哈洛威说。

伊莎贝尔点点头。“现在，”她说，“想象一下如果五十万年前，一群外星生物来到地球，看着我们的祖先，决定它们不是智慧生物，挖走所有的矿产和石油，那我们会怎么样？我们如今又能怎么发展？”

伊莎贝尔指了指毛毛们，现在它们都在地板上睡着了。“认真想想，杰克，”她说，“你觉得要是我们把这里都挖完了，它们以后怎么办？”

第 11 章

速龙的美味点心——我

哈洛威发现他飞船的两个前侧旋翼都坏了的那一刻有两个念头。第一个是搞什么鬼？因为坏一个旋翼倒稀松平常，两个同时不管用就很稀奇了。

第二个念头是糟糕！因为哈洛威独自身处荒郊野岭，他如果坠落在丛林地面上，猛兽肯定会吃掉他。

哈洛威拍开手动驾驶模式，拉起飞船方向盘。被吃掉这事可以晚点再担心，现在他要避免坠落。如果他能让飞船落到地上不摔烂的话，他也许能修好飞船离开。如果他坠落了，飞船摔个稀巴烂，他大有可能在今天之内变成正在被消化的碎肉。

哈洛威伸向飞船的控制面板，拉出紧急旋翼的拉环。所有旋翼都由飞船中部乘客舱下的能源供应器供能，由电脑而非人工操控。但如果传动轴损坏，硬件程序反应超时，离地一千米高空的飞船就遇上了天大的麻烦。遇到这种紧急情况时，装置在旋翼下的小型引擎启动，它们产生的少量动能不足以支持航行，只能持续几分钟，但能稳定飞船，准备紧急迫降。

哈洛威一手抓住前侧旋翼的拉环，用尽全力拉下。拉环扯紧了，伸展到极限，“啪”地扯下了紧急救生系统的启动针。如果哈洛威能活下来，他必须给紧急救生系统充电，换上新的拉环和启动针。这种装置的出厂设置太复杂，自己没法修，只能找熟练的持证专业人员，他们会给系统充电，所有的零件都要重装，不能替换了事。这要花哈洛威1000信用币，他会心疼得破口大骂。

但现在哈洛威完全不考虑这些问题，这一刻，他祈祷紧急救生系统功能正常，他上次替换已经是一年多前的事了。

万幸系统正常。前侧旋翼转到初始位置，旋动起来，呼呼作响。哈洛威的信息板上弹出一个计时器：他要在2分30秒之内降落。哈洛威最小化计时器窗口，开启起落架的摄像头，搜寻适合的降落地点。

哈洛威遵从指令勘测这片区域已经三天了。丛林太茂密。在厚重的树冠之间驾驶飞船已经够困难了，无法贴近地面，他只好操作小型遥控机器人来装置声波监控和数据采集器。这种方式是可行的，但如果飞船能贴近地面，用船上自带的挖洞钻孔设备会更快。

可眼下他顾不了那么多了，丛林再茂密他也得往里冲。哈洛威发动飞船的后侧旋翼，朝着严丝合缝的树墙上相对稀疏的一片树冠冲去。同时检查过他的座椅安全装置之后，按下面板上的紧急降落按钮。

座椅的安全带瞬间拉紧，几乎令人无法呼吸。哈洛威听到“啪”的一声，头部保护罩充气弹出罩在他的头顶，挡住了视线。他的手和脚也同样被固定罩住。座椅旋转至朝前的位置，哈洛威动弹不得，全凭飞船的自动系统决定生死。哈洛威有些庆幸他让卡尔留在伊莎贝尔和毛毛身边。这次降落绝对颠簸不平。

非常颠簸。飞船陡然倾斜着飞速下沉，让人直犯恶心，哈洛威祈祷电脑操控还管用，下降速度比星球引力造成的垂直下落还快，飞船的质量和体积压断一片片密集的树枝，撞开一条路，舱内猛烈的震动和轰隆隆响个不停的“咔嚓”断裂声告诉哈洛威，降落之后肯定满地残枝，一片狼藉。

离地还有七米，起落架上的十二个小型喷火器点燃，根据飞船的当前位置调节火力，减慢降落速度，平衡飞船，尽量稳当地降落在丛林地面。喷火器一点燃，哈洛威就痛苦地感到内脏猛地又往下以降落速度沉了几毫米，然后才被他身上的其他部分拽着慢下来。降落发出让人心惊胆战的一声巨响，哈洛威心知这次不能算“软”着陆，大概还算是“硬”着陆。

座椅的安全装置弹开，充气的保护罩放气发出嘶嘶声，飞船的旋翼动力关闭。哈洛威挣扎着离开座位，操起信息板查看最新数据。飞船表面撞凹了，左后旋翼的控制装置在降落过程中被撞歪了。如果哈洛威还能让飞船飞起来，它也只能升降不能前进了。但总体来说，飞船经受住了冲击，哈洛威成功地降落了，飞船没有坠毁。

哈洛威了解大致情况后不再计较细节。既然他降落了，他还有其他事要操心。他穿过飞船座舱到达储物舱，打开门，拉出紧急护栏包。

“开始动手吧。”哈洛威对自己说。他打开飞船的顶门，从侧面爬了出去。

当飞船在丛林地面降落时，无论坠毁与否，动静都很大。附近的大多数生物，出于进化本能将巨大的响动视作危险或掠食者，当下都会四散逃开。但最终它们会回来。掠食动物回来得更快，掠食直觉告诉它们这些嘈杂的巨响平息之后，也许有些弱小无助的生物受伤了，走不动了，这样它们好下嘴，不会遇到什么反抗。

这意味着哈洛威有大概两分钟，多则三分多钟，少则不到一分钟围起紧急护栏。时间一过，饥肠辘辘的大型生物就会赶过来看有什么好吃的。

哈洛威一秒钟也没浪费，他飞快地将六根护栏柱牢牢地安在飞船周围，互相之间隔出最大极限长度两米。完成之后，他抽出磁化的护栏屏障，在每根护栏柱上卡好。围起来的范围不大，仅仅在哈洛威的飞船四周。飞船很大，而围栏不够大。

哈洛威将最后一道屏障卡上第一根柱子，这根柱子底部装着护栏的电力装置。一旦启动，电力装置有两个作用。第一，它会让护栏变成一张更坚固的巨大电磁网，只要护栏柱的安装恰当稳固，任何生物都很难撞倒护栏；第二，感应到冲击时，它会给护栏充上两万五千伏的高压电，任何生物一碰到就会被烤焦。

电力装置充满电后可以持续十二个小时。在山姆·汉密顿（和他的猴子）的悲剧发生后，哈洛威总是确保他的紧急护栏电力装置满格。

哈洛威又检查了一遍，确认护栏已经装好，按下绿色按钮开启电力装置。他往后退了一步，等待五秒的启动时间，和电磁流通过的沙沙声。

什么也没发生。

哈洛威低头看向电力装置。启动按钮旁边的LED指示灯闪动着，哈洛威不需要看指示灯旁的说明文字也知道，那是电力装置没电了的意思。

“开什么玩笑！”哈洛威大声喊道。哈洛威肯定电力装置充满电了。他每月清点装备的时候都会检查。

他察觉到围栏外有什么动静，抬头一看，三十英里以外有两只扎拉速龙，也正在打量他，看不出是好奇还是饿了，或者二者皆有之。哈洛威表面上若无其事，镇定地从他的护栏旁撤回，爬进他的飞船，紧紧地关上舱门，开始找猎枪。

扎拉速龙这名字不是因为别的——它们让人想起曾在地球上横行的小型掠食恐龙，幸好速龙在人类出现在它们菜单上之前好几百万年就灭绝了。和速龙一样，扎拉速龙也是爬行动物，显然也食肉，靠着强壮有力的双腿直立跑动，在丛林地面上它们既跑得远，又能灵敏地跳过避开各种能绊倒人类的障碍物。而与速龙不同的是，扎拉速龙的头部不突出，有点像猫科动物，前肢也很有力，上面长着指端可相对的前爪。因此可以抓起猎物，钳住它们的四肢，让它们无法躲开利齿。

在来扎拉23号星之前，哈洛威和其他新勘测员按要求必须一起观看扎拉速龙袭击杀害脆弱人类的各种录像，比如说监视摄像，保安录像，甚至一段由一位不幸自视过高的勘测员拍下的录像。这一段最让人无法直视，不仅因为勘测员的血溅到了镜头上，视线一片血红，而且这段片子表明，人脑即便智慧不凡，比起扎拉速龙的速度、利爪和尖牙还是不堪一击。

飞船封闭好了，哈洛威强装镇定，跪在他座位旁的小型储物柜旁，他打开柜门，翻出他的猎枪。枪不大，枪管也很短。除了近距离射击，派不上什么用场。哈洛威想此时此刻他倒正好需要这么一把枪。这是他刚到扎拉23号星时买的，但从来没用过。看来凡事都有第一次。

他打开弹夹准备装弹药，于是在储物柜里找那盒子弹，他总是放在猎枪旁边。

子弹不在那里。哈洛威感到一阵寒意。

飞船外传来一阵金属碰撞的声音，哈洛威朝声音的方向看去。扎拉速龙已经到了护栏旁，想把它拉倒。

护栏。

哈洛威突然有个绝望而疯狂的念头，因为现在他除了绝望而疯狂的念头以外一无所有。他伸手去拿信息板，这时一只扎拉速龙已经撕开了护栏柱之间的屏障。

哈洛威的飞船几乎就是基本配置。他从另一个勘测员手里买下这艘飞船。那个勘测员破产了，想在滚回地球前把能换钱的都换了。飞船的设计不太讲究美观，主要是为了实用，运货空间很大，里面装置简陋，顶上是可伸缩的舱顶天窗。飞船的四角装着四个巨大的旋翼用以盘旋空中，推动行进，旋翼上面罩着防护壳，以防把不慎路过的飞行生物或勘测员卷成碎片。

哈洛威买了这船之后几乎没做任何改进。他也喜欢豪华飞船——毕竟他当过律师——可豪华飞船的存在意义是炫耀，而在扎拉23号上他又炫耀给谁看呢？这里的人只痴迷赚钱，不在乎显摆财富。所以没什么好炫耀的，某种程度上也算是解脱。

然而，哈洛威还是花大钱装了一样东西。飞船的原主人只装了一个普通的音箱，满足实用目的——播放飞船系统和信息板的提示，与合同勘测员代表通话，等等。哈洛威对此非常不能理解，如果他要在飞船上度过一天中的大部分时间，他想听听音乐和有声书什么的，这样他眼睛和手忙着干活，脑子还能有点娱乐活动。哈洛威想装音响系统。

他装的那套音响系统贵得离谱，倒不是他真想要这套系统，而是扎拉集团的商店里只有这一款。店员告诉他，大多数勘测员戴耳机听音乐，飞船上装的都是普通音箱，然后劝他买一副保证贴耳舒适的超值耳机。然而哈洛威不能接受任何比手肘小的玩意儿塞进耳朵里，所以一咬牙还是花大价钱买了这套贵得吓人的音响。

扎拉速龙已经推倒了紧急护栏，正绕着飞船打转，试图搞清楚这是什么东西，怎么挖开这玩意儿坚硬的外壳，好获得里面嘎嘣脆的人类点心。哈洛威集中精神，竭力控制自己不吓得尿裤子，同时想方设法启动音响系统的调试程序。

这套系统这么贵的其中一个原因，据店员介绍，是它具有播放人耳接受范围之外频率声音的功能——系统的播放频率是2到44.1千赫。虽然人耳听不到接收范围以外的声音，但这些声音仍然能对总体音响效果有影响。传统的普通音箱只保留小于人耳接受范围的声音，这套音响则还原一切，据店员说这样能达到真实世界中最佳音响效果。

当时，哈洛威直接对店员说他觉得这些都是唬人的销售屁话，店员也承认很可能就是噱头，但既然哈洛威都打算付这么多钱了，知道为什么贵也好。

扎拉速龙开始敲打飞船的窗户，先张着爪子拍，接着握拳用力捶。窗户晃荡得厉害但好歹还没碎，这些窗户是强化玻璃窗，能承受飞行时以两百公里每秒飞来的鸟类冲击。速龙的拳头它们经受得住。

其中一只速龙从飞船边上跑开，哈洛威不由自主地死死盯着它。那只速龙低头看着地面，好像在找什么。突然它停下弯腰，回来的时候手里握着一块巨大的石头。它抬头瞄准飞船，抡圆了手臂，动作和板球投手惊人地相似。

哈，会使用工具。哈洛威脑内有个小人说，这我要告诉伊莎贝尔。紧接着哈洛威条件反射地抱头闪躲，那块大石头高速地在空中划了一条直线，正中飞船前部的窗户，留下了一条明显可见的细小裂痕。

哈洛威逼着自己注意力回到信息板上，回到音响系统的调试程序上来，现在程序已经加载完毕。

哈洛威买下了这套音响之后，他花了半小时研究复杂得叫人头疼的配套程序，尝试各种各样的频率调试和音效设置功能。最终他决定：生命苦短，何必和音响较劲，于是返回到程序的初始界面，点选了自动运行模式。程序从此自己管好自己，哈洛威只管听音乐和有声书就行。然而，哈洛威现在正在操作屏上满屏乱点，想调出手动调节模式。

信息板界面刷新，弹出了一页没有明显逻辑排列顺序的菜单。天杀的弱智用户界面！哈洛威暗暗骂了一句，终于在扎拉速龙再次大力用石头砸上窗户，把裂痕又砸开了一毫米的时候找到了频率调试这个选项。

哈洛威点开频率调试，一页让人赏心悦目的介绍页弹了出来，伴随一个悦耳的男声娓娓道来，牛顿–巴登音响系统的全声频覆盖如何能为听众带来无与伦比的声学体验。

哈洛威又气又怕，大吼了一声，绝望地寻找跳过介绍选项。另一只速龙也捡起一块石头开始砸同一面窗户的时候他终于找到了。此时两只速龙开始轮流用石头猛砸。哈洛威开始打开他想找到的程序时，窗户裂开了。

哈洛威迅速地从窗户边上退开，伸手去够人工操作平台上唯一和音效相关的操纵旋钮：音量调节旋钮。他一手紧紧抓牢旋钮，一只速龙已经用爪子敲开窗户碎裂的玻璃，扒拉出一个口子，脑袋探进舱内四下嗅着，显然打算挤到飞船里面来。另一只速龙在外面守株待兔，等着哈洛威慌不择路逃出去。

哈洛威严阵以待，用了最大的意志才没有被吓得失禁，那只扎拉速龙钻到飞船里面了，朝他靠近了半米。正待它还要往前时，哈洛威用力按下信息板上的一个按键。音响系统陡然启动，开始播放22.5到28千赫区间的测试音频。哈洛威接着旋转音量调节，又快又狠地调大了音量。

窗户旁的扎拉速龙发出了骇人的尖叫，四肢胡乱踢打，疯狂地将长着尖牙的脑袋朝飞船边上撞去，想冲破飞船逃到外面。哈洛威惊恐万分地熬过了这几分钟后，速龙终于钻出了飞船，跌跌撞撞地逃离到窗外，另一只速龙也跑去和它会合了。哈洛威一瞬间全身都松下来，差点哭了。

但这两只扎拉速龙虽然对这声音有所忌惮，却没有逃得太远。过了一会儿，它们开始绕着飞船打转。哈洛威起初有点困惑。然后他再次播放测试音频，音量也旋到更大，还打开了飞船的顶盖和窗户。

扎拉速龙受到全方位的高频噪声冲击，痛苦不堪，发出了愤怒的嘶吼，逃进了树林里。

哈洛威看着它们离开，一时还难以相信。然后他启动信息板的录音程序，确定它能录下人类听不到的高频率音频后，录下了整段测试音频，循环播放。

五分钟后森林一片寂静，只听到风吹动树叶的沙沙声。显然讨厌高频率噪声的动物不止扎拉速龙一种。

哈洛威发现他也开始因此头疼，正如几天前奥布里所说。但眼下头疼不算什么：要么头疼，要么脑子被挖开吃掉。哈洛威现在还是情愿忍受头疼。

他又拿起信息板，调出了前旋翼的诊断程序。程序显示两个旋翼没有任何硬件故障，一切指数都正常。

哈洛威看看四周，确保他的高频率噪声屏障完好之后又对软件系统进行了一次诊断，检索全部和旋翼有关的子程序。一切似乎也正常。诊断主驾驶程序也没发现错误或者文件损坏。

如果硬件没问题，软件也没问题，难道这次只是一个意外——系统临时出了点小毛病？哈洛威承认这种事的确有可能，但他不相信。那样的话他的子弹丢了也是意外，他的防护围栏没电也是意外。

上述三件事只发生两件哈洛威还能相信是运气糟糕或者报应来了什么的。但是三件事撞到一起，在他看来只能是有人蓄谋。

这也许像是被害妄想症，他也不是疑心病重的那种人，但不是蓄谋还能是什么？有人想要他的命。

谁能接近飞船呢？哈洛威自己显然可以，但除非他会梦游，梦游的时候还有自杀倾向，不然他不能算嫌疑犯。

伊莎贝尔在他的树屋待了一个星期，所以她也有很多接近飞船的机会。可是虽然哈洛威在认识伊莎贝尔以后惹怒了她很多次，他还是不能相信她会真想杀了他。她不是那种人。就算她真想杀他，哈洛威苦涩地想道，伊莎贝尔不会暗中动这种手脚，她会直接冲他来。

可是那就没别人了，哈洛威的生活中没有多少人际交往。上一周他见过的人只有伊莎贝尔还有奥布里和他的跟班。但那俩都没靠近过飞船。兰登算是靠近过，但是——

哈洛威脑后突然一阵发凉，好像被冻住了一样。他终于想起上周他还见过谁了。

他点开信息板，对他飞船的操作程序做了一次诊断搜索，查找上周被篡改或重载的程序。他找到了两个。旋翼的能源供应程序被篡改过。四天前还增添了一个新程序。这个程序没有描述，但哈洛威猜也能猜到它搞了什么鬼，是谁安装了这个程序好让哈洛威的防护装置失灵。

“狗娘养的浑蛋！”哈洛威狠狠骂了一句。他鼓捣信息板开始系统重装，恢复出厂设置。虽然这样很费时间，哈洛威也不想冒险待在丛林里，但他更不愿意现在驾驶他的飞船。在他将操作系统恢复到系统默认，再灭了天知道什么玩意儿的那新程序之前，哪里都不去。

重装花了整整两小时，哈洛威从有点头疼已经发展到偏头痛发作，痛得眼前天昏地暗，鼻血也流个不停。最后半小时哈洛威靠瘫在地上嚼阿司匹林、往鼻子里塞急救用纱布才撑过去了。

等到哈洛威终于又能把飞船开上天时，太阳都快下山了。他呼叫伊莎贝尔，她没有应答。这点哈洛威倒不意外，她可能忙着观察毛毛解函数题或者教它们形而上学什么的。哈洛威耐心地等着语音信箱提示。

“伊莎贝尔，我是杰克。”他说，“听着，我要到奥布里镇上处理点事。应该很快能完事，但我要你帮我个忙。如果我到半夜都还没给你回电话，我想让你找你的新朋友，让他过来找我。因为如果到半夜你还没有我的消息，我猜不管怎么样，我应该是要请一位律师了。”

第 12 章

算有遗策

哈洛威走进酒鬼酒馆，乔·德里斯如他预料，坐在吧台从右边数起的第三个高脚凳上。那是乔·德里斯的专属喝酒座位。德里斯在那上面坐得太多了，坐垫都压出他屁股的形状了。如果德里斯走进来，别人正坐在那座位上，他们可坐不久。德里斯会挨着他们坐下，虎视眈眈地瞪着，直到他们识趣让座。有一次，一个合同勘测员不识趣，德里斯不得不坐在别处，一直等到那勘测员离开酒吧。第二天早上，人们在巷子里找到了那勘测员，人没死，但额头上留下了吓人的一道疤。打那以后，德里斯几乎不用怎么瞪人了。

哈洛威直冲着德里斯走去，等着他脸上显出震惊的神色，紧接着一拳砸在他的胖脸上。德里斯摔下高脚凳，啤酒瓶在地上摔了稀烂，挤着不少人的酒吧一下子安静了。

“嘿，乔。”哈洛威说，“我知道看到我让你很惊讶。”

跌倒在地的德里斯惊呆了，难以置信地看着哈洛威。“你动手打警察了！你个蠢货！”他叫道。

“没错，”哈洛威说，“我揍了个警察，当着好多证人的面，就在装了监视摄像的酒吧里，摄像还直接连接着保安办公室。这样的话，如果你这次再想让我消失，所有人都会知道是你干的，你这坨恶心的烂泥。你别想再害我一次。”

“我不知道你在说什么。”德里斯说。

“你当然这么说，”哈洛威说，“但我真想知道你为什么想杀我，乔。我们从来不喜欢彼此，但我认为你和我还没有那么大的仇。到底怎么回事？是因为那天我在工地上惹毛你了吗？说几句坏话你就受不了了？还是你计划已久？你直接告诉我好了。”

德里斯从地上爬起来。“你被捕了，哈洛威，罪名是袭击治安官。”

“好极了，”哈洛威说，伸出并拢的双手，“逮捕我吧，你这恶心的肥猪油。等我和你到了治安办公室，我要找律师，告诉他你对我的飞船做了什么，就在几天前你单独留在我飞船上做了什么手脚。这故事可有意思了，结局就是你这肥屁股去坐大牢。所以尽管逮捕我，我就指望你这么做。乔，动作快。”哈洛威又朝着德里斯递上了双手。

德里斯站在那里，怒不可遏，却没有任何动作。

“我就知道，”哈洛威说，“似乎你只能扛下这一拳好好享受。但这样看吧——我今天差点被两只扎拉速龙吃掉，而你付出的代价只是蠢脸上挨了一拳。我觉得便宜你了，你觉得呢？但我警告你，乔。你敢再来一次，你最好祈祷你能成功。因为如果我动手，我不会给你留下全尸的。我说到做到。”

哈洛威转身朝着门口走去，忍着不露出笑容以免破坏他进酒吧后装出来的凶神恶煞相。袭击治安官通常不容易全身而退。哈洛威衡量了一下，决定只要有目击证人和监视录像，他就能办到。德里斯现在报复的话太冒险了。就算他先忍着晚点再找他麻烦，哈洛威控诉他意图谋杀的录像会永远留在扎拉集团保安档案里，不可消除。

这其实比正式控告德里斯企图谋杀还要好。这样哈洛威不需要证明什么，这几乎就像他买了保险，防止日后德里斯对他再有谋杀意图。这招真妙。妙极了。哈洛威视线扫向摄像头，准备对着镜头送上一个志得意满的微笑，大步走出酒吧。

放摄像头的架子上是空的。

哈洛威停步转身看酒保。

“那玩意儿一周前坏了。”酒保说，“还没来得及装上新的。”

哈洛威什么也来不及想，就被德里斯用桌球棍敲中后脑，应声倒下，摔地上之前就不省人事了。

“我不明白你怎么不在巷子里就敲破他的脑袋呢？”哈洛威听到一个声音。

“太多人证了。”另一个声音回答。这个声音是乔·德里斯的。“这浑蛋倒是说得对。所以我得把他弄这儿来。”

“你还是准备敲破他的脑袋。”之前那声音说。

“对，但现在是因为他拒捕，”德里斯说，“你会为我做证吧？”

那声音笑了。

哈洛威冒险睁开眼睛，立刻就后悔了。强光刺入他的视网膜，他强撑着眼皮，集中精力观察四周。视线最终清晰了：他身处扎拉集团的保安拘留室。他以前因为醉酒闹事来过，就在伊莎贝尔和他分手几天后。

“你的朋友醒了。”一个远处的身影发现了他。另一个身影走近拘留室，是德里斯。还穿着便服的德里斯冲着哈洛威笑了。

“嘿，杰克。”德里斯说，“感觉如何？”

“感觉就像某个混账偷袭我了。”哈洛威说。

“你经常碰上这种事，不是吗？”德里斯说，“你看，对你这种自以为聪明的家伙来说，你做出来的事够傻的。比如说都不先看看监视录像是不是还在那里。”

哈洛威闭上眼睛。“这点我得承认你说得对，乔。”

“经典犯傻，”德里斯说，“我能和朋友们说上好几年这事。”

“你不是真打算敲破我的头吧？”哈洛威说，“今晚之后，很多人都知道你有谋杀动机。”

德里斯不屑地哼了一声。“拜托，”他说，“酒吧里的人怕我怕得要死，我不在的时候连我的高脚凳都不敢坐。沃伦告诉我如果我在工地上，酒吧里都满了，我的高脚凳都还是空的。别妄想了，杰克。酒吧里的人只会记得你打了我，所以我逮捕了你。其他的事他们很快就记不清楚了。”

“为什么，乔？”哈洛威问，他再次睁开眼看向德里斯，“我是说，为什么在我的飞船上做手脚。你在酒吧里没有回答我。我不知道你这么恨我。”

“没几个人喜欢你，杰克。”德里斯说，“就算喜欢你的人也不是很喜欢你，我从来就不待见你。”

“我听着这像你承认了。”哈洛威说。

“我告诉你了，我不知道你在说什么。”德里斯说，难得有点和颜悦色的意思，“我只知道你打了我，我把你带到这儿来。然后你不受控制地反抗，我不得不制服你。就这么简单。”

“简单就好。”哈洛威说，“这样你不容易说错。”

德里斯笑了。“我会想你的，杰克。”他说。

“你之前就对我说过这话了。”哈洛威说。

“我两次都是认真的，”德里斯说，“你也休息够了。我们得办得像那么一回事，你拒捕，而我不得不放倒你。”

“说得是。”哈洛威说。

“别担心，杰克。”德里斯说，“不会很疼的。”

“谢谢你，乔，”哈洛威说，“真心谢谢你。”

德里斯又笑了笑走开了。哈洛威试图集中精力，思考眼下他可能只有几个小时可活了这一严峻现实，但最终决定他头太疼了无法思考，又陷入昏迷。

又过了不知道多久，哈洛威被推醒了。“哈洛威，”一个他不认识的声音唤着他，“醒醒。”

“醒了好让人打死？”哈洛威含糊地说，“我积极不起来。”

“你有脑震荡，哈洛威，”那个声音说，“这时候睡觉不好。”

哈洛威抬了抬眼皮，他不认识的声音的来源他也不认识。“你是谁？”他问。

“如果一切顺利，我是那个让你不用在拘留室被活活揍死的人，”那人说，“现在试着站起来，好吗？”

哈洛威脸上显出痛苦扭曲的神色，试着从地上爬起来，那人弯下身扶着他帮他站稳。“小心站稳了。”他说。

“你说得倒轻巧。”哈洛威说。

那人笑了笑，转向站在拘留室外的治安官三人组，其中一个是乔·德里斯，现在穿上制服了。

“我要带哈洛威先生走。”他说。他原本友善的语气完全变了。“他需要看医生。”

“他哪里都不能去，马克。”其中一个保安说，哈洛威认出他是路德·米尔纳，负责垃圾场巡逻。“这浑蛋袭击了一位治安官。我们有人证。”

“啊哈。”这个叫马克（现在知道了）的人说，“在那酒吧里的人证？任何人坐了这位声称被袭击的治安官的高脚凳都要被他痛揍的那间酒吧？那里面每一个人的证词都相当可信啊。”

“嘿，他打了我，律师，”德里斯说，“别把话说反了，这事不是这样解决的。”

“当然不是，”现在明显是位律师的马克说，“就像如果我没及时赶到，哈洛威先生的脖子就会因为反抗而被扭断了，对吗？事情是这样解决的对吗？”

“我不喜欢你的语气，苏利文。”德里斯说。

“我也不喜欢你以为在扎拉集团的拘留室把人活活揍死是件赏心乐事，德里斯先生，”律师马克·苏利文说，“我个人看不惯，但重要的是作为扎拉集团的律师我非常有意见。我明白你自以为你不需要向这里的任何人报告，但扎拉23号星理论上还受殖民星官方管辖，谋杀还是谋杀。如果扎拉集团的雇员在集团的范围内谋杀了一个人，对公司的形象不太好啊，嗯？你蠢吗，德里斯先生？”

“什么？”德里斯说。

“我说，你蠢吗？”苏利文说，“这问题很简单，但如果你需要的话，我可以问得更明白些，你是白痴吗？这样问好了。”

“当心点。”德里斯威胁道。

“不然呢，德里斯？”苏利文说，把尊称给省了。他放开哈洛威，直接走到德里斯跟前和他面对面。“你准备把我也揍死？因为没人会在乎管理整个星球的法律副总顾问，对吗？再试试威胁我，德里斯，我保证你余生守在扎拉集团的鸟粪矿上看着蝙蝠粪。如果你以为我办不到，再惹我试试，来啊。”

德里斯一言不发，苏利文退回到哈洛威的身边。

“我真喜欢你。”哈洛威对苏利文说。

“闭嘴。”苏利文回了一句。哈洛威露出了笑容。

苏利文注意力回到德里斯身上，“现在，德里斯先生，”他说，“我问你一个问题，你是白痴吗？”

“不是。”德里斯憋着怒气说。

“真的？”苏利文说，“你差点骗过我让我以为你是呢。因为，我肯定你也知道，这位哈洛威先生最近发现了一个宇宙中有史以来最大的太阳矿。总值可能超过万亿信用币，而他能分到几十亿，你知道这件事？”

“嗯。”德里斯说。

“好的。现在告诉我，德里斯先生，你觉得如果哈洛威先生突然在扎拉集团里的拘留室死了，会发生什么事？已知宇宙里的任何地方的任何人会相信一个白痴保安说因为他拒捕吗？还是说殖民星官方会开展全面调查，深入扎拉集团的所有运营，寻找商业恐吓和暗杀的证据？殖民星调查时会不会叫停太阳矿开采，导致公司损失好几百万呢？

“这一切发生的时候，哈洛威先生的后代或继承人会袖手旁观？还是会控告公司不当致死，要求赔偿他们本来能继承的数百万乃至数十亿资产？还有你，德里斯先生，一旦扎拉集团决定最省事的解决方法是全推到你身上，你下辈子除了不到3平方米的牢房还能上哪儿去？再说一次你不是白痴，德里斯先生。我真的很想听一下。”

德里斯气焰完全消失了，别开了眼神。

苏利文愤怒地瞪着这三个治安官。“我必须说清楚。你们必须明白，而且你们要确保所有其他的治安官都明白。扎拉23号星上有一个人你们绝对不能碰，那就是哈洛威先生。他太他妈值钱了。如果他有任何不测，殖民星官方会来到这里，扒下我们所有人的裤子查个彻底。你们的任务从这一刻起就是确保他好好地高高兴兴地活着。还有，德里斯先生，如果这意味你在这公司一天，哈洛威先生每次见你都要冲你脸上来一拳，那么你也要笑颜以对，然后问能不能再来一拳。你明白了吗？”

“明白了。”哈洛威怀疑德里斯自八岁后就没用过这样的语气说话了。另外两个治安官点了点头。

“好极了。”苏利文说着，回头看向德里斯，“现在向哈洛威先生道歉。”

“什么？”德里斯震惊了。

“你想用桌球棍砸破他的后脑勺，照我看，”苏利文说，

“你需要道歉。说对不起，现在就说。”

哈洛威观察德里斯的脸色，好奇中风能不能被逼出来。虽然很逗，但哈洛威觉得苏利文把德里斯逼得有点过了，这懦夫的脑子应付不过来。“没关系，”哈洛威说，“其实我应该向乔道歉。就说我跑到另一间酒吧里喝太多了，跟人打了一架，乔不得不让我清醒过来。没造成什么伤害，没有敌意，我们忘了这事吧。”

苏利文看了哈洛威好一会儿，想知道他这是在干什么，有什么目的。“我没意见。”过了一分钟后，他说，“你怎么说，德里斯先生？”

“好。”德里斯说，直直地瞪着哈洛威的脸，表情暗示他们俩以后不能单独待在同一个地方。哈洛威也是这么想的。

“好。”苏利文重复了一遍，“那我们这儿就算完事了。我要带哈洛威先生走，除非还有什么人反对。”

没有人反对。

“你真不赖，”他们一走出治安办公室，哈洛威脱口而出，“我看得出为什么伊莎贝尔喜欢你。”

“你这样想我很高兴，”苏利文说，“因为我们以后绝不会再经历这种事了。我们共同的朋友花了她好多信用币才能让我到这里来救你。我倒是很乐意，因为我想你知道我对她什么感觉。”

“我知道。”哈洛威说。

“如果你不爽，我要你现在就告诉我。”苏利文说，“我不喜欢意外。”

哈洛威耸了耸肩。“我搞砸了和伊莎贝尔的关系，”他说，“她不会给我第二次机会再搞砸一遍。你挺好的。”

“那就好，”苏利文说，“我说过了，我乐意帮助她，也乐意帮助你。但仅此一次。你袭击了一个治安官，还不是随随便便一个治安官，是戴着警徽以当流氓为乐的治安官。你这样是犯傻。你再这样惹事，哈洛威，你就得自己保命了。我希望我说清楚了。”

“清楚了，”哈洛威说，“你说得对，是我犯傻。不会再有下一次，就算有我也不会指望你或伊莎贝尔来救我了。”

“那就够了。”苏利文说着上下打量了哈洛威一番，“你感觉如何？”

“就像有人狠狠敲了我的头一下。”哈洛威说。

“事出有因，”苏利文说，“好了，先去医院，检查一下脑震荡。然后你可以在我的沙发上过夜。你的飞船呢？”

“在路易斯·吴那里，”哈洛威说，“那是奥布里镇上的机械师，他要把船上的凹陷敲平，修复紧急救生设备。大概明天就好了。”

“你出了意外？”苏利文说。

“我晚点告诉你。”哈洛威说，“对了，你说如果我有不测，殖民星官方会来查是认真的吗？”

“如果你死在扎拉集团的治安拘留室里？”苏利文说，“肯定会查。如果你飞船撞树上了，大概不会。但他们没必要知道。”苏利文向后指了指治安办公室。“他们对你恨意很深啊。”

“不是所有人。”哈洛威说。

“德里斯肯定恨你。”苏利文说。

“是啊，”哈洛威说，“谢谢你救了我的命。我欠你的。不过得等他们开始挖我那太阳矿我才能报答你了。我把钱都花在修我的飞船上了。”

“你带我一程就算报答了，”苏利文说，“伊莎贝尔让我来找你的时候，她说让我和你一块儿回去。她说有事要找我谈，是我作为扎拉集团法律顾问的职能范围内的事。我完全不知道她要谈什么。你呢？”

“有点头绪。”哈洛威说。他揉了揉额头，感到一阵新的头疼袭来。

第 13 章

毛茸茸的闹剧

“介意我问一个私人问题吗？”苏利文问哈洛威。

哈洛威回头看坐在飞船侧边座椅上的苏利文。飞船没有专门的载客设计，侧边座椅可以坐下两人，但不太舒服。苏利文没有抱怨。

“你不救我，我就被揍死了。”哈洛威回答，转回去留意前方无穷无尽的丛林，他的飞船穿行于丛林之上，飞向他的树屋，“这样可以换来好几个诚实的回答了。”

“你为什么被吊销律师资格？”苏利文问。

哈洛威有点吃惊。“好吧，我没预料到你要问这事，”他说，“我以为你想问我和伊莎贝尔之间怎么分手的。”

“这事我听伊莎贝尔说了，”苏利文说，“反正听了她的版本。但她说你不愿意谈为什么被吊销资格。”

“想查出来也不难，”哈洛威说，“新闻上都写了。我不愿意谈是因为那也是因为我犯傻。”

“你这么说的话，我肯定想听听看。”苏利文说。

哈洛威叹了口气，按下自动导航，转过座椅面对苏利文。“显然你知道我曾经是律师。”他说。

“显然知道。”苏利文说。

“其实我以前和你一样，”哈洛威说，“给大公司当法律顾问，在阿尔斯特拉。”

苏利文皱着眉，在脑里寻找这公司的信息。“制药公司。”他终于想到了。

“嗯。一群只会嚷嚷的人创立的，想通过植物制药来拯救亚马逊热带雨林，”哈洛威说，“但计划不成功，他们又用回老法子，在实验室里合成药物。大概十二年前，他们的药‘单多思’获批上市。”

苏利文惊讶地瞪大了双眼。“我记得那药。”他说。

哈洛威点点头，很少人不记得“单多思”。它作为一种安全的儿童用助眠减压药推出市场，专门针对儿童有别于成人的脑部神经化学物而设计。刚开始卖得很好，直到一个阿尔斯特拉的高层把生产外包给一家塔吉克斯坦的供应商，美其名曰降低成本，帮助发展中国家的经济，但事实是这个高层从供应商那里拿了很大一笔回扣。

塔吉克斯坦供应商为了降低自身的成本，将药物的三种有效成分中的两种换成了成本更低的催眠化学剂，改变了化学成分的组成，从而改变了药物的效用。200名儿童死亡，还有600名陷入了沉睡，他们的大脑再也无法醒来。

“你参与了集体诉讼案？”苏利文说。

哈洛威摇头：“我为高层的刑事指控辩护。乔纳斯·斯登，他被控刑事过失杀人，阿尔斯特拉公司被控企业过失致死。斯登自己找了律师为杀人指控辩护。我参与了企业过失致死罪名的辩护。两项指控合并审理，在同一批陪审团前过堂。”

“那你做了什么导致被撤销律师资格呢？”苏利文问，“你干预陪审团了？贿赂法官了？”

“我揍了斯登。”哈洛威说。

“哪儿？”苏利文说。

“正中脸颊。”哈洛威说。

“不，”苏利文说，“我想问的是，你是在法庭上揍他的吗？”

“对，”哈洛威说，“陪审团、法官、律师还有几个记者都看见了。”

苏利文凝视哈洛威好一会儿，满脸疑惑。“我能问问为什么吗？”他最后问出口了。

“呃，如果你问北卡罗来纳州律师公会，他们会说因为辩方走投无路了，于是我揍斯登，造成陪审团的偏见，目的是争取无效审判，这种做法不能容忍。”

“你成功了吗？”

“后来审判是无效了，”哈洛威说，“想来也是。但不是我争取的，因为我不是为了无效审判才揍他的。”

“那你是为什么？”苏利文问。

“因为他是个浑蛋，铁石心肠的人渣。”哈洛威说，“我们在庭上听着那些家长做证，他们的孩子服用了我们的产品，就因为斯登光顾着中饱私囊没空管产品线，他们的孩子没了。这些为人父母的在席上都要哭瞎了，我坐在斯登旁边，他一直笑个不停，好像在看家长们为了肥皂剧的角色试演，而他是评委，评判他们的表演到不到位，够不够格。我后来忍不了了，于是拍了拍他的肩膀，他一转脸我一拳揍扁了他的鼻子。”

“蠢透了。”苏利文说。

“的确蠢，”哈洛威说，“但感觉好极了。”

“揍德里斯也一样蠢。”苏利文说。

“但那感觉也好极了。”哈洛威说。

“我给你个建议，无论如何，老揍人是过不好日子的，”苏利文说，“第一次你被吊销律师资格，第二次你差点送了命。经验表明，揍人对你以后没什么好处。”

“我接受你的建议。”哈洛威说，“最后，审判无效，我被炒了，还被吊销资格，北卡罗来纳州州律师公会告诉我，要么就干预陪审团这项控罪接受传讯，要么离开地球。所以我来这儿了。”

“斯登后来怎么样了。”苏利文说。

“重新审判时，他在法庭外的石阶上被枪杀了，”哈洛威说，“其中一个服药致死儿童的爷爷在审判前从医生那里得知他身患四期肺癌。他回家拿了枪，正中斯登双眼之间，然后向石阶上守着的警察投降。街坊邻居凑钱给他交了保释费，检察官能磨蹭多久就磨蹭多久，好让这位老人在家里安然去世。”

苏利文摇了摇头，“即便这样也不能算对。不比你做得对。”他说。

“我想是不对。”哈洛威转身回到飞船的控制系统，确保没有偏离航道。航道没有偏离，他又补了一句：“但有时候，做错了感觉才对。”

“在听证会上说伊莎贝尔撒谎，她说你教你的狗去搞爆破是个谎言，那感觉也对吗？”苏利文问。

“哦，那件事，”哈洛威说，“现在你倒是想谈我和伊莎贝尔之间发生什么事了。”

“我只想把事情始末都弄清楚而已。”苏利文说。

“我没有什么正当理由为那件事辩解，”哈洛威说，“如果听证裁定我不当行为属实，我的勘测合同会被撤销，而我不能被撤销合同。你还记得我不能回北卡罗来纳州吧。我也没有别的地方可以去。我知道一旦这么做我和伊莎贝尔之间就完了，但我别无选择。”

“她还喜欢你。”苏利文说。

“她只有那么一点喜欢我，她觉得我只配那么点儿好感。”哈洛威说，“她更喜欢我的狗。”

“狗又没有在听证会上撒谎。”苏利文说。

“他们没叫狗去做证。”哈洛威说。

“你这人很有意思，杰克。”苏利文说，“我要是能知道你在揍斯登和出卖伊莎贝尔的时候想什么就好了。”

“啊，我觉得问题就在这里，”哈洛威说，“显然有时候我什么都不想。”

“我觉得你想了，”苏利文说，“只不过你先想到自己。等面对后果的时候才轮到‘什么都不想’。”

哈洛威又回头扫了一眼。“你知道吗，马克，”他说，“如果你没什么意见的话，我真的希望你能换一个话题。”

他们一降落，哈洛威就把苏利文带到卡尔和毛毛们面前。他在飞行过程中已经和律师先生说起过毛毛了，以免吓着他。苏利文从容自若地和动物们见了面，迎向伊莎贝尔。苏利文和伊莎贝尔亲吻着问候彼此，哈洛威出于礼貌别过脸，却发现毛毛一家子可没这打算。它们光明正大地盯着这前所未见的人类互动方式看个没完。

苏利文也发现了。“在我被选上返校舞会国王以后，接吻还没碰上这么多观众呢。”他说。他弯下腰仔细观察小家伙们。它们也围着他，同样好奇地打量着。卡尔比毛毛们见过的人类多，不觉得苏利文很稀奇，于是径直冲着它的主人来了。

伊莎贝尔看了看哈洛威。“你活下来了。”她说。

“多亏了马克，”哈洛威说，拍了拍他的狗，“谢谢你帮我传信让他来。”

“你难道以为我不会帮你。”伊莎贝尔说。

“当然不是，”哈洛威说，“我们都分手那么久了。”

伊莎贝尔笑了。

这时候宝宝已经抱住了苏利文。“它们太可爱了！”他轻轻地拍着宝宝，“尤其是这只，这姑娘让我想起我以前养的猫。”

“事实上不是姑娘。”伊莎贝尔说。

“真的？”苏利文很吃惊。

“真的？”哈洛威也是。

“真的。”伊莎贝尔说，“这就是你先入为主的后果。”

“上次见面你也还把宝宝当成雌性呢。”哈洛威说。

“那是我以为你检查过了，杰克。”伊莎贝尔说，“我早该知道你不会。”

“多谢。”哈洛威说。

“不客气，但我不是那个意思。”伊莎贝尔说，“这个星球上的其他高等动物都是有性生殖的，但它们只有一种性别。这里所有生物都能生成含有单套染色体的生殖细胞，能使其他细胞受精，但同时也具有培育幼体的生殖腔，有卵生也有胎生，视品种而定。”

“这么说，它们是雌雄同体。”苏利文说。

“不。”伊莎贝尔说，只见苏利文一脸困惑，“如果在地球，你可以那么说，因为那里有两种性别。但这个星球的动物从来就没有发展出雌雄的差异。这里只有一种性别。生命在这里是单性的。”她的目光回到哈洛威身上，“这点我已经知道了，所以我说我早该知道，杰克。”

“那么你确定我们的毛毛朋友不分公母全一样啦。”杰克说。

“相当确定。”伊莎贝尔说，“它们的性器官和其他大型生物是一样的。”

“你怎么知道？”哈洛威说。

“显然因为我检查过。”伊莎贝尔说。

“啊，好恶心。”哈洛威说。

“你当生物学家可绝顶糟糕，杰克。”伊莎贝尔说。

“我必须站在杰克这边。”苏利文说，“的确让人够别扭的。”

“谢了，马克。”哈洛威说。

伊莎贝尔气鼓鼓地看着他们：“你们俩有完没完？”

“所以它们就像克隆似的？”苏利文说着，放下宝宝，观察其余的毛毛。“可是它们看着不像啊。”

“它们不是克隆动物。”伊莎贝尔说，“如果它们和这里的其他生物一样，它们的生殖细胞外应有一层蛋白膜，每个个体的蛋白膜互有差异。具有相同蛋白膜的生殖细胞不能相互融合。只有当遭受环境压力，身体的化学物质改变，生成没有蛋白膜的生殖细胞，才有可能出现克隆。但这种情况非常罕见。”

“现在你是在炫耀你懂得多了。”哈洛威说。

伊莎贝尔吐了吐舌头。“我写了篇相关课题的论文。”伊莎贝尔说，“如果我没记错，杰克，你说你读过的。”

“我也许读过，”哈洛威说，“不代表我懂啊。”

伊莎贝尔不屑地喷了喷鼻子，然后指向毛毛们，而毛毛们已经听厌了，已经四散开去各自活动了。“这肯定了一件事——毛毛确定无疑属于这个星球。它们的总体生物特征和这个星球上的其他脊椎动物一致，也与周围环境适应良好。我基本可以判断它们是当地生物，但收集一些生物证据当然更好。我已经采集了一些基因样本，拿回实验室对照一下就能确认。一旦我确认好了，我就可以开始下一步工作了。”

“天啊，”哈洛威说着，“她又来了。”

“下一步什么？”苏利文说，看看伊莎贝尔，又看看哈洛威。

“你女朋友心意已决，非说我们的毛毛小朋友是人类。”哈洛威说。

“人类？”苏利文重复了一遍，转身看伊莎贝尔。

“对。”伊莎贝尔说。

“是智慧生物人类？不是‘我把我的宠物们当人看’那种人

类？”苏利文问。

“这么难以置信吗？”伊莎贝尔说。

“有点。”苏利文说，“它们的确很可爱，很友好，似乎也很聪明，我已经想给我亚利桑那州的侄女带一只了。但这不代表它们是人类啊。”

“再次谢了，马克。”哈洛威说。

“显然你们俩之间有意见分歧。”苏利文眼睛还看着伊莎贝尔，但冲着哈洛威点了点头。

“嗯。”伊莎贝尔对他说，“但不像杰克，他只盼着毛毛别妨碍他发财，我有别的事可做。在他跑去不知道干什么的时候——”

“——差点被扎拉速龙吃掉的时候。”哈洛威补充道。

“——我花了很多时间观察毛毛们，观察它们怎么生活，录像还有记笔记。”伊莎贝尔说，“我来这里一礼拜了，不算很长时间，但我已经能确信这些动物不可能不是智慧生物。”她回头问哈洛威，“你差点被扎拉速龙吃了？”

“对啊。”哈洛威说。

“你怎么不说呢？”伊莎贝尔问。

“我给你留言的时候已经脱离了被消化的危险，”哈洛威说，“我需要你担忧我接下来要做的事，而不是我已经做了的事。”

“你也还是应该告诉我。”伊莎贝尔说。

“你已经不是我的女朋友了。”哈洛威说。

“我还是你的朋友。”伊莎贝尔说。

“这样下去有结果吗？”苏利文打断了他们，“虽然你们俩的人际关系很有趣，我还是想回到这些小家伙也许是智慧生物这个话题上。这就是你叫我来的原因对吗，伊莎贝尔？”

“抱歉，”伊莎贝尔说，“碰上杰克我就这样。”

“我发现很多人碰上他都这样。”苏利文说，“这点我知道了，先放在一边吧。”

“好的，没问题。”伊莎贝尔说，又瞥了哈洛威一眼。

虽说是站在前男友的尴尬立场，哈洛威相当佩服苏利文轻而易举地就把伊莎贝尔引回到正题上去了。这事哈洛威从来办不到。每次他惹毛伊莎贝尔，他越是试图平息她的怒火，最后越是不欢而散。他们总是争持不下，到头来两人之间总有种一触即发的紧张情绪。应该来说，哈洛威能巧妙地化解争端——他当过出庭律师，还是行家里手，直到他在斯登的鼻子上来了那么一下——但伊莎贝尔身上就是有种特质让他想吵架，这对谈恋爱可不好。

“等一下。”哈洛威开口，伊莎贝尔和苏利文一起偏头看着他，“伊莎贝尔，你说得对。”他说，“我应该告诉你，因为你是我的朋友。对不起。”

哈洛威几乎能看见伊莎贝尔眼里闪过各种讥讽的回应，惊讶于他竟然真的道歉了，还是真心道歉。然后一切回应都消失了。

“谢谢你，杰克。”她最后平静地说。他点点头。

“继续说毛毛们？”苏利文期待地提议。

“不如我们进屋吧，”伊莎贝尔说，“我们都拿罐啤酒，坐下慢慢喝。我给你们看录像和笔记，你们可以自己判断我这些证据有没有说服力。”

“喝着酒看录像！”哈洛威说，“我乐意，让我付钱都行。”

伊莎贝尔给哈洛威和苏利文看了两个小时她拍的录像剪辑，里面记录了毛毛的各种活动，她认为这些能充分显示毛毛具有智慧生物的高级灵识，远超出一般动物的智力。他们看录像的时候，时不时会有一只毛毛爬上来一起看，看个几分钟又走了。小家伙们在信息板上看自己已经看腻了。

录像演示完之后，伊莎贝尔拿出她的笔记，将毛毛的行为与人类、乌拉族和泥疙瘩这些智慧生物交叉对照，她反复检查过她的数据和结论，注释和引用都列好了。等她全部展示完了之后，虽然不太愿意，哈洛威几乎都要相信毛毛们真是智慧生物了。

“不太靠谱。”然而伊莎贝尔一结束演示，苏利文就说了。

“什么？”伊莎贝尔说，以为自己听错了。

“你听见我说什么了，伊莎贝尔，”苏利文尽量温和地说，“我看不太靠谱。”

“那么，你对不靠谱的定义很奇怪。”伊莎贝尔说。

“事实上，现在这事正是我对不靠谱的定义，”苏利文说，“我认为不靠谱是因为这些小家伙不会说话。它们不互相交谈，也不和我们讲话，你很难说服别人。”

“我的天，你和杰克一模一样。”伊莎贝尔说。哈洛威抽动嘴角怪笑了一下。“语言只是判断智慧生物标准中的其中一项。‘程诉蓝天集团’的案子里还列了其他好多项。”

“我知道，”苏利文说，“但作为一名法律顾问，虽然我不是外星智慧生物法的专家，我也知道在外行人看来——包括审理此类案件的任何一位法官——说话的能力是最难达到的一项指标。不仅很难满足，语言往往还是决定性的指标。”

伊莎贝尔有些生气地瞪着苏利文说：“你的意思是即便毛毛符合列出来的其他每一项标准，但是它们不会说话都不算数。”

“我的意思是，”苏利文说，“迄今为止，我们发现并确认的智慧生物中没有不会说话的。人类有些行为乌拉族没有，乌拉族有些行为泥疙瘩没有，泥疙瘩有些行为人类也没有，诸如此类。但我们都有的行为，伊莎贝尔，是语言。”

“这不能抹杀存在不会说话的智慧生物的可能性。”伊莎贝尔说。

“是不能，”苏利文说，“有这个可能。你的问题在于，伊莎贝尔，不是说你不好，但你的思维是生物学家的思维，不是律师的思维。”

伊莎贝尔冷笑：“我不觉得这是个问题。”

“通常情况下不是，”苏利文说，“但这种事要由法庭决定，而不是实验室决定。你还要记得一点，如果你的毛茸茸小朋友们是智慧生物，扎拉集团就会失去这里的开采权，损失价值数十亿信用币的矿产，包括杰克刚刚找到的太阳石矿。扎拉集团的收入、利润和股价都会遭受重大冲击。这对你虽然没影响，对扎拉集团影响却很大。所以如果你提交疑似智慧生物报告，但手里没有小家伙们会说话的证据，而其他智慧生物都会说话，我保证扎拉集团的律师会抓着这点不放，大做文章。”

“换我就会。”哈洛威说。

“我也会。”苏利文说。

“你不会。”伊莎贝尔说。

“我不会吗？”苏利文说，“我代表扎拉集团，伊莎贝尔，不代表你或者这些毛毛。如果珍妮丝·梅耶让我接下这个案子，我就必须出庭。”

“好极了。”伊莎贝尔说着，转身背对她的男朋友。

“但这种事不会发生，”苏利文说，“你想想看啊，伊莎贝尔，无论代表哪一方，智慧生物的案子是任何律师的毕生追求。我肯定珍妮丝不想一辈子当扎拉23号星上的法律总顾问，如果我挡她路了，妨碍她接下这个案子，她会开飞船撞我。可你叫我来就是为了问我对这件事的看法，对吗？这就是我的看法。如果你现在提交疑似智慧生物报告，你会被全盘推翻。”

“这么说你觉得我应该对毛毛的事保持沉默，”伊莎贝尔说，“就像杰克一样。”

“我没让你保持沉默，”哈洛威说，“我希望你非常确定之后才报告。”

“我非常确定，”伊莎贝尔反驳道，“但现在听起来好像我非常确定还不够，等我找到足够证据说服别人的时候，扎拉集团已经把这个星球挖光了，我还不如闭嘴好了。”

“说实话，你现在也不能闭嘴了。”苏利文说。

“什么？”哈洛威抢在伊莎贝尔前面叫了出来。

“殖民星官方要求持有勘测开采权的公司一旦发现疑似智慧生物的证据必须上报，”苏利文说，“现在你告诉我了，我作为合法认证的扎拉集团法律代表，法律及公司章程规定我必须向上级报告。”

“你之前没告诉过我这些。”伊莎贝尔说。

“你也没告诉我让我来是为了什么，”苏利文指出，“再说了，你也稍微想想，你问我作为律师的意见。我一直是扎拉集团的律师，你也一直是扎拉集团的生物学家。”

“但你刚刚说了，我一旦提交报告，就会被驳回。”伊莎贝尔说，“毛毛们不会得到承认。”

“更别提这里一切挖掘活动都要被叫停。”哈洛威说。

苏利文微笑着举起手。“大家都深吸一口气，”他说，“伊莎贝尔，还有一个办法能促成一场有关毛毛智慧生物身份的聆讯，且你和毛毛们都不会因此遭殃。至于杰克，这个办法也暂时不会让你承受无法开采矿产的损失。”

伊莎贝尔和哈洛威你看看我，我看看你。“然后呢？”哈洛威问苏利文，“你不打算告诉我们吗？”

“我在享受这一刻戏剧化的暂停效果。”苏利文说。

“别犯浑，马克。”伊莎贝尔说。

“好吧，”苏利文放下手说，“你还记得我说勘测开采公司有义务上报任何智慧生物的证据吧。这意味着是扎拉集团要上报，而不是我或者你。”

“知道了，”伊莎贝尔说，“那又怎么样？”

“这意味着法律允许扎拉集团在提交报告之前走一些程序，”苏利文说，“你可以直接提交SSR报告，但正如杰克急于指出的那样，直接提交会打乱很多事。所以我们该做的是提交调查智慧生物证据的请求。这种请求基本上来说是相关企业请求法官裁定现有证据是否足以支持提交SSR报告。裁定结果分三种：支持提交、不予提交或进一步研究。”

“最后一项是什么意思？”哈洛威问。

“意思是法官下令把证据交由殖民星官方的外星生物专家研究，而在他们研究的同时，具有勘测开采权的企业可以照常作业，”苏利文说，“这样对大家都好。”

“不是对大家都好，”伊莎贝尔说，“扎拉集团每从星球挖走一点资源，毛毛以后能用的就少一点。”

“殖民星官方要求企业存起一部分从星球所获的收入，等待最终研究结果，”苏利文说，“以备届时之需。”

“存多少？”伊莎贝尔问。

“一成。”苏利文说。

“一成！”伊莎贝尔叫道，“那也太少了。”

“总比没有好，如果你现在提交SSR报告，毛毛就什么都没有了。”苏利文说。

“我不是要挑刺儿，但由扎拉集团提交请求，调查扎拉集团要不要在星球上全面停工好像充满了利益冲突啊。”哈洛威说。

“因此调查会在殖民星官方法庭的主持下进行，”苏利文说，“最终裁定具有法定效力。如果法官裁定扎拉集团必须提交SSR报告，公司就得在两周之后提交，并且，提交后两周内要全面停工等待宣判。”

“所以我们的目标是‘进一步研究’。”哈洛威说。

“我们没有任何目标，”苏利文说，“决定权在法官身上。但正如我刚刚所说，我认为‘进一步研究’这个结果对大家都好，伊莎贝尔，比起提交正式SSR报告，这种情况下不能证明毛毛会说话后果没那么严重，所以对你好。至少会有外星智慧生物专家过来研究做出最终判断。杰克，无论最终判断如何，你都能拿到钱，所以对你也好。也许到头来你不能在太阳矿上赚个几十亿，但你也稳拿好几百万，我认为你该知足了。”

“也许吧。”哈洛威说。

“这样对扎拉集团也好，它完全依照法律规定行事，无可非议。”苏利文说，“即使到头来扎拉集团必须放弃扎拉23号，公司还有充分时间缓冲这个消息对股价的冲击。没有巨大的股价变动，没有剧烈阵痛，也没有大公司最痛恨的意外。而对毛毛来说——”

三个人类齐齐看向毛毛们，其中四只正躺在地板上小睡。剩下没睡的斑斑，爬到了书桌上，正攀着桌子边缘。突然，它欢快地叫了一声，甩开手跳下书桌，直直地落到了毛毛爷爷的头上。毛毛爷爷（现在哈洛威知道它不是爷爷了，但改名字也晚了）又惊又怒地吼了一声，追着斑斑到处跑，一下接一下扇向它的脑袋。卡尔唯恐天下不乱，也高兴地跟着跑起来了。三秒之后，所有毛毛都像傻子一样四处乱跑，你拍拍我，我捶捶你，活脱脱一场毛茸茸的闹剧。

“——至少它们得到证明它们是智慧生物的机会。”苏利文说完冲着毛毛们摆摆手，“但我得跟你直说，伊莎贝尔，这样看起来你找到的小家伙们不怎么机灵。”

“这个嘛，”伊莎贝尔温和地说，“我想你低估了演好喜剧要掌握的时机和技巧。”

“恕难苟同。”苏利文说。

“这次我支持伊莎贝尔，”哈洛威说，“这比‘三个臭皮匠’[1]都好看。”

1　三个臭皮匠（The Three Stooges）：美国著名喜剧组合。

“那倒是。”苏利文说。

“三个什么？”伊莎贝尔问。

男士们用一种混杂了吃惊和同情的眼神看着她。

小屋的地板上，毛毛们和卡尔精疲力竭，瘫倒在地。

第 14 章

送上门的贿赂

伊莎贝尔和苏利文在当天晚上告辞回奥布里镇了。苏利文相当憋屈地窝在飞船狭小的乘客座上，和伊莎贝尔的样本、笔记及剩余物资挤在一块儿。哈洛威目送他们离开，留意到毛毛们对此不怎么难过。要么这些小家伙感情不怎么丰富，要么它们属于那种“眼不见心不烦”的类型。相较之下，伊莎贝尔走了，卡尔就闷闷不乐。就算斑斑拽它的耳朵，宝宝抱着它蹭都没让它打起精神来。

三天后，哈洛威收到一封经过加密并要求回执的邮件，请他八天后在奥布里镇的一场听证会上出席，提供有关“毛毛们”的证词。哈洛威笑了，伊莎贝尔还真是说干就干，一分钟也不浪费。

又过了几分钟后他收到请求，查德·伯恩上线了。“你是不是想害我被炒？”哈洛威一拍开纯音频就听到伯恩在吼，连寒暄都省了。

“我也问你早上好。”哈洛威说。他正在喝早晨咖啡。毛毛爸爸——哈洛威现在知道它也不是爸爸——好奇地嗅着他杯子里的液体。

“少废话，哈洛威。”伯恩说，“你发现了这些小东西为什么不告诉我？”

“你是说毛毛们？”哈洛威反问。

“对。”伯恩说。

“我为什么要告诉你？”哈洛威说，“我碰到每一只动物都要向你详细打报告？要知道，我可是住在森林里。”

“我不要每一只动物的报告。”伯恩说，“但如果遇到了这个星球上的穴居人，让我们都快被踢出去了，你还是应该告诉我的。”

“它们不是穴居人。”哈洛威说，“它们住在树上，或者说曾经住在树上，现在它们占领了我的房子。”哈洛威把杯子推向毛毛爸爸，让它尝尝这饮料。

“杰克·哈洛威，乱打岔的行家里手。”伯恩说。

“不管怎么说，它们不像人类，所以我才懒得告诉你。”哈洛威说，“它们只是非常聪明的小动物。”

“我们的生物学家不是这么想的，”伯恩说，“不是看不起你，杰克，但她在这方面可能比你懂得多。”

“你们的生物学家因为重大发现激动过头了，”哈洛威说着，注视着毛毛爸爸仔细嗅着咖啡的模样，“虽然她是生物学家，但又不是外星智慧生物方面的专家。让她决定毛毛们是不是智慧生物就和让足科医生决定你要不要肝脏移植差不多。”

“威顿·奥布里不是这么看的，”伯恩说，“未来的扎拉集团董事长冲进我的小隔间对我吼了十分钟，就因为我的一个勘测员找到了智慧生物却懒得告诉我。我给了你0.4%的分成已经被他记在废物名单上了。现在我觉得他的暗杀名单上也有我了。”

“放心，查德，”哈洛威说，“它们不是智慧生物。”毛毛爸爸把头探进杯子里，犹豫地啜了一口咖啡。

“你确定？”伯恩问。

毛毛爸爸一口吐出咖啡，瞪着哈洛威，好像在说：你什么毛病！

“没错，”哈洛威说，“我非常确定。”他端起咖啡，又喝了一口。

“我想过来亲自看看那些东西。”伯恩说。

“什么？”哈洛威说，“不行。”

“为什么？”伯恩问。

“呃，首先，查德，除非你故意瞒着我，不然你不是生物学家，更不是外星智慧生物专家，”哈洛威说，“也就是说你过来也不过就是盯着小家伙们看。我又不是开动物园的。再说了，我不太乐意花时间招待你。”

“谢谢你的‘热情’，杰克。但你别无选择，”伯恩说，“你的合同里注明，我作为你扎拉集团的勘测员代表，在某些情况下有权甚至必须进行实地考察，确保你的设备和操作符合扎拉集团的规章要求。所以你猜怎么着，我现在就出门，六个小时后到。”

“好极了。”哈洛威说。

“我和你一样激动，”伯恩说，“相信我。”他切断了联系。

哈洛威低头看着毛毛爸爸：“如果我知道你会惹来这么多麻烦，那天就该让卡尔把你吃掉。”

毛毛爸爸也抬头看着哈洛威，完全不在乎他的话。

伯恩不是一个人来的。

“如果他走出那飞船，我就把他推下去。”哈洛威一看到降落在他树屋前的四座飞船前排乘客座上的乔·德里斯，便出言威胁。

和布兰德·兰登一起从后排乘客座出来的威顿·奥布里七世吓了一跳：“有什么问题吗？”

“有，”哈洛威说，“我恨他入骨。”

“我觉得这飞船上所有人你都不喜欢，哈洛威，”奥布里说，“这不是把德里斯先生留在座位上的充分理由。我离开奥布里镇时需要配备保镖，董事会对我单独置身于野外非常敏感。”

"关我屁事。"哈洛威说。

"坐在封闭的飞船里太热了。"兰登说。

"那就把窗子敲破递他一碗水，"哈洛威说，"如果他踏上我的地盘，我就用猎枪给他理个中分头。"

"你准备在简历上加上'谋杀'吗，哈洛威先生？"兰登问。

"如果他侵入私人领地并且在主人要求时拒绝离开，那就不算谋杀。"哈洛威说。

"他是扎拉集团的治安官，这是集团管理下的星球。"奥布里说。

"那让他拿搜查证给我看，"哈洛威说，"如果没有搜查证，他就是非法侵入，我再想了想，你和兰登也是。唯一有正当理由来这里的只有查德。"

"这么说你准备开枪把我们都轰了？"奥布里说。

"有点心动，但我犯不着，"哈洛威说，"只轰了他就行。如果你觉得我不会，尽管让他踏出那飞船试试。"

奥布里回头看向刚刚从驾驶座出来的伯恩。"我完全不知道这是闹哪出。"伯恩说。

德里斯眼睁睁看着这一切发生，除了怒目相视，别无他法。

"把钥匙留给他。"最后奥布里对伯恩说，"他可以开空调。"奥布里转向哈洛威，"好了吗？你还有别的不合理要求吗？"

"你来这里有什么合理原因吗，奥布里？"哈洛威问，他指了指伯恩，“我知道他来的原因，他想参观摸摸动物园[1]。你想要干什么？”

“也许我对那些动物也很好奇。”奥布里说，“它们可能害我损失一大笔钱，我想我至少能来看看它们。”

“抱歉，”哈洛威说，“它们现在不在。”

“你不把它们留在家里？”伯恩说，“你知道我要来。”

“我知道你要来，”哈洛威说，“我没准备迎接这么多随行人员。还有，我不会留着它们，查德。它们不是我的宠物，它们是野生动物，来去自如，待了几天之后就时不时到外面森林里去。我想它们应该去忙遇见我之前忙的事去了。我也一样来去自如，一样在忙遇见它们之前忙的事。”

“它们什么时候回来？”伯恩问。

“让我再重申一遍，它们是野生动物，”哈洛威说，“它们走之前又没给我留下日程表。”

“那我们可以谈点别的。”奥布里说。

“还有什么别的可谈？”哈洛威问。

“你介意让我们进去谈吗？”奥布里说，“因为眼下我觉得有点可笑，你唯一想灭掉的那人却好好地坐在飞船里吹空调。”

哈洛威看了一眼德里斯，后者还在恶狠狠地瞪着他。“好吧，”他说，“进来。”

---

1 摸摸动物园（Petting Zoo）：可供孩子抚摸接触小动物的动物园。

进到小屋后，卡尔凑向伯恩示好，它认识这人也喜欢他。哈洛威小心地调整他书桌上的监视摄像头的位置和角度，好清楚地拍下外界的情况和伯恩的飞船，然后把罩在上面的帽子拉好，避免挡住镜头。

“所以这是著名的爆破狗。”奥布里说，拍了拍卡尔。

“据称的爆破狗，”哈洛威说，“无法证明。”他转身面向他的客人们，坐在书桌上。

“那是当然。”奥布里说。

“你想谈什么？”哈洛威说。

奥布里扫了兰登一眼。“对于即将进行的有关这些动物是否智慧生物的听证会，我们有些顾虑。”

“这样啊。”哈洛威说。

“我们想知道你打算怎么说。”兰登说。

“我不知道，”哈洛威说，“我不知道法官会问我什么。”

“我预计法官会让你证实凡加小姐的报告内容。”兰登说。

“有可能。”哈洛威说。

“你会这么说吗？”兰登问。

哈洛威看着他小屋里的三人。“我想我们还是跳过暖场问题吧，”他说，“如果他们问我是不是见到了伊莎贝尔所见，我会说是的。因为我的确见到了。这不意味着我赞同她，认为毛毛是智慧生物。如果你们打算说服我，让我不赞同伊莎贝尔的结论，不用担心，我不赞同。而且伊莎贝尔也知道我不赞同。所以你们不用贿赂我了。”

“那样还不够好。”奥布里说。

“已经够好了。”哈洛威说。

“不够，”奥布里说，“她是生物学家，你只是勘测员，她的观点比你的有分量。”

“那又怎么样？”哈洛威说，“和这些小东西一起住的是我。她的观点也许是比我的有分量，但我的想法也足以不让法官直接裁定扎拉集团提交SSR报告了。最糟也不过是法官裁定进一步研究。如果你操作得当，在毛毛最终智慧生物身份认定之前，你还能在这里运作两到三年，足够开采太阳矿的了。”

“我知道你只关注太阳矿，哈洛威，”奥布里说，“但是除了你那点收益，还牵涉到其他方面。这个星球所蕴藏的金属和矿产资源不同寻常，比太阳石的藏量还丰富。也正因为如此，这里才会形成太阳石矿。这颗星球是扎拉集团具有开采勘测权的星球中资源最丰富的一颗。如果我们失去它，扎拉集团的处境岌岌可危。”

“你告诉我这些有什么用？”哈洛威说，“我不需要知道这些，除了太阳石矿之外，其他和我又没关系。”

“我告诉你是想让你明白，哈洛威，”奥布里说，“这些都能和你扯上关系，只要你愿意。”

哈洛威目光投向兰登：“我猜该轮到你说话了。”

兰登笑了。他打开随身带着的文件夹，向前几步走到哈洛威跟前，拿出一页文件递给他。哈洛威扫了一眼那文件，说：“这是张地图。”

“看得出是哪里的地图吗？”兰登问。

“嗯，”哈洛威说，“是东北大陆的地图。”

“这是扎拉23号星上唯一一块扎拉集团还没开始开采的大陆，”兰登说，“我们上个月才从殖民星官方获得许可在这片大陆上作业。”

“好吧，”哈洛威说，“所以呢？”

“它是你的。”奥布里说。

“什么？”哈洛威说。

“扎拉斯特拉准备试行一个项目，让单一勘测员负责一整块大陆的勘测和开采，”兰登说，“这个勘测员可以随他所愿地主持这个项目，也许沿用扎拉集团现行的办法，管理调派其他勘测员。差别在于，这位首席勘测员可获得所辖大陆开采收入的5%。”

“扣除运营成本和他给予手下其他勘测员的费用。”奥布里说。

“对，”兰登附和，“那就算是4.75%吧。”

哈洛威弯起了嘴角。“我猜这意味着我合同期满之后你们不打算把我踢出这星球了？”

“显然不会，”兰登说，“如果你同意的话。”

“还有，这怎么不是对我赤裸裸的贿赂呢？”哈洛威问。

“这样能减少扎拉集团的雇员数目，进而节省成本。”兰登说，“同时那5%的合同所得可以减免税赋。”

“扎拉集团已经几乎不用交税了。”哈洛威说。

“就当是锦上添花好了。”奥布里说。

哈洛威往伯恩的方向比了比。“所以我只要干他的活儿，就能当上亿万富翁。”他说。

“比他的活儿管的范围更大些，”兰登说，“但的确差不多。最大的好处在于，你可以把所有的工作分包出去，甚至不需要亲自待在这星球上。你可以安坐地球家中，在游泳池边上等着收钱。”

“我要做什么才能得到这些好处？”哈洛威问。

“摧毁凡加小姐的可信度。”奥布里说。

“那可不容易，”哈洛威说，又等了一会儿，补充道，“再说我那么干了之后你给我签这份合同影响不好。”

“给我们点信心，我们知道低调行事，哈洛威先生。”兰登说，“我们会等上适当一段时间再宣布与你达成合同。凡加小姐也不会因为请求听证遭到任何惩罚。没错，她会晋升为我们地球上一家实验所的主管。”

“也就是说，踢上高位，远离这里，远离毛毛们。”哈洛威说。

“好歹这次你能给她的事业带来帮助，”奥布里说，“她有好处，你也有好处，就连伯恩都有好处。”

哈洛威看向伯恩，“真的？”他说。

“算是好处吧。”奥布里说，“我们说他可以在你手下干。我想你会好好对他的。”

“我想会吧。”哈洛威说。伯恩本人看上去悲惨至极，整个谈话过程他都苦着一张脸。他知道他成了奥布里一行前来哈洛威树屋谈判的幌子，也清楚被卷入大人物大计划中的小人物会有怎样悲惨的命运。“于是人类都各有所得了，”哈洛威说，“毛毛呢？”

奥布里耸了耸肩。“如果你这么在意它们，带它们去东北大陆呗，”他说，“给它们划一块保护区，做什么都行，扎拉集团甚至可以设立‘拯救毛毛’基金。这样对我们在地球上的名声也好。只要没人再说这些东西是人类就行。”

“伊莎贝尔有毛毛们的录像，”哈洛威说，“保密等级达到标准、不可篡改的录像，记录了她认为可以证明毛毛是智慧生物的行为。”

“你教会了你的狗搞爆破，哈洛威先生。”兰登说。

“那不是一回事。”哈洛威说，意识到兰登在暗示什么，进而回想起伊莎贝尔和他的争论，“还有，如果你暗示让我说伊莎贝尔教毛毛把戏来骗人，我很好奇之后你们怎么圆回来给她升职。”

“她没有教毛毛，你教的。”兰登说，“向法官坦承你在凡加小姐来访之前教了小动物一些把戏。我们不否认这些动物很聪明，一学就会。就说你本意是开个无害的玩笑，恶作剧一下。她当真了，你还没来得及解释她就提交了要求听证的报告。这样她完全没有过失。你也不过就是开了个虽然有些恶劣但无伤大雅的玩笑。”

“这会让我看着像个浑蛋。”哈洛威说。

“反正所有人都觉得你是浑蛋，哈洛威，”奥布里说，“没有冒犯你的意思。”

“没事。”哈洛威说。

“再说了，我们现在谈的是相当大的一笔钱，你当个浑蛋也是值得的。”奥布里说。

“嗯，你说是就是吧。”哈洛威说。

“哈洛威先生，我们的提议很认真。”兰登说，“这件事牵涉到的利益太大了。这场听证会的结果必须裁定不予提交SSR报告。其他结果都是惨败。我们全靠你给大家带来最好的结果了。”

“是啊，”哈洛威说，“我只需要让伊莎贝尔出丑就行。”

“不是故意旧事重提，哈洛威，但你之前已经让她出过丑了，不是吗？”兰登说，点头示意伯恩，“伯恩先生告诉我们，你在一场听证会上出卖了她。她说你教你的狗搞爆破，而你说她撒谎。你当时只不过为了保住你的承包合同，似乎也没怎么顾忌她。现在你即将成为宇宙中最富有的人之一，大概更不缺乏动机这么做了吧。”

"也许吧。"哈洛威说。

"好。"奥布里说，"那我们说定了。"

"我必须再次强调，哈洛威先生，我们从来没来过。"兰登说。

"当然没有，"哈洛威说，"只有你们的幌子伯恩来过，他只是来看看小动物。"

"我们达成了完全的共识。"兰登总结。

"是啊，"哈洛威说，"完全的共识。"

第 15 章

培根，肉类之王！

他的客人走后，哈洛威拿起信息板，调出监视摄像拍下的录像。就算刚才那三人看到了摄像头，他们也没有多加留意，正中哈洛威下怀。他在摄像头上放顶帽子算是发挥了作用。

刚开始的几分钟录像里没什么特别的动静，只有坐在飞船里的乔·德里斯无聊地摆弄着飞船的仪表板和钥匙。哈洛威快进了一段，看到有东西跳到飞船顶上，哈洛威放慢录像，放大仔细一看。那是斑斑，捣蛋鬼毛毛。

斑斑爬到飞船的挡风玻璃上，显然对里面的人类很感兴趣。人类则似乎对毛毛很恼火。斑斑把小脸压在玻璃上仔细看德里斯，德里斯用手狠狠地从里面拍了一下玻璃。

斑斑吓得后退，但很快意识到人类砸拍玻璃对它没什么威胁，又把脸凑到玻璃上，德里斯又拍了玻璃一下。这次斑斑没有动。德里斯又拍了一下，接着又一下。哈洛威放大德里斯的脸，他在吼着。飞船太远了录不到声音，而且麦克风也调了静音。

哈洛威皱了皱眉，他让监视摄像对着德里斯，但出于保险起见，打算同时录下屋里的谈话，以防日后可能用得上。他一定是调整摄像头角度朝外时不小心按到了麦克风的静音按钮，什么声音都没录到。

哈洛威再次放大画面，斑斑没有贴在玻璃上了，正津津有味地看着德里斯大吼大叫，也许在想为什么人类不从飞船里出来抓它揍它。几分钟之后，德里斯冷静下来了，毛毛又凑到玻璃上，德里斯坚定地无视了这小家伙。

斑斑转过身蹲下，故意用屁股在玻璃上画着圈圈，正对着德里斯的脸。

德里斯勃然大怒，靠在座椅上抬脚踢挡风玻璃。显而易见，德里斯确信只要他一踏出飞船，哈洛威就会用猎枪轰飞他的脑袋，不然斑斑现在已经成了一团死肉了。

哈洛威倒带重看这段录像，脸上挂着大大的笑容。

他快进了一点，画面上斑斑正仰头朝上看，好像在召唤谁。果不其然，一分钟后另一只毛毛也落到飞船的顶上：毛毛爷爷来了。两只毛毛站在顶上好像开会讨论了些什么，然后斑斑又在挡风玻璃上磨了会儿小屁股，惹得德里斯又踢了一次。

毛毛爷爷显然觉得这样没意思，扇了斑斑脑袋一下，拉着这小毛毛离开玻璃，推着它跳下飞船。斑斑跳上最近的刺木跑了。毛毛爷爷转身又回头去看德里斯，走上玻璃仔细看。德里斯嘴里骂个不停，气急败坏还吐口水。

这样过了一会儿，爷爷似乎有了主意，它蹲下，一屁股压在玻璃上。然后它慢悠悠地踱着步从飞船顶下来，好像假日散步。哈洛威大声笑出来了，引得卡尔警惕地抬头张望。

哈洛威又快进了几分钟德里斯无所事事的片段，在这位治安官的三个同伴出现时停下。看到他们，德里斯打开前排乘客座旁的门，冒险一步踏出飞船站直了，冲着走来的三人喊着什么。接下来，德里斯冲着斑斑和爷爷离开的那棵刺木一个劲儿地比划了一两分钟。奥布里和兰登走过去抬头朝刺木里看了一会儿，似乎想找那两只小东西。最后他们回到飞船上，飞船升空，飞到离哈洛威家平台好几米高一溜烟跑了。

提醒自己：下次见到斑斑和爷爷给它们啤酒喝。哈洛威想。他不会真的给它们啤酒，他曾经给过毛毛爸爸和妈妈一点啤酒尝尝，看看它们喜不喜欢，两只小家伙都吐出来了。毛毛们喜欢清水，最好是从直饮水龙头直接对着喝，它们现在还对水龙头很着迷，还喜欢果汁。其他饮料它们都不喜欢。不过邀毛毛共饮这主意不赖。不待见德里斯的任何人哈洛威都喜欢，无论品种。

任何人，他脑海里一个声音说，熟悉得令人起疑，活像伊莎贝尔。

哈洛威摇了摇头，甩掉这声音。是的，任何人，但这不意味着毛毛们就是智慧生物。对他来说，卡尔也和人差不多，但它并不等同于人类。把某只动物当作人来看待是完全可以的，它们并不需要具有智慧生物的智力水平。

哈洛威低头看看他四肢摊开赖在地板上的狗。“嘿，卡尔。”他唤了声。卡尔抬了抬一边眉毛，无意中表情显得有些不屑。

“卡尔，说话！”哈洛威说。卡尔抬眼看了看哈洛威，什么都没做。哈洛威没教过它“说话”这把戏。让一条狗无来由地刻意乱叫从来不是他的爱好。

“好狗狗，卡尔。”他说，“不说话太好了。”卡尔不置可否，吸了吸鼻子，合上眼又睡过去了。

卡尔是一条好狗，一个好伙伴，不是智慧生物，不会引起殖民星官方关注。黑猩猩、海豚、乌贼、云浮族、蓝犬、威兽、宾治鱼[1]还有其他一些生物的智力也高于平均动物水平，但还没到智慧生物的程度。在人类接触过的两百多个星球中，只有两种生物达到人类的智慧生物标准：乌拉族和泥疙瘩。两种生物都展现了一些高智慧生物的常见行为，毋庸置疑具有人类所具有的高等智慧。

啊，也不是没人质疑。他脑中的学究气较真小人提醒他。对这两种生物，勘测开采行业中都有一小部分人坚持它们不是智慧

1 云浮族（Floaters）、蓝犬（Blue Dawgs）、威兽（Wetsels）、宾治鱼（Punchfish）均为本书设定中具有较高智力水平的外星生物。

生物。乌拉星和泥疙瘩星（过去的扎拉3号星和蓝天6号星）藏有丰富的资源，值得他们放手一搏，反对智慧生物认定。尤其是泥疙瘩的认定，人类和它们接触时，它们的文明发展程度大概只等同于公元前一万年北美大陆上靠捕猎采集维生的原始人。对勘测开采企业的律师们来说，否认与直系祖先等同的智慧生物，完全不是问题。律师这行当就是要对这种关联视而不见。泥疙瘩不会阅读，没有城邦，连有没有农作都还有待商榷。三振出局，至少在勘测开采企业的律师们看来，它们没戏了。

哈洛威举起信息板，把影片倒回到开头，又看了一遍斑斑和爷爷。如果勘测开采一方连泥疙瘩的智慧生物认定也能大做反对文章，碰上毛毛他们更是会敲锣打鼓反对个不亦乐乎。没有城邦，没有文字，没有农作，而且还没有语言，没有工具，没有衣服，显然也没有超出家族以外的社会结构——就连家族概念也只是勉强够得上，它们的单性生物构造太特殊了，个体虽有差异却缺少性别角色区分。

它们不是智慧生物还更好，哈洛威想。即便它们是智慧生物可能也得不到承认，太多人希望他们不是智慧生物了。当一只猴子，不知道他们从你身上夺走了什么，总比当一个人，完全清醒却无能为力好。

卡尔从地上一打滚起来，甩着尾巴朝着小屋门口去了。它用鼻子将狗门往外顶开了一点，有东西就在外面抓住了门，撑着不放，卡尔往后退了一步。

一秒后，毛毛们鱼贯而入，它们结束了这天的毛茸茸冒险之旅回来了。每只毛毛都拍了拍，或者揉了揉卡尔算是打过招呼，除了宝宝，它搂着卡尔的脖子来了个拥抱。卡尔现在很能忍下这一套，还在宝宝放开的时候舔了舔它的脸。

毛毛爸爸步向哈洛威，注视着他，哈洛威知道这意思是它需要他的服务。哈洛威想起他作为毛毛管家的角色，笑着跟着这小动物走进厨房。毛毛爸爸停在冰箱前，哈洛威知道毛毛自己会开冰箱，于是对它征求许可表示了赞赏，继而打开了冰箱。

“去吧。”哈洛威示意毛毛爸爸。毛毛爸爸埋头进去，拖出了最后一点熏火鸡肉。

“我觉得你不应该吃那个，”哈洛威说，“都快坏了。”他从毛毛手上拿过火鸡肉，翻出最后两片，冲着卡尔甩了甩，可把卡尔激动坏了。“坐下。”他对卡尔说，卡尔兴高采烈地一屁股坐下。哈洛威扔给卡尔火鸡肉，没等落地，卡尔就在空中一口咬住，一眨眼就吞下去了。

毛毛爸爸目睹了这一切，转身冲着哈洛威发出一声尖叫，哈洛威被逗乐了，它好像在说：抱歉，但我要灭了你！

哈洛威抬手摆了摆。“等等。”他说着，探进冰箱，拿出另一个冷藏包。“朋友们，”他宣布，把冷藏包递给毛毛们看，“我想是时候向你们介绍我们人类叫‘培根’的这玩意儿了。”

毛毛爸爸怀疑地瞅了瞅冷藏包。

“相信我。”哈洛威说罢关上冰箱，去拿煎锅。

五分钟后，煎培根的香气勾住了毛毛们和卡尔，它们专心地盯着屋里小小的炉子。斑斑甚至一度打算爬上去抢几片半熟的培根，被毛毛妈妈拉住了交到爷爷手上，爷爷照着它脑门拍了好几下。拍脑袋显然是毛毛爷爷和斑斑沟通的主要手段。

没多久，六片培根就煎好了。哈洛威给每只毛毛分了一片，最后一片留给了自己。卡尔，不满于人人都有培根而它没有的惨痛不公，可怜巴巴地哀叫着。

“下一锅就给你，伙计。”哈洛威承诺。他又剥下一块培根条撕开在锅里铺好，再转身观察毛毛们对加工腌制过的食品有何反应。毛毛爸爸举着一块培根递向紧张兮兮的卡尔。毛毛叫一声，卡尔坐下了。哈洛威乐了，毛毛爸爸正学着他刚才举着火鸡肉的那一套。

毛毛爸爸张了张嘴，卡尔马上趴下。毛毛爸爸又张了张嘴，卡尔打了个滚肚皮朝上，伸出舌头。毛毛爸爸撕下一小块扔给卡尔，卡尔急切地一口吞下。毛毛爸爸就继续享用它剩下的培根了。

培根爆出的油花烫到了哈洛威的手臂，他这才回过神，想起来他还开着炉子做吃的。他煎好第二轮培根，分给毛毛们和卡尔，每只动物都对第二片美食相当满意。培根此刻取代熏火鸡肉成为肉类之王，至少毛毛们是这么想的。哈洛威把剩下的培根放回冰箱，刷好锅，走到书桌前端起了信息板。

伊莎贝尔走的时候留了一套她的毛毛录像和笔记备份给哈洛

威，算是回礼，也为了日后留存。如果她手上的数据出了什么意外，他的备份还能用。哈洛威调出数据看了起来，尤其是其中几段录像。他摆弄着视频，更改一些播放设置。

他这么一摆弄，好几个小时就过去了。

第16章

虚伪的听证会

“听证会是这么个流程，”苏利文对哈洛威说，他们俩站在奥布里镇狭小还挤满了人的法庭外面，“先是法官出庭，说几句开场白。接着材料呈堂，由伊莎贝尔来演示，基本上就是走走形式，因为伊莎贝尔的录像和笔记法官都看过了，但她可以在这阶段就这些材料向伊莎贝尔提问。然后扎拉集团的代表会询问专家证人，也就是你和伊莎贝尔。法官在这一步也可以提问。最后法官会做出裁决。”

哈洛威皱眉。“这么说扎拉集团可以询问我和伊莎贝尔，我们的代表律师呢？”

“你们没有代表律师，这是听证会，不是审判。”苏利文说。

“最后会有正式的裁决，”哈洛威说，“我听着像审判。”

“但你没有被控犯了什么事，杰克，”苏利文说，“你和伊莎贝尔是证人，不是被告。”

“对，”哈洛威说，“毛毛们才是被告。”

“你可以这么说。”苏利文说。

“那它们的代表律师呢？”哈洛威说。

苏利文叹了口气。“答应我不要故意和法官过不去就行。”他说。

“我向你保证，我来的目的不是为了和法官过不去。”哈洛威说。

“那就好。”苏利文说。

“那你在这场听证会上扮演什么角色？”哈洛威说。

“没有角色，”苏利文说，“因为关系到伊莎贝尔，我请求撤出这个案子，我的上级同意了。我告诉过你，她对这场听证志在必得，在她看来这是她离开这个星球的踏板。瞧啊，她来了。”苏利文朝着走廊尽头的奥布里镇行政大楼点了点头，珍妮丝·梅耶昂首阔步向他们俩走来，身后跟着一个年轻的助理帮她拿案件资料夹。

“她怎么样？”哈洛威问。

“什么意思？”苏利文说。

“为人怎么样？”哈洛威说。

“我完全不知道。”苏利文放低声音嘀咕着，他的上司越走越近了。

她在这两位先生的面前停下。“马克。”她说，算是打过招呼了，然后开始打量哈洛威。“哈洛威先生，很高兴再次见到你。”她伸出手，哈洛威握住摇了摇。

“你找到的新物种很有意思。”梅耶说。

“它们身上充满了惊喜。”哈洛威说。

“马克已经对你解释过今天听证会的流程了吧？”梅耶问。

“说过了。”哈洛威说。

“这不是审判，”梅耶说，“所以记住我问你话的时候，别犹豫，直接回答就好。”

“我保证说出全部事实。”哈洛威说。梅耶对此莞尔一笑，哈洛威不禁好奇她对奥布里秘访他的树屋知道多少。她又朝苏利文点点头，步入法庭，助理亦步亦趋紧跟在她后面。

“作为上司，她野心勃勃。”苏利文总结道。

“对你来说不是坏事，”哈洛威说，“野心勃勃的上司后头总有空缺的职位。”

“那是当然。”苏利文说，接着露出灿烂的微笑，他看见走廊尽头又有人来了：伊莎贝尔。她也冲着他笑了，走到他面前，出于身处公众场合的考虑，只在他脸颊上印下热情又得体的一吻，进而转向哈洛威。

他伸出手。“杰克·哈洛威，”他说，“我和你一同担当专家证人。”

“很可爱嘛，杰克。”伊莎贝尔说着，飞快地贴了贴他的脸，“你紧张吗？”

“不紧张，”哈洛威说，“你呢？”

“我紧张死了，”伊莎贝尔说，“毛毛能不能被认定为智慧生物，全看我在这里和法官说的话了。我可不想搞砸。我从博士论文答辩之后都没这么紧张过。”

“好了，答辩很顺利不是吗？”哈洛威说，“你过往记录良好。”

“你什么时候到的？”伊莎贝尔问。

“我和卡尔大概一小时前到的。”哈洛威说。

“卡尔呢？”伊莎贝尔又问。

“他在飞船上，”哈洛威说，“放心，”看到伊莎贝尔一脸不赞同的表情，他又补充道，“飞船的空气和温度调节是自动的，他跟冰镇黄瓜一样凉快。听证会之后你可以去看看它是不是真凉快。”

“说起听证会，”苏利文说，“你们俩该进去了。几分钟后就开场了，索登法官可不喜欢等人。”

内德拉·索登法官没有任何开场白就入庭就座了，并没有庭警宣布她的到来，或者请所有人起立。等所有人自己站起来的时候，索登已经坐下了。

“让我们尽快完事。”索登说着低头扫了一眼听证会安排，“凡加博士？”

“是的，法官大人？”伊莎贝尔站起来。哈洛威坐在她旁边，坐在一般被告所在的桌子后面。珍妮丝·梅耶和她的助手坐在一般控方所在的位置。不是审判才怪，哈洛威心想。法庭的旁听席几乎是空的，除了坐在最后一排，礼貌地掩饰着不耐烦表情的布拉德·兰登，再来就是坐在伊莎贝尔正后方的苏利文。

“流程表列明你将要总体介绍一下研究材料。”索登说。

“是的，法官大人。”伊莎贝尔说。

“除了你已经呈交给我的材料之外，你还要添加什么新的内容吗？”索登说，“如果没有，我将跳过这部分。”

伊莎贝尔吃惊地眨了眨眼。“跳过？”她说，看了一眼庭内专门为了让她演示而运来的大屏幕。

“没错。”索登说，“你的报告非常详细深入，都快到无穷无尽的程度了，凡加博士，如果在这里只是重复，我还是跳过吧。”

“我演示的目的是让您在这过程中可以随时提出问题。”伊莎贝尔说，“我肯定您有问题想问。”

“呃，并没有。”索登温和地说，“好了，我们继续？”

伊莎贝尔目光投向哈洛威，他不易察觉地扬了扬眉毛，她又看了看苏利文，他的脸上一片空白。“好吧。”最后她面向索登说。

“好的，”索登说着看了梅耶一眼，“梅耶女士，你同意吗？”

"同意，法官大人。"梅耶说。

"好极了。"索登说，"两个小时的流程已经走完了。我们午饭前就能完事。你可以坐下了，凡加博士。"

伊莎贝尔坐下，表情有点呆滞。

"现在——"索登又拿起流程表看，"——梅耶女士，轮到你询问专家证人了。你准备先问哪一位？"

"我想依照安排应该先问凡加博士。"梅耶说。

"好的，"索登说，"凡加博士，请坐到证人席上。"伊莎贝尔站起来，从桌子后面走到证人席上坐下。"一般情况下我会让你起誓，但这只是一场听证会，不用那么正式。"索登说，"然而你还是要尽力如实完整地回答问题。你明白了吗？"

"明白。"伊莎贝尔说。

"到你了。"索登对梅耶说。

梅耶起立。"凡加博士，请说出你的全名和职业。"

"我是伊莎贝尔·恩杰鲁·凡加博士，扎拉集团旗下扎拉23号星的首席生物学家。"伊莎贝尔说。

"你于哪所学校取得博士学位，凡加博士？"

"牛津大学。"伊莎贝尔说。

"我听说那学校不错。"梅耶说。

伊莎贝尔微笑了。"是不错。"她说。

"这么说你在那里研究外星智慧生物。"梅耶说。

"不是，"伊莎贝尔说，"我在那里主要研究丝足虫类原生生物。”

“我听不懂。”梅耶说。

“一种原生生物，”伊莎贝尔说，“非常小的单细胞生物。”

“这些原生生物是哪个星球的？”梅耶问。

“地球。”伊莎贝尔说。

“这么说你的确是在一间非常杰出的大学接受生物学教育，然而仅限于地球生物。是吗？”梅耶说。

“是的。”伊莎贝尔说，“但我担任扎拉23号星的首席生物学家已将近五年，具备了研究外星生物的大量实践经验。”

“这些经验涉及外星智慧生物吗？”梅耶说。

“直到最近才涉及。”伊莎贝尔说。

“所以你在这个领域也是新手。”梅耶说，“刚刚涉及。”

“是的。”伊莎贝尔说，“但是我对毛毛进行评估所用到的标准是外星智慧生物领域中充分验证成立的标准，依照这些标准，没有经验也能进行有效评估。”

“你真的相信如此吗？”梅耶问，“作为一名科学家，你真的相信没有接受过相关领域训练的业余人士能就此领域做出专业判断吗？尤其是他们手头只有一张清单？”

“我不是业余人士，”伊莎贝尔说，“我是一名受过良好训练的生物学家，同时具备多年外星生物研究的实践经验。”

“这么说经验的确重要，”梅耶说，“尽管如此，凡加博士，我不怀疑你在你的领域中有充分的知识和经验，但我必须质疑由你来评估这些生物是否智慧生物，不就像是让足科医生建议病人是否进行肝脏移植一样不合理？”

哈洛威突然带着他的椅子往后一靠，他发现这是他打过的比方，就在伯恩领着奥布里一行和他碰面之前说过的，哈洛威知道他和伯恩的对话有人监听。然而，他自己的话被用作反驳伊莎贝尔，这让哈洛威意识到整场听证会从头到尾都是设计好的，实实在在就是走过场。唯一被蒙在鼓里的只有伊莎贝尔。

“我认为你的比喻没有你想象中那么恰当。”伊莎贝尔说。

梅耶无所谓地笑了笑。“也许没有吧，”她说，“我们继续，凡加博士，请告诉我们你是怎么知道毛毛的。”

“杰克·哈洛威告诉我的，还给了我一段他拍的其中一只毛毛的录像。”伊莎贝尔说，“录像让我很感兴趣，但安全级别不够高，所以我想亲自看看它们，录下保密录像，这样不用担心数据被篡改或剪辑。”

“哈洛威先生给你第一段录像之后，过了多久你才见到这些生物？”梅耶问。

“总共五天，我想。”伊莎贝尔说。

“你说当哈洛威先生给你第一段录像时，你担心数据被篡改过，”梅耶说，“你这样的顾虑有特定原因吗？”

“我的原话不是这个意思。”伊莎贝尔说。

“我们可以让法庭记录员重播你的证词，如果你需要的话。”梅耶说。

“没这个必要。”伊莎贝尔说，嗓音中流露出微不可察的一丝沮丧。哈洛威想知道在场除了他还有谁留意到了。也许苏利文留意到了，他想。他瞥了一眼那位先生，但辨认不出他的表情含义。“我的意思是杰克的录像不是用安全的媒介拍摄的，”伊莎贝尔继续说，“即便那是真实的——我也确信它是真实的——我也不能用做证据于正式场合出示，比如说，在这样的听证会上出示。”

“你刚刚用‘杰克’称呼哈洛威先生，”梅耶说，“你和他相熟吗？”

“我们是朋友没错。”伊莎贝尔说。

“你们有超出朋友的关系吗？”梅耶说。

伊莎贝尔沉默了几秒。“我不确定这点与听证会相关。”她说。

“我也不确定。”索登说。

“我向您保证，法官大人，我的问题会引出相关信息。”梅耶说。

索登抿紧嘴唇，考虑了一会儿。“好吧，”她说，“请加快动作，梅耶女士。”

梅耶转身再次面对伊莎贝尔。“凡加博士？”她追问。

伊莎贝尔冷漠地看着梅耶。“我们交往过。”她说。她的语速明显加快了，就像她气急了的时候那样。

“但现在分手了。”梅耶说。

“不，”伊莎贝尔说，“我们分手有一段日子了。”

“具体什么原因？”梅耶问。

“我们针对某个特定事件的记忆相左。”伊莎贝尔说。

“是不是之前的一场扎拉集团内部听证会，在那期间你声称哈洛威先生教他的狗引爆炸药以及其他一些不当行为，而哈洛威先生指责你说谎？”梅耶问。

“是的。”伊莎贝尔说。

“那场听证会上到底谁说谎了，凡加博士？”梅耶问。

“听证会决定对哈洛威的指控‘无法证明’。”伊莎贝尔说。

“这不是我要问的，”梅耶说，“我知道决定是什么。我要问的是你的看法，以及正式声明一下，你在此做出的任何回答将不会影响你在扎拉集团目前或未来的任职。所以，凡加博士，听证会上谁撒谎了？”

“不是我。”伊莎贝尔直直地看向哈洛威说。

“这么说哈洛威先生撒谎了。”梅耶说。

伊莎贝尔回过头面向梅耶：“我相信我的回答已经足够清楚了。”

“是的，”梅耶说，“足够清楚了。还有，听证会后你的雇员记录上多了一项对吗？”

“你说过会引出相关信息。”索登打断梅耶说。

“马上来了。”梅耶说，“凡加博士是一位出色的科学家，她刚有了一项重大发现，就是她所称的毛毛们。她在她擅长的特定领域能力是毋庸置疑的，她记录描述了这些生物，对生物学做出的宝贵贡献也无须赘述。”

“但与此同时，她没有接受过外星智慧生物的专门训练，”梅耶继续说道，她指向哈洛威，“她从杰克·哈洛威那里得知这些生物，他们俩交往过，分手并不愉快。她确信哈洛威之前向她撒过谎，并且最终对她的职业生涯造成了不良影响。最后，我们明确知道哈洛威先生至少据称能够教会动物完成较为复杂的动作。

“所以哈洛威先生发现了这些非常聪明的小动物，决定告诉他的前女友。当她对此非常感兴趣时，哈洛威先生决定开个小玩笑，教它们一些把戏，而在没有经过专门训练的人眼中，这些把戏能误证这些动物具有智慧生物的高等智力。凡加博士过了几天才到哈洛威先生家实地观察，他有足够时间训练这些生物。等她一到就被骗了。就这么简单。”

索登皱眉表示不赞同。“你的意思是这一切只不过是哈洛威先生出于恶意企图摧毁他前女友的职业声望，梅耶女士？”

“我认为哈洛威先生不是真的出于恶意。”梅耶说，“凡加博士现在把他称为朋友。很可能哈洛威先生本意不过是开个玩笑，让发现新品种已经很激动的朋友更高兴而已。”

索登目光投向哈洛威，让他感到很不自在。“我完全不觉得这玩笑有意思。”法官说。

“也许这玩笑开得不好。”梅耶说，“但总比假设他恶意捉弄好，或者说善良些。”

索登问伊莎贝尔：“凡加博士，你认为是否存在哈洛威先生骗了你的可能？”

“不可能。”伊莎贝尔说。

“为什么？”索登问，“因为以你的专业能力不会受骗，还是因为哈洛威先生不会做这样的事。”

“这两个原因都有。”伊莎贝尔说。

“你研究的领域不是外星智慧生物，这点已经被确立了，”索登说，“我们还确立了一点，你认为哈洛威先生不仅曾向你撒谎，他还曾在正式的听证会上对你做出不实指控。”

伊莎贝尔什么也没说，又看了哈洛威一眼。

“请允许我指出，”在伊莎贝尔显然不打算回应之后，梅耶说了，“凡加博士档案添加的记录和这场听证会有些相关。”

“继续。”索登示意梅耶。

“凡加博士，”梅耶轻声问道，“你还记得你雇员记录里添上了什么内容吗？”

“记得。”伊莎贝尔说，她的声音里带有哈洛威从未听过的自暴自弃的意味。

“什么内容，凡加博士？”梅耶问。

“上面说我的判断力可能会受亲密关系或私情的不良影响。”伊莎贝尔说。

梅耶点点头，回头对索登说：“我没有进一步的问题要问专家证人了。”索登也点点头，告诉伊莎贝尔她可以离开证人席了。

伊莎贝尔走回到座位上时，哈洛威几乎无法直视她。梅耶的询问没有一桩和毛毛相关，问的全是她的事：她的能力、她的专业资格、她的个人判断力还有她和他人的关系。当着他们所有人的面，她被反复盘问，彻底羞辱。

伊莎贝尔坐在椅子上，直视前方，刻意不看哈洛威。苏利文靠过去将手按在她的肩上，安慰她。伊莎贝尔握住他的手，但没有回头看他。她直直地盯着前方，脸上的神色哈洛威看得懂，在场所有人心知肚明的事伊莎贝尔也终于明白过来了：这场听证会根本不重要。毛毛的命运已经被决定了，这里不过是走过场而已。

伊莎贝尔知道她在证人席上一败涂地，而哈洛威知道这场戏中他的角色是送上致命一击。

第 17 章

听！毛毛在唱歌

索登法官叫到他的名字，哈洛威从辩方座位起立，走到证人席上坐好。法官提醒他必须如实做证。哈洛威看向坐在法庭后方的布拉德·兰登，然后说他会。兰登几不可察地对他点了点头。

伊莎贝尔顺着哈洛威的目光看过去，看到了兰登。她目光回到哈洛威身上，脸上表情变了变。

“哈洛威先生，请说出你的全名和职业。”珍妮丝·梅耶对哈洛威说。

“我是杰克·哈洛威，我在过去八年中是扎拉23号星上的合同勘测员。”他说。

“你与凡加博士认识多久？”梅耶问。

“她到达扎拉23号星后不久我和她见过面。”哈洛威说，

“一年后在查德·伯恩给他手下的勘测员办的年度派对上，我和她熟悉起来。几个月后我们开始谈恋爱，持续了大概两年之后分手，原因刚才已经说过了。”

“你现在和凡加博士是什么关系？”梅耶问。

哈洛威看向伊莎贝尔，此时她脸上没有表情。“我们是朋友，但我有事要向她道歉。”他说。

梅耶点点头。“你最近发现了你和凡加博士称为‘毛毛’的生物，对吗？”

“大概在一个月前，没错。”哈洛威说，“其中一只毛毛闯入我的小屋。”

“凡加博士在此期间和它们相处了多久？”梅耶说。

“她在我的树屋待了一个星期研究它们。”哈洛威说。

“时间似乎不是很长，”梅耶说，“特别是要判断这些动物是否智慧生物这段时间似乎不够。”

“伊莎贝尔是位科学家，她知道应该找什么，”哈洛威说，“我估计她认为她的观察足以做出判断，不然她不会宣布的。”

“你支持她的判断吗？”梅耶问。

“伊莎贝尔知道我和她对此事有不同的看法，”哈洛威说，“我们最近一次谈论此事时，我重申过我认为毛毛们不是智慧生物。”

“你觉得你们有不同看法的原因何在？”梅耶问。

“你说的是除了我发现了一个太阳矿，只要毛毛们被裁定不是智慧生物，我就能获得数十亿收入这个事实之外的原因吗？”

梅耶对此眨了眨眼。“我想我们都知道你是扎拉集团的合同勘测员。”她说。

“好吧，除此以外，我观察毛毛的时间比伊莎贝尔长，”哈洛威说，“虽然我不是科学家，只是一个利益相关的外行，毛毛最初在我看来只不过是聪明的动物，就像猴子或者宇宙最聪明的猫。”

“它们这么聪明，是不是很容易训练？”梅耶问。

“我认为那是毫无疑问的，”哈洛威说，“我训练我的狗玩很多把戏，任何一只毛毛都比我的狗聪明。”

“它们学到的这些把戏足以导致一位生物学家误会吗？”梅耶问。

“如果这位生物学家不是外星智慧生物方面的专家，而她因为这个发现过于兴奋，一时疏忽，没有观察到一些明显的特征，当然会引起误会。”哈洛威说。

“你在暗示凡加博士的观察有误。”梅耶说。

“她的观察没有问题，但我知道她会漏掉一些细节。”哈洛威说。

“你不能毫无根据就对扎拉23号星首席生物学家做出这种指控。”

“我举个例，”哈洛威说，“我发现毛毛之后，出于我自己的推断给它们安上了性别角色：雄性更富侵略性更精力充沛，雌性更温柔更富有母性。所以我叫它们毛毛爸爸和毛毛妈妈，以此类推。刚来的几天，伊莎贝尔也以为毛毛有雄雌两性，尽管作为负责这个星球的生物学家，她知道星球上的绝大多数生物都没有性别区分，和地球上完全不同。她向我承认她最初以为毛毛们有性别之分是因为我这样告诉她，她以为我检查过。”

“这个漏掉的细节相当重要。”梅耶说，“我想除了你自己的话，你没有旁证吧？”

哈洛威指向伊莎贝尔身后，“坐在那边的苏利文先生也听到她承认了，”他说，“当然，伊莎贝尔最后还是发现了。她只误会了几天。”

“因为你最初误导了她。”梅耶说。

“嗯，”哈洛威说，“我不是有意误导伊莎贝尔，那只是我的推断，没有恶意。但说到底的确是我误导了她。”

“没有人指责你有意妨害凡加博士的专业能力，”梅耶安慰他，“但是哈洛威先生，你有没有可能在别的方面也误导了凡加博士？不是因为你告诉了她什么事，而是因为你有些事没告诉她？”

哈洛威看起来很不自在。“有。”他最后承认了，“我想我的确误导她了。现在我对此很羞愧。我希望我不用承认那件事。”

“你必须承认，哈洛威先生。”索登法官说。

“我知道，”哈洛威说，“我会说的。我想如果能借用伊莎贝尔为了演示设好的屏幕，我能更好地说明情况。可以吗？”

“要花多长时间？”索登问。

“我尽快，”哈洛威说，“相信我，我也想赶快完事。”

“好吧。”索登说。

哈洛威指向辩护桌：“我需要信息板里的一些资料。”

“你可以离开证人席，但你还在做证中，证词必须全部属实。”索登说。

“我明白。”哈洛威说。他起立离开证人席，走向辩方的桌子，他的信息板放在上面。他没有去拿，反而停在伊莎贝尔面前。她根本没法正眼看他。

“伊莎贝尔。”他唤道。

“请不要在此时和其他专家证人交谈，哈洛威先生。”索登说。

“抱歉，法官大人。”哈洛威说，“但我不需要我信息板上的资料，我需要她的。”

“我不明白。”索登说。

“我也不明白。”梅耶说。

“伊莎贝尔信息板里的资料是保密录像，由专门拍摄科研录像的摄像机拍摄，法律承认其真实性。”哈洛威说，“我知道我在席上的证词将会受到来自多方的质疑，包括在座的伊莎贝尔。我希望所有人都能相信我要说的话，我并没有篡改出示的证据。”

索登点头。“凡加博士，请将你的信息板交给哈洛威先生。”她说。

伊莎贝尔交出了信息板。

“谢谢你，”哈洛威说，“你的所有录像都能打开吗？”

“我已经登录账户了。”伊莎贝尔生硬地说。如非必要，她避免和哈洛威多说一个字。

“你改了录像的文件名吗？”哈洛威问。

“没有。”伊莎贝尔说。

“好的，”哈洛威说，“谢谢。”伊莎贝尔没有回答。哈洛威瞥向苏利文，他的神情也不怎么友好。他也发现这场听证会的本来面目不过是走走过场。

哈洛威敲了敲信息板，弹出一根数据线连接上屏幕。屏幕闪了一下启动了，等待数据输入。

“我们已经证实了，凡加博士虽然是一位专业能力过硬的优秀科学家，有时候也会做出不符合她观察能力和对这个星球物种了解的推断。”哈洛威说。他的声音开始变得抑扬顿挫，斩钉截铁，这是哈洛威过去当出庭律师时的声音。索登和梅耶都有点被这突然的音调变化吓到。哈洛威留意到她们的讶异，不动声色地继续：“误信我的话，以为毛毛有性别之分就是明显的例证。但她还漏看了一件事。”

哈洛威又按了按信息板，播出了一段影片：毛毛爸爸、妈妈还有爷爷围成半圆坐在一起，啃着槟迪。

“我们都知道，智慧生物认定的一项重要指标是语言能力。根据‘程诉蓝天’的裁定，这项能力是指‘超出即时或眼前反应的有意义交流’。直到目前，三个物种间的交流符合这项标准：人类、乌拉族和泥疙瘩。这种能力是这三个物种共同拥有的。

“但人类、乌拉族和泥疙瘩还有一个共同点：他们的对话是有声的，而三个物种对话的声音频率都在人耳可接受的范围。实际上，人类是三者之中声音频率最广的，而泥疙瘩最窄。重点在于，我们可以听到人类、乌拉族和泥疙瘩的谈话。”

哈洛威暂停影片。“几个星期前我参观了扎拉集团开采由我发现的太阳矿的新工地。我到达以后，看到围栏外面有大型扩音器，发出极高分贝的噪声吓走扎拉速龙和森林里的其他掠食动物——然而虽然我能感觉到扩音器的震动，但听不见声音，因为它们播放的是25千赫的声音，比人耳能接收到的频率要高。”

“我等着这与本案的关联呢，哈洛威先生。”索登说。

“没错，”哈洛威说，“你想听关联之处，但你听不到，因为你能听见的频率太低了。我们能听的频率都太低了。围栏外面之所以装着扩音器，是因为扎拉23号星上的掠食动物能听到的频率比我们高。它们能听到这么高的频率不是随机的，而是进化的需要。比方说，它们的猎物和其他小型动物的叫声也在这个频率范围中。

哈洛威点出影片，点开设置窗口。“凡加博士用来拍摄毛毛的研究专用摄像机的其中一个优点在于，有别于一般摄像机，它能记录下人类看不见听不着的数据，”他说，“打个比方，除了记录可见色谱，这种摄像机还能摄下红外和紫外光。当然你必须用滤镜才能看到这些数据，但是这些数据也被记录下来了。它也能录下人耳接收范围之外的声音，过滤特定频率之后就能听到。”

哈洛威调整设置窗口菜单上的操作条，设置让影片播放过滤音频，将超过人耳接收范围的声音调至可听。他按下继续播放。

还是毛毛爸爸、妈妈和爷爷坐在一起。但现在它们好像在互相交谈。

“听，”哈洛威指着影片轻声说，“看它们怎么轮流说话，怎么对彼此的话做出回应。”他调高屏幕的音量，毛毛间的低语更清楚了。“你可以听到语言的结构。”

过了一会儿，哈洛威暂停影片，关闭，打开另一段毛毛爷爷和斑斑的影片。此时看来除了持续不断的拍脑袋，毛毛爷爷还一直在叫嚷，偶尔夹杂着斑斑的尖叫，听着气急败坏的。

暂停，关闭，又打开一段影片。这一段毛毛妈妈在给毛毛宝宝梳毛。妈妈发出的声音与之前录像里的不同，更舒缓，更轻柔。

“天啊，”伊莎贝尔说，“妈妈在唱歌。”

影片里毛毛宝宝也跟着毛毛妈妈一起唱了起来，两只小家伙的声音和谐地融合在一起。所有人都聚精会神地看着影像，认真听了好一会儿。

哈洛威停下播放，看向伊莎贝尔。“抱歉，凡加博士，”他一边说一边朝她走去，“但这又是一个你观察不到位的例子。你看，扎拉23号星球生物能听到的频率比人类高，我推断这就很可能意味着这些生物可以发出同样高频率的声音。然而就像你被我对毛毛性别的推断误导那样，你误以为毛毛的语言交流也像其他智慧生物的一样，是你可以听到的语言。正因为这样，在你提出的毛毛是智慧生物的主张中，最重要的一点——它们的语言能力——被忽略了，你没有听出来。”

哈洛威把信息板还给伊莎贝尔。她接过去，手都在抖。

哈洛威回身面对梅耶，她看他的眼神好像他在法庭上把她扒光了一样。“我就是这样误导了伊莎贝尔，梅耶女士，法官大人。”他说，朝着同样震惊的索登法官点了点头，“我刚刚说过最近一次我和她交谈时我仍然认为毛毛不是智慧生物，我当时的确是那么想的。但后来我看见一只毛毛张嘴命令我的狗坐下、趴下和翻身。我听不到声音，但我想起来这星球上其他动物能听到更高的频率，我的狗也是如此。所以我回头过了一遍录像，发现毛毛一直会说话。”

“我没有告诉伊莎贝尔这件事，误导了她，”哈洛威说，“让她以为我反对她，不相信毛毛是智慧生物，然而事实正好相反。在过去的几天以来，我完全深信它们是智慧生物。它们会说话，梅耶女士，法官大人。它们会说话，会讨论，会争吵，还会唱歌。这不是教出来的把戏，再聪明的动物，遇上再会训练动物的人类，也教不出来。它们不仅仅是动物。它们就像人类，是智慧生物。”

“凡加博士，”哈洛威再次转向伊莎贝尔，“我错了，我不应该瞒着你这个信息，让你在没有充分事实依据来支持主张的情况下就上庭，让人质疑你的专业声誉。我错了。我为我的所作所为，还有导致的后果道歉，对不起。”

哈洛威转身背对伊莎贝尔，坐回到证人席上。

“我的演示完毕。”他对法官说。

第 18 章

外星语言学家

“这不能证明什么。”梅耶说。她好不容易镇定下来。

“这证明了我们不能马上否定毛毛拥有语言能力。”哈洛威说，“这不是无关紧要，这个发现关系重大。”

“你也可以教它们发出那些声音。”梅耶说。

“你在暗示我鼓捣出了一个极其复杂难懂的骗局，教动物发出没人能听到的声音？”哈洛威说，“为了什么，梅耶女士？如果是为了戏弄伊莎贝尔，我显然失败了，因为她在几分钟前才发现。”

“这场骗局是为了造成扎拉集团的经济损失。”梅耶说。

“这场骗局也造成了我的经济损失，一旦毛毛被认定为智慧生物，我的好几十亿也没了。”哈洛威说，“我有相当明确的理由希望毛毛只是动物。”

梅耶张了张嘴，哈洛威举起手，“我知道你要说什么，”他说，“我因此获利的唯一方法，是我设法做空扎拉集团的股票，通过股价下跌获利。为了避免这一嫌疑，我愿意让索登法官彻底清查我过去几年的交易数据和财务状况。她完全可以请法证专家搜寻我企图操纵扎拉集团股价的证据。但我现在就可以告诉你她找不到。我目前持有的资产只有扎拉集团自动转入我扎拉集团银行账户的矿产所得，我记得我每年能收到0.5%的收益。”

“但我们也无法认定这些声音就是语言。”梅耶说，“你只是勘测员，不是外星智慧生物专家。而我们已经证实凡加博士也没有接受过鉴别外星智慧生物的专门训练。你们俩都不能对这些声音的性质做出具有充分依据的判断。”

哈洛威看到伊莎贝尔睁大了眼睛，她知道梅耶正中陷阱。哈洛威笑了。“你说的没错，梅耶女士，”他说，“所以我建议让一个能做出具有充分依据判断的人给出专家意见。我建议传唤阿诺·陈。”

“谁？”梅耶说。

“阿诺·陈，”哈洛威重复道，“他在芝加哥大学获得外星语言学博士学位。他在凡加博士的办公室工作，就在法院的同一条街上。就我所知，他被错误地委派到扎拉23号星上。我们真幸运，他刚好就在这里。”

“是这样吗？”索登问梅耶。

“我不知道。”梅耶说。她被这连串的事件完全搞蒙了。

“抱歉打断一下，法官大人，”伊莎贝尔说，“杰克说得没错。陈博士是一名外星语言专家，现在很有可能就在办公室里。”

“他具体在做什么工作？”索登说。

“这个问题问得好，法官大人。”伊莎贝尔说，“我确定陈博士也想知道他应该做什么。”

“把他带来吧。”索登说。

“请允许我提出另一个建议，法官大人，请您的一位书记员带他来，不要让扎拉集团的人去。”哈洛威说。

“这是什么意思？”梅耶问。

“我想在这种情况下，也许会有人教唆专家做伪证，”哈洛威说，“我自己就有这样的亲身经历。”

梅耶顿时安静了，闭紧了嘴唇。

“好。”索登说。

“我还建议不要告知陈博士传唤他的原因，”哈洛威说，“让他不带前提假设去看那段录像。”

“好了，”索登有点怒气，“你对我应该怎么当法官还有别的建议吗，哈洛威先生？还是你说完了？”

“很抱歉，法官大人。”哈洛威说。

索登愤怒地看了哈洛威一眼，然后对梅耶说：“你询问完这位专家证人了吗？”

“我对哈洛威先生没有别的话可说了。”梅耶回答。她以一种看死虫子的嫌恶眼光瞪着哈洛威。

“哈洛威先生，你可以离开证人席了。”索登说，“我们休庭十五分钟，等我的书记员带陈博士来。”她起身回到法官办公室去了。梅耶抓起她的资料摔到助理身上，怒气冲冲地消失在法庭门外，助理匆匆抱起资料跟在后面。哈洛威发现兰登也不见了，肯定是向他老板通风报信去了。

哈洛威走下证人席，惊奇地发现伊莎贝尔正站在他的面前。“嘿。”他说。

伊莎贝尔突然紧紧地拥抱他。哈洛威呆立当场被她抱住，除了礼貌地贴面问好，他好久没和她肢体接触过了。千真万确，伊莎贝尔放开他之后，又在他脸颊印下一吻，不仅仅是出于礼仪，而是象征友情的一吻。

“我接受你的道歉。”她退后一步说。苏利文这时候也走到了她身后。

“好的。”哈洛威说，“要是这次你也不接受我就放弃了。”

“谢谢你，杰克。”伊莎贝尔说，“真的谢谢你。”

“先别谢我，”哈洛威说，“如果到头来毛毛真是智慧生物，我就破产又失业了，到时候我和卡尔会出现在你家门口。”

“我会收留卡尔，给它一个温暖的家。”伊莎贝尔说。

“哦，真棒啊。”哈洛威接着冲着苏利文感叹，“瞧见做好事有什么回报了吧？”苏利文笑而不语，他看着有些心不在焉。伊莎贝尔又贴了贴哈洛威的脸，亲了苏利文一下，离开了法庭。

哈洛威转而对苏利文说：“她不生我的气了。”

“如果你们还在一起的时候你能这样就好了。”苏利文说。

“嗯，”哈洛威同意，“让我的不幸成为你的前车之鉴吧，马克。”

“杰克，我们需要谈谈。”苏利文说。

“有关伊莎贝尔的事？”哈洛威问。

“不，与伊莎贝尔无关，”苏利文说，“和除此之外的所有事有关。”

“哇，牵涉够多的。”哈洛威说，“我觉得在接下来五到十分钟除了谈伊莎贝尔，谈别的什么事都谈不完。”

“是谈不完。”苏利文说，“让我们在这场闹剧结束后谈谈。”

“闹剧？”哈洛威做出一副震惊的样子，“我可是充分运用了法律智慧啊。”

苏利文被逗笑了。“我倒是承认这和我预料中的完全不一样。”他说。

“我猜不止你一个人这么想。”哈洛威说。

索登的一个书记员领着陈博士步入法庭。这位外星语言学家满脸疑惑，看在旁人眼里，他要么是刚睡醒要么是有点喝醉了。

“阿诺·陈博士？”索登法官问。

“嗯？”陈应了一声。

“我们传召你就一段录像做证，因为你可能对其中内容有所洞见。”索登说。

“是不是那晚的事？”陈连忙解释，“我承认我喝多了，但接下来的事我完全没参与。”

“陈博士，你在说什么？”过了一分钟，索登法官问。

“哦，没事了。”陈飞快地否认。

索登眯着眼看了陈一会儿：“你今天喝酒了吗，陈博士。”

“没有，”陈看上去很不好意思，“我，那什么——”

索登询问地看书记员。“我见到他时，他正趴在书桌上打瞌睡。”书记员说。

“昨晚睡晚了，陈博士？”索登问。

“有点。”陈承认道。

“你现在能思考吗？”索登问，“你的大脑目前没有受到酒精、医用药物或兴奋药剂的影响，能够正常运作对吗？”

“是的，长官，”陈说，“呃，法官大人。”

“请到证人席就座，陈博士。”索登说。陈坐下了。索登目光投向哈洛威。“到你了，哈洛威先生。”她说。

哈洛威起立，再次借用伊莎贝尔的信息板，开启与屏幕相连的数据接管。“陈博士，我将播放一段录像给你看，”哈洛威说，“别担心，和那晚没有关系。”

陈一头雾水地看着哈洛威。

“在看录像的过程中告诉我们你的印象就好。”哈洛威说。他点出毛毛爸爸、妈妈和爷爷一起吃槟迪的影片。

“这些是什么？”陈盯着静止的影像看，问道，“是猴子吗？还是猫？”

“等会儿你就知道了。”哈洛威说。开始播放。

陈看了一会儿，完全摸不着头脑。然后一瞬间好像五万瓦灯泡在他头顶亮起。

陈抬头看向哈洛威。“能让我拿着吗？”他问，示意信息板。哈洛威用目光询问索登，她点头批准了。他把信息板递给陈。外星语言学家一把握住，回放影片，从头播起。他调高音量仔细地听，反反复复播放了好几分钟。

最后他再次抬头看着哈洛威，“你知道它们在做什么吗？”陈说。

“你告诉我吧，陈博士。”哈洛威说。

“它们在说话！”陈说，“天啊，它们真的在说话。”他转向屏幕，“这些是什么动物？你在哪里找到的？”

“你确定它们在说话？”梅耶从她所在的桌后反问。

“呃，不是百分百确定，”陈说，“我只能依据你们给我看的影片推断。我需要多看一些才能确定。可是，看啊——”他暂停影片，往后倒了一点再播放。“听听它们在干什么，这些声音富有音韵的变化却不是随机的。”

“那是什么意思？”哈洛威问。

“这样说吧，”陈进来之前的睡意消失得无影无踪，“比如说鸟鸣。它们不断重复而少有变化。从音韵来说这种声音是单一的，不算是我们通常意义上的语言。语言用有限的音韵单位——音素，依照每种语言各自的形态构成，可以生成几乎无穷的组合形式。这就是我说的富有变化却不是随机的。”

陈指向毛毛们。“这些小家伙发出的正是这种形式的语言。如果仔细听，你可以听到重复的音节。这里——”陈把影片拉到另一个片段，毛毛爸爸正在说话，“——这种‘切’的发音经常重复，但它也和其他的音节组合。就像我们日常经常用到的某些音素，尤其像我们语言中的元音。”

“所以这是一个元音？”哈洛威问。

“也许，”陈说，“也有可能是个前缀，听听看，它经常出现在别的声音前面。我还不能告诉你它什么意思。”

“那么说这也有可能是无意义的噪声。”梅耶说，“就像猫的喵喵叫或者鸟鸣。”

“啊，鸟和猫也不是毫无意义地为了发声而发声。”陈的声音听着有些傲慢，哈洛威偷偷笑了。经过好几年难熬的无所事事，陈博士的大脑回来复仇了。“还有，我认为这两者不是一回事。你的猫会用不同的叫声表示‘我饿了’或者‘我想出去玩’，但它的词汇绝对算不上复杂，也不能表达复杂的意思。鸟鸣也是一样。而这些生物发出的声音，这些音节的变化显然是系统化的，这意味着这些声音是有意义的单词。”陈期待地看哈洛威，“还有其他录像吗？”

“多的是。”哈洛威说。

陈高兴得像圣诞节收到小狗的小朋友。“太好了！”他说。

“陈博士，”索登说，“这是语言吗？这些动物会说话吗？”

“你问我确切的推断？”陈说，“我手头的数据不够。”

“那就猜。”索登说。

“如果非要我猜，这当然是语言，”陈说，“不仅仅是因为音韵重复和明显的语言结构，还有这些小家伙在录像里相互交流和回应的行为也能说明，它们显然在认真倾听和回应，不是刻意模仿，也不是无意发声，而是有规律地交流。如果这不是语言，如果这不是交谈，这种行为也非常接近了。”

“你认为有必要进一步研究吗？”索登问。

陈猛地抬头看向法官，好像她是傻子似的。“你开玩笑吗？”他说。

“你在我的法庭上，陈博士。”索登板着脸说。

“我道歉，”陈说，“我太激动了。这种事对外星语言学家来说是日夜祈祷的美梦成真。这些是什么动物？它们从哪里来？”

“它们是这里的动物。”哈洛威说。

“真的啊？”陈说，然后他顿时明白了。“哦。”他看了看法庭周围，下意识地惊叹出声，“哦，哇噢。”

“是啊，”哈洛威跟着感叹，“哦，哇噢。”

索登看向梅耶：“还有什么问题要问陈博士吗？”

梅耶摇摇头，她知道大势已去。索登请陈博士离开，哈洛威用了吃奶的劲才把信息板从他手里夺回来。

“基于今天呈堂的证据和证词，我裁定现存证据不充分，扎拉集团暂时不必提交疑似智慧生物报告，”哈洛威和陈博士归位就座之后，索登说，“然而，所有证据均表明这些生物不是寻常的动物。但是尽管我尊重凡加博士和陈博士的专业意见，在座没有人可以确切判断到底它们的智力水平是否与智慧生物相当。这个案子需要进一步研究。”

“我会向掌管外星智慧生物认定的殖民星环境保护司申请，请求派出相关专家进一步研究，进而就毛毛是否智慧生物做出判定。在判定之前，扎拉集团可以继续日常作业，但必须遵从CEPA规章中对开采待认定星球的规定。我今天之内会发布听证会的结果。梅耶女士，你有什么反对意见吗？”

“没有，法官大人。”梅耶说。

“那么听证会到此休庭。”索登说，她起立离开，又回到法官办公室里去了。

第 19 章

灭绝的标记

哈洛威遛着卡尔，正在找让狗方便的好地方时，威顿·奥布里好像变魔术一样突然出现在他眼前。

哈洛威瞧了瞧奥布里四周。“你的跟班呢？”他问，“我以为你上厕所都必须带保镖。”

奥布里无视他的打趣。“我想知道你为什么在法庭上演那么一场闹剧。”

“我想知道你觉得哪部分是闹剧，”哈洛威说，“是‘说实话’，还是‘没跟你说我要说实话’？”

“少废话，哈洛威。”奥布里说，“我们说好的。”

“没说好，”哈洛威说，“你说我们说好了。我可不记得我答应了。你以为我们说好了，我懒得纠正你而已。”

“见鬼，”奥布里骂道，“你别是来真的吧。”

“见鬼了我就是，”哈洛威说，“如果你想就此和我打官司，你会发现案例法里有好多先例对我有利。口头协议本身就不太可靠，而协议中的一方没有明确地口头表达交易意愿的口头协议简直是浪费口水。你也不想打这场官司吧，我想不到教唆伪证上哪个法庭会有好下场。虽然我不清楚教唆他人在算不上正式审判的听证会上做伪证要不要坐牢，但至少我猜你口中的协议首先就没有任何法律效力。”

“让我们暂时假定我们都知道你刚才的废话连篇完全不重要。”奥布里说，“再让我们假装我们之间有共识，上一次我们会面的时候，你毫无疑问准备照我们的计划办。对吗？”

“如果你非要那么说的话。”哈洛威说。

“好，那么，”奥布里说，“我重复一遍，我想知道为什么你在法庭上演这场闹剧。”

“因为它们也是人，奥布里。”哈洛威说。

“哦，你胡扯吧，哈洛威，”奥布里不屑地骂道，“我们都清楚你根本不在意它们是不是人，尤其关系到你那数十亿信用币，你不是那种人。”

“你完全不知道我是哪种人。”哈洛威说。

“显然不知道，”奥布里表示同意，“就算反面例子都摆在我眼前了，我还以为你脑子能清醒，必要时能为你自己好，做出符合逻辑的判断。来这出对你一点好处没有，除非你能和你那位生物学家和好。你为了让她可怜你跟你上床，好几十亿就搞没了，我希望这样值得，哈洛威。”

哈洛威先数到五，才开始回应。“奥布里，你这么说话，似乎以前就没有人因为你太混账痛揍过你啊。”他说。

奥布里张开双臂，“来啊，哈洛威，”他说，“我还真想看你对付我试试。”

“我已经对付过你了，奥布里。”哈洛威说，“你还记得我们这场谈话的起因是什么吗？”

奥布里放下双手。“你不光是为了对付我。”他说。

“不是，”哈洛威也同意，“不过也算是额外收获了。”

“你的毛毛朋友永远不会被认定为智慧生物。”奥布里说。

“我知道你会动用一切资源阻挠它们的认定，”哈洛威说，“但结果还说不准呢。”

“我们会赢。”奥布里说。

“那样的话你只不过要花费微不足道的法律诉讼费用，还有请专家的小钱，没什么损失，”哈洛威说，“对扎拉集团来说，这些根本不算钱。对你嘛，你每天从持有股权分得的红利可能都不止这个数，这算什么。即便你输了，毛毛获得星球的所有权，那也没关系，你应该把你从这星球上挖走的资源当成是一份礼物，本来也没你的份，你真的没什么好抱怨的。”

“我还是不明白你为什么那样做。”奥布里说。

“我已经告诉你了。”哈洛威说。

“我不相信。”奥布里说。

“好像我在乎你相不相信似的。”哈洛威说，“听着，奥布里。殖民星的专家可能要花上好几年才能做出最终决定。如果你的律师和专家全力阻挠的话，要花的时间更长。你还有好几年可以开采这个星球，足够你安排公司后路和安抚股东们了。”

“他们可能几个月就能做出决定，”奥布里说，“那样的话我们公司就完了。”

哈洛威点点头。“所以我建议你集中资源加快脚步，”他说，“你自己也说过我发现的太阳石矿价值相当于扎拉集团数十年的收益。如果我是你，我就把所有能用的资源都用在那矿上。”

“你的太阳石矿已经是我们的首要工程了。”奥布里说。

“现在它不仅是首要工程，还成了加急任务不是吗？”哈洛威说。

奥布里突然露出了冷笑。“现在我明白你为什么那么做了，哈洛威。”他说，“如果我们按照常规步骤开采太阳矿，你的钱来得不够快，而你想钱来得越多越好，越快越好。于是你给索登法官看了你那些会说话的小猴子，一点不多一点不少，刚好让她裁定进一步研究，但不足以让我们直接提交SSR报告。扎拉集团被迫集中开采星球上回报最高的项目，恰好就是你发现的太阳矿。”

哈洛威对此什么也没说。

“这证明了你其实不关心你那些毛茸茸的小朋友，”奥布里说，“无论专家认定它们是不是智慧生物，你都能拿到太阳石矿的分成。你骗过了你的生物学家朋友，还骗过了扎拉集团。干得漂亮。我几乎要欣赏你了，几乎而已。”

“扎拉集团又不是没有好处，”哈洛威说，“如果你开采太阳石矿的动作够快，公司还是会获利。你们能垄断太阳石销售，囤起来慢慢卖个几十年，什么时候周转不灵了就卖一批。我也能时不时跟着赚一点。”

“如果毛毛被认定不是智慧生物我们才有垄断权。”

“无论如何你们都有垄断权。”哈洛威说，“我也和别人谈起过，毛毛才刚接触三明治，无论它们是不是智慧生物，离它们真正自己处理星际事务还有很长时间。殖民星官方也不会这么快让它们自己管事。直到十年前，殖民星官方才让泥疙瘩自行决定泥疙瘩星上的资源交易，而此刻毛毛的进化水平远远落后于泥疙瘩被认定为智慧生物时的水平，因此扎拉集团的垄断权短期之内不会受到什么影响。”

“我们还是要额外耗费数百万信用币才能把开采作业都集中在太阳矿上。”奥布里说。

哈洛威耸耸肩，他的意思很明白：关我什么事。

“我们也可能不会那么做。”奥布里说。

“我知道奥布里家族不会把投票股交给微不足道的散户，”哈洛威说，“但手持B级股的股民们如果看到公司在做傻事，还是可以出清手头的股票嘛。举例来说，放着比星球其他资源加起来都值钱的太阳石矿不开采，而且不久的将来整个星球很可能就不允许进一步开采，这决定就傻透了。唯一的问题在于，股价到底会跌到多低。我猜应该不会低到要停牌吧。不过这种事谁也说不好，对吧？”

奥布里毫无笑意地拉了拉嘴角。“哈洛威先生，很高兴我们能这样谈谈，”他说，“我现在明白了很多事。”

“我很荣幸。”哈洛威说。

“我想你没有别的意外消息要告诉我了吧。”奥布里说。

“没有了。”哈洛威说。

“当然没有，”奥布里说，“现在你说什么都不意外了，对吧。”

“你学乖了嘛。”哈洛威说。

“还有一件事，”奥布里说，“我决定在你合同到期之后，扎拉集团要和你续约。全面考虑过以后，我觉得你在我们眼皮底下还能少惹点事，我要你待在我能看到的地方。”

“谢谢你对我有信心，”哈洛威说，“不过我猜你不打算把那块大陆给我了吧。”

奥布里头也不回走了。

“我猜你也不给。”哈洛威说，他低头看看卡尔。“这家伙很难对付。”他对他的狗说。

卡尔回应他的表情像是在说：真好，我知道了，但我现在真的很想去尿尿。于是哈洛威继续牵着狗找地方去了。

“你迟到了。”苏利文一边开门一边说。

“我中途被气急败坏的扎拉集团未来主席兼执行总裁拦住了。”哈洛威说。

“这理由非常充分。”苏利文说，垂眼扫向正对他哈哈喘气吐舌头的卡尔。

“我答应伊莎贝尔要带卡尔过来，”哈洛威说，“我猜她会来吧。”

“她晚点会来，”苏利文说，“你们俩先进来。”他靠边站让开门口。

苏利文的公寓是扎拉斯特拉集团配发的标准外星寓所：占地28平方米，分成客厅、卧房、厨房和洗手间。“我发现我的小屋比你的公寓还大，真让人心酸。”哈洛威一进屋就说了。

“大不了多少。”苏利文说。

“至少天花板高点。”哈洛威抬头张望说，他一伸手手掌就能平撑天花板。

“那倒是，”苏利文说着，从门口走向厨房，“你楼上也没有弹噪声一直弹到凌晨的实习生。我发誓我要让那死孩子以后找不到工作。要啤酒吗？”

“好的。”哈洛威坐下，卡尔也往地上一坐。

“奥布里拦下你干什么？”苏利文说，“如果你不介意我问的话。”

“他问我今天在法庭上到底想搞什么鬼。”哈洛威说。

“真巧，”苏利文回到客厅递给哈洛威啤酒，“我也想问你同样的问题。”

“但大概出于不同的原因吧。”哈洛威说。

“大概是不一样，”苏利文说着，拧开啤酒盖，坐下，“杰克，我要对你说些我不应该说的话，”他说，“有一天布拉德·兰登到我的办公室来让我起草一份很有意思的合同。这份合同将整个东北大陆的开采交由一位合同勘测员管理，这位勘测员将负责扎拉集团中相当重要的运营和管理工作，并获得总利润5%的回报。”

“这合同真不错。”哈洛威说。

“没错，”苏利文说，“而我的任务是设计合同条款，使得除非产出达到非常严苛的指标，这位勘测员只能拿到很少，但你要明白这里说的‘很少’只是相对的。无论谁签了这份合同，都将获得任何人都难以估量的财富。”

“对。”哈洛威说。

“所以我也想知道为什么你今天放弃这合同了。”苏利文说。

“你又不能肯定这份合同是设计给我的。”哈洛威说。

“拜托，杰克，”苏利文说，“我以为你已经知道我不蠢了。”

“你是以扎拉集团律师的身份问我还是以伊莎贝尔男朋友的身份？”哈洛威问。

“都不是，”苏利文说，“我以我自己的身份。因为我想知道，也因为你今天在法庭上的行为出乎我意料。”

“你以为我会出卖伊莎贝尔。”哈洛威说。

“虽然这样不光彩，但没错，我就是这么想的。”苏利文说，“不费吹灰之力几十亿就能到手，结果你随手就扔了。照你过往的做法来看，我不觉得你是特别重感情的人。还有，我没有指责你的意思，但你以前就出卖过伊莎贝尔。”

“没事，”哈洛威说，“我不是为了伊莎贝尔。”

“那是为了什么？”苏利文问。

哈洛威灌了一口啤酒，苏利文耐心地等着。

“你还记得我为什么被吊销律师资格吧。”哈洛威说。

“因为在法庭上揍了那高管。”苏利文说。

“因为他嘲笑那些痛失爱子的父母们，”哈洛威说，“那些家庭都支离破碎了，斯登却满不在乎，只知道笑。因为他知道我们的律师有能耐，到最后他和公司都能全身而退。他知道他不用坐牢。我觉得应该有人给他点颜色看看，该我挺身而出了。”

“这和我们目前的情况有什么关联？”苏利文问。

“扎拉集团打算从毛毛的身上碾过去，”哈洛威说，“他们打算否认毛毛作为智慧生物的权利，不为别的，就因为毛毛碍着他们赚钱了。你也说得没错，马克。扎拉集团的利益中有一小份我唾手可得，配合他们对我有利。”

“相当有利。”苏利文说。

“嗯，”哈洛威赞同，“但我要也对得起自己的良心。我在法庭上揍斯登是错的，但是当时我不后悔现在也不后悔。到头来扎拉集团很可能还是能成功阻止毛毛的智慧生物认定，但即便如此，我不配合，不让他们省事，他们至少要切切实实费点劲。也许我今天做的事不明智，但至少扎拉集团不能把毛毛当成笑话了事。”

苏利文点点头，喝了一口啤酒。“这样做很让人敬佩。”他说。

“谢谢。”哈洛威说。

“先别谢我，”苏利文说，“是很让人敬佩，但我同时也怀疑你在瞎扯，杰克。”

“你不相信我。”哈洛威说。

“我想相信你，”苏利文说，“你说得好听，但你的律师脑子也没生锈还管用。你善于把事情描述得头头是道，说到底即便你不算好人，你所做的一切也事出有因，情有可原。你很有说服力。但我也是律师，杰克。我对你的漂亮说辞免疫。我认为在你这套冠冕堂皇的说辞之下另有内情。举个例了，你在法庭揍斯登的故事没你说的那么简单。”

“怎么了？”哈洛威问。

“也许你的确是因为受不了他，受不了他嘲笑那些父母才揍他，”苏利文说，“但我灵光一闪，查了你过去任职律所的财务记录。在你揍斯登的两周前，你收到了一笔五百万的业绩奖金，是你过去最高业绩奖金的八倍。”

“那是之前专利侵权案成功和解的奖金，”哈洛威说，“‘阿尔斯特拉诉药业控股’。别人拿的奖金比我还多。”

“我知道，我看过奖金的记录。”苏利文说，“但我也知道别人的大额奖金在你收到这笔钱的几个月前就发好了。你这笔奖金的时机耐人寻味，而这笔奖金也足以让一个公司法律顾问动心，毫不在意被吊销资格没了生计。”

“你这是瞎猜。”哈洛威说。

“我不是瞎猜。”苏利文说，“我还知道北卡罗来纳州律师公会也调查过，和你说的正相反，杰克，大部分人都认为斯登和阿尔斯特拉这案子要输了。你也说过你被吊销资格是因为所有人都认为你的目的是促使审判无效。这样看来，他们可能并没有看错你。”

“公会证明不了那笔奖金与案件有任何联系。”哈洛威现在生气了。

“这我也知道，”苏利文说，“如果他们能证明其中联系你也不会在这里。但你也知道‘无法证明’和‘经查证并无此事’不一样。”

“不是一回事，我揭示毛毛是智慧生物对我一点好处没有，”哈洛威说，“我没必要这么做，但我还是做了。”

“你是做了，”苏利文说，“你促使法官裁定进一步研究——迫使扎拉集团立即重新安排扎拉23号星上的资源分配。如果短期内集团宣布星球上的所有从事开采的人力物力都将集中到你的太阳矿上，我不会感到太意外，杰克。不管毛毛的最终命运如何，你很快就会变得非常富有。我就是对这点感觉很复杂。”

“你不高兴我成为富翁？”哈洛威问。

“富翁？我没意见，”苏利文说，“但要手段致富？我对这点有保留。因为我觉得我也有责任，是我对你和伊莎贝尔提起‘进一步研究’这个方案。而我当时没想到，在我告诉你这种情况下你能赚几百万之后，你还不满足，还要想尽办法赚更多。”

“这推断很有意思。”哈洛威说。

“我猜你会喜欢的，”苏利文说，“别误会我的意思，杰克。我很高兴你这么做了，无论你出于什么目的。不管他们怎么跟你说，伊莎贝尔误信恶作剧这种事，肯定有损她的专业声誉，你差点就毁了她的事业。而且，和你之前不一样，她的事业如果堕入谷底，下面可没有好几百万垫着。无论你是不是为了一己私欲，你都做了正确的事。我也永远不会告诉伊莎贝尔，你这么做除了保护她还有别的企图，好吗？”

哈洛威点点头。

“好，”苏利文说，“但还有一些事我希望你能知道。我想你肯定没想过毛毛的未来。”

“毛毛的未来怎么了？”

“你对毛毛是什么感觉，杰克？”苏利文说。

“我刚出示完它们是智慧生物的证据，”哈洛威说，“我觉得这能说明我的感觉吧。”

“不能。”苏利文说，“我刚才解释过了，你不仅非常自私，而且你表现自私的方式非常独特。证明毛毛是智慧生物有助于达到你的目的。如果它们只是你对扎拉集团放长线钓大鱼骗局里的一个工具，这不能说明你对他们的感觉。”

“它们不是工具。”哈洛威说。

苏利文摆了摆手。“别这样，”他说，“暂时别来这套，杰克，关掉你的律师脑子一会儿，别自私，别提前三步全设计好，忘记你对金钱的狂热爱好，认真诚实地回答我，你真的在乎毛毛们的命运吗，还是你完全不在乎？”

哈洛威喝了一口啤酒，想了一会儿，又一口把剩下的喝光。“别的事都不管？”他问苏利文，“你所猜测的我的动机和真实目的都不管？”

“对，”苏利文说，“现在先不管那些。”

“只有你知我知。”哈洛威说。

“只有你知我知。”苏利文说。

“我在乎，”哈洛威说，“我在乎毛毛的命运。我喜欢它们。我不希望它们遭到什么厄运。”

“你觉得它们是智慧生物吗？”苏利文问。

“那又有什么关系？”哈洛威问。

“你说了你暂时不来那套的。”苏利文说。

“我没有，”哈洛威说，“说实话我现在真不太在乎它们能不能获得智慧生物认定。也许伊莎贝尔是对的，它们是这星球上的人，它们有自己的权利。也许我不应该在事情确定之前光想着从这星球上赚钱，但这是我自己的问题。说到底，无论最终决定是什么，如果它们被裁定是智慧生物，对它们的长远福祉有好处，我也就高兴了。”

苏利文盯着哈洛威看了好一会儿，也一口喝光他的啤酒。“很高兴知道你这样想，”他说，“因为我现在要对你说一些我不该说的话——我希望你今天在证人席做了伪证，杰克，我希望你满口胡言说你对伊莎贝尔恶作剧了。”

“什么？”哈洛威说。苏利文可以对他说好多话，但这句他怎么也想不到。

“你听到了，”苏利文说，“我希望你在庭上撒谎，好让法官判定毛毛不是智慧生物。”

“你解释解释这是为什么，”哈洛威说，“你刚刚才说那会毁了伊莎贝尔的专业声誉，我不明白。”

“那会毁了她的声誉，但可以救下毛毛们。”苏利文说。

“你没解释清楚。”哈洛威说。

“你真的看过‘程诉蓝天集团案’的卷宗吗？”苏利文说，“建立判断智慧生物标准的那件案子？”

“上法学院的时候读过。”哈洛威说。

“为了眼下这情况我重新看了一遍。”苏利文说，“仔细研究了这个案子和它带来的影响。你还记得为什么法庭没有判程胜诉吗？”苏利文问。

“因为他不能证明云浮族是智慧生物，”哈洛威说，“他不能证明它们会说话。”

“没错，”苏利文说，“大家都记得他证明不了，大家都不记得为什么他证明不了。他之所以拿不出证据是因为它们都死了。程提交呈堂请求之后，案件到高院审理的时候，云浮族已经灭绝了。”

“它们死光了。”哈洛威说。

“不，”苏利文说，“它们被杀光了，杰克。它们本来的数目就不多，程一提交认定请求，它们就开始急剧减少。”

“提交请求之后它们应该进入受保护状态啊。”哈洛威说。

苏利文扯了扯一边嘴角，冷笑着说：“是啊，星球上无人监管，而一旦云浮族被认定为智慧生物，星球上所有工人和勘测员的生计就没了，你倒是告诉我这种情况下‘受保护状态’怎么达成。”

“明白了。”哈洛威说。

“当然没有人被当场捉到对云浮族行凶，”苏利文说，“但它们的数量不会无缘无故减少得那么快。气候没有重大变化，当地生物也没从人类身上感染到什么致命病毒，什么都没有。唯一说得通的原因就是人类恶意杀戮。”

“我相信不止你想到了这点。”哈洛威说。

“的确，”苏利文说，“在程的案子之后，殖民星官方更改了智慧生物认定的程序，防止类似的悲剧重演。如果发生了疑似杀戮事件，如今的殖民星官方会委任专门的特别监护官予以制止。但只有当SSR提交后或提交的命令发布之后，殖民星官方才能委任特别监护官。目前这个星球上没达到这样的条件，现在毛毛不受到任何法律保护。”

“所以你认为人们会猎杀它们。”哈洛威说。

“我认为那是不可避免的，”苏利文说，“而且我觉得你我都有责任。我建议你和伊莎贝尔争取‘进一步研究’的裁定，要负间接责任。你呢，杰克，你促使法官做出这个裁定，你要负直接责任。只要消息一传出去，星球上的每一个勘测员和工人都会猎杀毛毛。不管它们最终会不会被认定为智慧生物，人们都会赶在那之前杀光它们。只要它们死光了，就没有证据证明它们是智慧生物了。”

“只要它们灭绝了，也没有人会担上谋杀的罪名。”哈洛威说，“因为从现有的证据来看，他们杀害的只不过是动物。”

苏利文点点头，“是我们给它们打上了灭绝的标记，就这么简单。”他说，“所以我才想知道你到底对它们什么感觉。因为现在，你，我还有伊莎贝尔是它们仅剩的朋友了。”

哈洛威的外套口袋里传来一阵铃声，那是他的便携信息板。哈洛威掏出来一看，猛地站起身来。

“怎么了？”苏利文说。

“我屋里的紧急报警系统响了，”哈洛威说，“我的房子着火了。”

第 20 章

废墟中的毛毛

哈洛威从二十公里外就看到了，上升的黑烟在天际划出一道道细线。

“糟糕。”哈洛威对自己说。好消息是黑烟这么细说明火势已经减弱，而且烧毁的只是他的小屋和树上的设备，刺木没有烧着，整座森林没有烧成废墟。他装的灭火装置相当有效。

坏消息是他的小屋大概已经成了冒着黑烟的废墟。他庆幸他把卡尔留给了伊莎贝尔照顾，卡尔不够聪明，不懂怎么从火灾逃生。

他有点担心毛毛们，但只有一点。不管它们是不是智慧生物，他想它们应该懂得逃到离火灾现场远远的地方去。

几分钟后哈洛威在他的小屋上方打转，检查损毁程度。不出他所料，用相对便宜的塑料和木材搭建而成的小屋烧得一塌糊涂。金属和合金搭成的储物棚和降落区也有烟熏火燎的痕迹，但没有散架，也没什么总体结构损毁。哈洛威决定下去看看，他没有直接着陆，而是设定飞船在降落区上空离地一米悬浮。虽然看上去没什么变形，但这会儿他不想冒险来验证这个猜测。他相信他自己的重量落在上面没问题，但大型飞船就难说了。

他钻出飞船，跳到降落台上。什么事没有。他往前走了一步，差点屁股着地——不是火灾烧坏了地板，而是他踩到灭火泡沫滑倒了。一旦火警系统侦测到起火点，灭火泡沫就会喷向各个方向罩住小屋。哈洛威的小屋建在树丛中，雷雨天气有可能被闪电击中。虽然哈洛威装了风向标和避雷针，小屋以前也还是着过火。所以在第一次着火之后，哈洛威做了预防措施。

哈洛威没有先去查看烧毁的小屋，反而直奔储物棚而去。他小心翼翼地碰了碰门，虽然离起火已经过了好几小时，但门可能还是烫的。

不烫。不仅不烫，连电子锁都没有坏。哈洛威用钥匙打开锁，退到侧边以防高热的空气迎面扑来，轻轻推开了门。

他本来存放勘测炸药的位置开了一个大口。

哈洛威放心地露出微笑。他放勘测炸药的位置就应该裂开一个口。如果没有裂开，很可能他连降落的平台都找不着，甚至连森林都没了。哈洛威存的炸药虽然不多，但手头的这些存货也足以炸平附近整个区域。

他走到开口跟前，那其实是储物棚地板上的活板门，哈洛威的炸药装在坚固的箱子里，放在上面。一旦发生了火警或者直接遭到雷击，活板门会打开，箱子会直落数米掉到丛林地面上。这种箱子是空投物资的专用箱，能承受从三百米高空落地的撞击，落到丛林地面的冲击力相比之下小多了。箱子里的炸药受热会爆炸，而受到这种撞击则平安无事。

哈洛威从开口往下看，看到箱子散落在地上，有些在正下方，也有些撞到了下面的刺木弹到别处去了。哈洛威要重新设置活板门，还得把箱子捡回来。这些事不仅烦人还有点危险——总有可能碰到掠食动物——但比起爆炸物着火爆炸，把整座森林夷为平地，还是这样好一点。

哈洛威看到一抹白色的身影躺在下方的枝条上，好像是斑斑在休息。“你就不能帮忙灭个火？”哈洛威对毛毛喊。它没有回答，不过哈洛威也没指望它回答。

他走出储物棚向小屋出发。

小屋的屋顶塌了，墙也烧穿了，完全没救了。火好像是从里面烧起的。哈洛威猜可能闪电击中了冰箱或空调的导热管，引起了火花。小屋里也装了灭火系统。但讽刺的是哈洛威要在屋里或者附近操作，才能启动主要的灭火功能。哈洛威花了大钱在外面四处都安装了完备的灭火装置，但跳过了自己住的地方。他觉得这个险冒冒也无妨，除了他的法学院帽子，里面没有什么具有情感或经济价值的物品。只要到奥布里镇一趟，就能买到全新的替代品。

哈洛威在废墟里找他的帽子，最后在倒地的桌子上找到了，帽子已经烧焦了，糊在他的监视摄像头上。

我从法学院里带出来却用不上的东西又多了一件。他想。其他没什么要紧的东西，也都被烧得焦黑、破烂，乱糟糟地散了一地。他叹了口气，回头走向飞船。

首先，他得试试降落区能不能承受飞船的重量。没问题。哈洛威起落了三次才确定，承重没问题。似乎除了小屋以外，外面的结构没什么大碍，真是不幸中的万幸。奥布里镇上有现成的小屋卖，但其他结构就不太好替换了。

这问题解决了之后，哈洛威回到储物棚安好活板门，他还得驾飞船到从活板门下方旋好螺栓装好横梁，才能把炸药放在上面。哈洛威还用信息板预定了些替换灭火罐。灭火罐不便宜，但哈洛威想着反正他手头马上就要有钱了。

下一步要到丛林地面上，哈洛威一点也不乐意费力把炸药箱拖到飞船上。虽然每个箱子也就大号旅行箱大小，但因为它们防爆防震，所以非常重，炸药本身的分量也不轻。唯一值得庆幸的是哈洛威现在会利用高频率噪声了，他可以将飞船停在地面，把所有箱子都装上，一趟运完，比以前好多了。以前他得先降落围好防护栏，把防护栏里面的一两个箱子搬上飞船，拆掉防护栏，飞到几码以外再来一遍。然而，想到斑斑还在树枝上打盹，哈洛威在降落到地面以后才开启音响系统的高频噪声。

十五分钟过去，哈洛威头痛欲裂，满身大汗忍着酷热拖着箱子。他可能好几年都没这么锻炼过了，而且从他上次搬这么重的东西到现在，他有充分理由相信他健康的心脏已经退化成松垮的两片火腿样的玩意儿，连泵血都费劲。他把最后一个箱子抬上飞船，瘫倒在飞船侧边坐下，呼哧呼哧喘着大气。他一抬头，看见斑斑躺在他头顶的一根树枝上，几乎在他的正上方俯视着他。

“谢谢你不帮忙。”哈洛威对毛毛喊，“真多亏你了。”当然，哈洛威本来也没指望小家伙真能帮忙，不过喊喊心里痛快点。哈洛威弓着腰，手撑在膝盖上，缓慢地深呼吸，希望赶紧熬过这阵头晕眼花。

过了几秒，一滴什么东西落下溅到他的背上，然后他脖子上也挨了更大的一滴。他抬头，斑斑还在盯着他。

哈洛威没好气地笑了。小浑蛋在吐他口水。好吧，他想总比碰上猴子好，猴子更坏。他用手擦了擦脖子后面，准备把口水抹在他裤子上，然而他眼角的余光扫到点不对劲的地方。哈洛威抬起手放在面前仔细一看。

斑斑没有朝他吐口水。

哈洛威再次抬头，刚好一滴血砸在他脸上。

“哦，不，”他说，“哦，天啊！”他把血从脸上抹去，跳上飞船，关掉噪声，启动旋翼，直直地向上开去。

哈洛威猛地降落，打开飞船舱门，尽可能轻手轻脚地把斑斑从船里抱出来，平放在降落区上。毛毛软绵绵地躺在那里，毫无生气。哈洛威冲回船上拿了他的急救箱，急匆匆跳出飞船的时候差点又滑了一跤。

斑斑的肚子被血染红了。它的后背和四肢没有出血，只有一道从肚子划到左腿的血痕，是哈洛威头顶那条树枝蹭出来的。哈洛威想起来从他第一眼看见毛毛到血滴在他脖子上，它的姿势没有变过。可能这段时间里毛毛已经死了，也可能在哈洛威幼稚地冲它大喊大叫的时候它还活着，他本来可以救它，要是他早点发现就好了。

专心点。哈洛威甩了甩头，把无关的想法甩走，注意力集中在眼前的毛毛身上。哈洛威先检查斑斑的肚子，血太多了，他看不见伤口在哪里。他跑回飞船翻出一个水壶，里面还有大半瓶水。他跪在毛毛身边，小心翼翼地把水倒在小家伙身上，冲走污血。

这下能看见伤口了，毛毛的左侧下腹有个手指那么宽的伤口，哈洛威想会不会是刺木戳出来，可他洗着洗着伤口，看见里面有什么灰色的东西。他又冲了点水，冲走了上面的污血，这回他看清楚了。

是颗子弹。

我们给它们打上了灭绝的标记。苏利文说过的。就这么简单。

哈洛威顿住了，但还是强打精神从急救箱里翻出一块止血布，他撕开包装，压在子弹造成的伤口上，尽量轻柔地压牢，希望能止住小家伙流出来的鲜血。

斑斑再没有鲜血可流了。它死了。

哈洛威侧脸贴上斑斑的嘴巴，希望感觉到气息，他抚摸着毛毛柔软的毛发，好像这样它就能活过来。没有气息，小家伙也没活过来。如果斑斑还有救，救它的时机已经过了。也许是一分钟前，一小时前或者几小时以前，但现在哈洛威什么也做不了，除了蜷成一团伏在小家伙身上。哈洛威说不出话来，只能祈祷是他弄错了。

他没有弄错。他花了好几分钟才接受了这个事实。

等他终于缓过神，抬起头来，才发现他不是一个人。毛毛爸爸、妈妈还有爷爷站在他面前，静静地注视着他对着斑斑的尸体哀恸不已。

哈洛威脑里一片空白，呆滞地看着三只毛毛，他脑子突然转得飞快，一个念头闪过，背上一阵冰凉。

“宝宝呢？”哈洛威冲着三只毛毛问。

哈洛威不知道它们明不明白他的意思。但他问了这句话之后，它们都转身看向小屋的废墟。

“天啊。”哈洛威喊出声来。他站起身就往小屋跑，却被迫在外面停步，小屋里满是烟雾和热气。他透过倒塌的墙壁往里看，搜寻着宝宝的身影，希望小家伙没有在里面。

他最后在门边找到宝宝残缺不全的尸体。

别的都顾不上了，哈洛威这一刻怎么也想不通。他走的时候宝宝不在小屋里，为了防蜥蜴，他把门窗都锁好了，毛毛也进不去。宝宝不可能会死在小屋里面。

然后他记起了斑斑身上的子弹。宝宝不是自己到小屋里去的，有人把它放了进去。

哈洛威垂下眼，看见他烧坏的帽子，糊在监视摄像头上。

他脑子里又开始嘎嘎作响。哈洛威跌跌撞撞地离开烧成废墟的小屋，径直冲到他的飞船上，几乎硬生生把信息板从搁架上拔出来，强迫自己坐在座位上。他的手指在面板上滑动，打开监视录像的片段。过去几小时的录像应该传送到信息板上了。哈洛威最后一次摆弄摄像头的时候，他特意放歪了帽子好拍下外面的情形。

录像弹出，小屋内部被帽子挡住了，而窗外一览无余。哈洛威焦急地快进一小时没看到异样的录像，往后倒退一点才看到一艘飞船在降落区降落，一个男人走了出来。

哈洛威暂停画面，放大男人的脸，他戴着滑雪面罩，看不出是谁。哈洛威倒是想知道在这个到处是热带雨林的星球上谁会戴滑雪面罩，但他又想起来扎拉集团在最南边高海拔地区还有几个矿，商店里有滑雪面罩，这人肯定是从那儿买的。哈洛威继续播放录像。

那人大步穿过降落区走向小屋，在门前停下，镜头拍不到完整的影像了，小屋的墙挡住了画面。那人动来动去，显然是想弄开门锁。他接着走向书桌前的窗户，他的身体挡住了摄像的镜头，但哈洛威看到他身后有动静，宝宝出现在镜头的最右，朝着他走过来。

哈洛威顿时胸口一痛。宝宝比其他毛毛都要信任人类。别的毛毛似乎知道，人类有可能和其他动物一样危险。可是宝宝不知道为什么就没有这种警惕的本能。宝宝喜欢人类。哈洛威的心一沉，他已经猜到接下来会发生什么事。

那个人突然一转身，看到走向他的宝宝。他停下手头企图擅闯小屋的动作，也向宝宝走去，在小家伙的身前蹲下，伸手抚摸轻拍这只小毛毛，宝宝蹭了蹭他的手。哈洛威听不到他在说什么，他一直忘记把监视摄像的声音打开——但他能猜出来。他在哄骗他的猎物，让宝宝信任他。

突然，他站起来抬高了穿着靴子的脚。

哈洛威不得不别过脸。

待他转过脸视线回到录像上，他刚好及时看到什么东西从林子里荡出来，扑到那人的脸上，撕咬抓扯他裸露在面罩以外的眼睛四周。虽然录像没有声音，但也看得出那人正痛得号叫，他拼了命想要甩开袭击他的小东西。

那是斑斑。

哈洛威不由自主地小声欢呼，给小家伙打气。斑斑，不管不顾的野毛毛，一秒都没有犹豫就冲出来保护宝宝——它的妹妹？它的朋友？还是它的伴侣？——它让这名人类仿佛置身地狱，以此来报复这毫无人性的恶行。

那人挥着双手想扯开这只毛毛，但斑斑飞快地跳动闪躲，不停地抓扯着那人的头和脸。这小小的毛毛一定要他为他的所作所为付出代价。

那人最后还是抓住了斑斑，把它从脸上扒下来，斑斑还在挠他的手，咬他。他抬高手用尽全力把斑斑往地上一摔，哈洛威胃里一阵难受，好像自己也重重地摔倒了。

斑斑挣扎着爬起来，还想跳上去撕咬。

那个人从腰带上掏出一把枪，对准毛毛开枪。

小家伙生生受了这一下，被震得在地板上滑出好远。感知到了致命的危险，也许靠体内的毛毛肾上腺素支撑，斑斑一路狂奔，绕过小屋跑向刺木，那人在后面开枪追着它打。其中一颗子弹打穿了窗户，可能就是这颗子弹撞到小屋里的什么东西引起了火花。但哈洛威现在一点都不关心火灾。

那人扔下枪，捂着脸，痛得乱跳。忽然他又看见宝宝躺在地上，被他踩伤，一动也不能动。他冲到宝宝跟前，抬起脚狠狠地又踩了两下，还抓起地上的手枪朝它开枪，对着它愤怒地吼叫。

哈洛威意识到他认识这个人。

这时小屋着火引起的烟雾已经模糊了摄像头的影像，然而哈洛威还是看到那人弯腰捡起宝宝的尸体，大步走到小屋门前，摄像头又拍不到他的全身了。他的身体一阵一阵地抬起晃动，哈洛威疑惑了几秒，意识到那人在踢狗门。最后肯定踢开了，那人的动作和刚才不太一样，他把宝宝的尸体塞进门里，让大火烧掉罪证。

完事了之后，那人从门前退开，捂着脸，往回走向他的飞船。走到半路，灭火系统突然启动了，泡沫瞬间淹没了整个降落区，包括那个人和他的飞船。他被泡沫吓了一跳，滑了一跤摔倒在地，蹭得全身都是灭火泡沫。如果他刚刚没有夺去两条生命，这一幕还是有点好笑的。那人最终爬回到他的飞船上，飞船升空，喷出火焰消失在视野中，几乎与此同时，哈洛威的帽子烧着了，垂下来盖住了摄像头，镜头里顿时一片模糊，直到帽子完全烧毁。

哈洛威放下信息板奔出飞船查看斑斑的尸体。他跪在小小的尸体旁边，握住毛毛的小手，仔细地检查手指尖，它们的指甲比人类的尖利，大概是为了方便抓小虫子和剥水果。

指甲里面有血，还有一些皮肤碎屑。

“找到了！”哈洛威握紧了斑斑的手，“我抓住你了，你个人渣！我抓住你了，你没想到吧！”

哈洛威抬头看着毛毛爸爸、妈妈和爷爷，它们脸上的神情很古怪，至少哈洛威没见过它们这样的表情。

“我知道你们听不懂我的话。”哈洛威对毛毛们说，“但我知道这是谁干的。我知道这是谁，我要让他付出代价。我保证。我要抓住这人渣。我保证。”

然后，杰克·哈洛威放开斑斑的手，瘫倒在地板上，闭上双眼哭了。

他哭了，因为他清楚地知道，他的算计和花招害死了斑斑和宝宝，无论它们到底是什么，两只小家伙是无辜的。它们是不是智慧生物，哈洛威不在乎。无论如何它们不该遭受如此厄运，被残害致死，被他害死。杰克躺在地上，难以自抑地大哭，任由愧疚的痛苦淹没了他。

他知道剩下的毛毛在看他。他不在乎，他躺在那里躺了很久。

最后，有谁轻轻地碰了碰哈洛威的脸颊。哈洛威睁开眼，看见毛毛爸爸正低头盯着他看。哈洛威不解地迎上它的目光。

毛毛爸爸指了指上面。

哈洛威看向上方。

在他的上方，刺木上满是毛毛，足足有好几十只。

“我的天！”哈洛威吃惊地坐起身。

毛毛们开始从树上爬下来，跳到降落区上，不一会儿上面就挤满了毛毛。哈洛威注视着它们，一方面这么多毛毛聚在一起让他有点想笑，另一方面他有点害怕。一个人类刚刚杀害了它们的两只同伴，毛毛完全有可能想报复他，他不会怪它们。

在降落板的边缘，一只体型较小的毛毛吸引了他的注意力。哈洛威盯着它看了好几秒，思考为什么这只毛毛这么奇怪，它看上去完全不像一只毛毛。

哈洛威仔细地观察它。

那是只僧帽猴。

“你这是跟我开玩笑吧！”哈洛威说。

毛毛爸爸疑惑地看着哈洛威，哈洛威指着那猴子。“我认识这猴子，”他叫道，“小浑蛋偷过我的钱包。我不信它竟然还活着，还跟你们混到一块儿去了。”

毛毛爸爸顺着哈洛威的手指看向那猴子，又转回来朝哈洛威若无其事地耸耸肩。是啊，这是只猴子。它好像在说。那又怎么样？

“今天越来越奇怪了。”哈洛威说。

什么东西从毛毛堆里朝着哈洛威移过来了，一只毛毛举着双手托着它，摇摇晃晃地在它的同类之间穿行，其他的毛毛给它让出一条道。这只毛毛走到毛毛爸爸跟前，爸爸朝它叫了几声。它举着那东西递给哈洛威，哈洛威接过来一看——

是块信息板。

哈洛威最初想这可能是他的备用信息板，毛毛们从大火中把它抢救了出来，后来他发现型号完全不一样。这块信息板比哈洛威的要低端，却有一样高端的装置：它的背面装着太阳能电池。在太阳底下晒一小时能用上一个礼拜。对于经常在外面勘测的人来说，这项功能很实用。

哈洛威打开显示画面。

安迪·阿帕卡，互动电子阅读启蒙产品“超级识字大冒险系列”的虚拟人物，目光烁烁地盯着他，和他眼神相接——信息板上的摄像头能通过人脸识别确定哈洛威眼睛的位置。

“你好啊，”安迪说，“我叫安迪·阿帕卡！和我一起识字大冒险吧！”

这是山姆·汉密顿的信息板。可怜的半文盲山姆，他的飞船在几年前坠毁了。他的猴子显然幸免于难，但山姆估计不太可能活了下来。

“应该带上应急防护栏啊，山姆。”哈洛威说。

他低头看着那信息板，安迪·阿帕卡等着他回应。哈洛威又看看毛毛们，它们耐心地注视着他。

今天以来第三次了，他脑子里嗡嗡乱响，转得飞快。

第 21 章

前律师的布局

乔·德里斯走进酒鬼酒吧，看到有人坐在他最喜欢的高脚凳上，简直气坏了。而当那人转过身来，德里斯认出他是谁之后，他更生气了。

“我不管那个浑蛋律师怎么说，”德里斯在门口就嚷嚷开了，“如果我走到你面前你还没从那凳子上下来，我就揍烂你的脸。”

“你说的浑蛋律师就在那边。”哈洛威指向正在打桌球的苏利文。

德里斯停住了脚步。“上哪儿都不忘带上保镖是吧，杰克？”顿了一秒之后他说。他继续朝他的高脚凳走来：“原来你这么怕我啊？”

哈洛威斜眼看着德里斯。“老天爷，乔，你的脸怎么了？”他问，“看上去你想强吻一只猫，猫却不愿意，给你闹了个大花脸。”

“不关你的事。”德里斯说。

“对象是你，我可不怪那猫，”哈洛威继续打量他，“多久之前的事？看着好像过了四五天吧。”

“滚，”德里斯骂道，他已经到哈洛威跟前了，“从我的凳子上下来。”

“正有此意，”哈洛威说，“臭死了。我猜大概你老在这上面放屁。”

“好啊，”德里斯说，“有种再说。”

“但在我滚之前，有东西要给你。”哈洛威说。

“什么？”德里斯说。

“这个。”苏利文说着，把一张法庭传票拍到他肩膀上，在德里斯对哈洛威恶形恶状的时候苏利文也走到了他身后。“你被传唤了。初步审讯。”

德里斯扭脸看了看他肩头，但没有接过传票。“审讯什么？”他说。

“纵火烧了我的房子，你个人渣。”哈洛威说。

“我不知道你说什么，”德里斯说，“我除了来这里就是上班。两个地方都有人做证我没有离开过。”

“那好，你还担心什么？”苏利文说，“三天后你带着你的证人和索登法官谈谈，然后就走人呗。”

“我没看到你向安保部门报告火灾啊。”德里斯说。

“这说起来就有意思了。”哈洛威说。

“考虑到这场火灾扎拉集团的治安官有可能牵涉其中，哈洛威先生请求法官批准他直接要求初步审讯，”苏利文说，“而我作为扎拉集团的法律顾问，向她表示集团对此没有异议。所以不用报告直接审讯。”

“惊喜吗？”哈洛威对德里斯说。

德里斯不屑地对哈洛威哼了一声，冲着苏利文一通吼。“就算我放火了，虽然我没有，干你什么事？”他问苏利文，“你是扎拉集团的律师，不是他的律师。他不是扎拉集团的雇员，他的房子不是扎拉集团的财产。靠，我才是扎拉集团的雇员，不是这个蠢货。”

“你被指控纵火烧毁别人房子的时候，并不是扎拉集团的工作时间，对吧，德里斯先生？”苏利文说，“那是你的私人时间。”

德里斯冷笑一声。“我认为你不会真想把传票给我的，律师先生。”他说。

“给你提个醒，德里斯先生。”苏利文说，“你的手不碰传票不代表传票没有送达。”

德里斯冷哼一声，抓过传票，扔在吧台上。他转身对上苏利文。“这是浪费大家的时间，”他说，“你们污蔑我，我也不是没有脾气的，律师先生。”他拇指比了比哈洛威，“你以为你和这废物站一条船上能有什么好，我告诉你，苏利文，这次你上了不该上的船，小心他把你带到回不了头的地方。”

“德里斯先生，这话出自如果我不拦着在拘留室就差点杀了哈洛威先生的你口中，真是讽刺啊，”苏利文说，“你放心，我已经充分考虑过利害了。”

“对啊，你肯定考虑过了，”德里斯说，“但这次他不在拘留室里，他不是碰不得的，你保不了他。等这破事完了以后，我们再看看谁犯浑。”他转向哈洛威，一阵闪光灯晃得他什么也看不见。

“搞什么鬼？”德里斯骂道。

“就照张相。”哈洛威放下相机说，“你这大花脸我一看就想笑，乔。”

“滚下我的凳子，浑蛋，”德里斯说，“马上滚。”

“都归你了，”哈洛威站起身来，“趁你还能坐，好好享受吧。”

德里斯又低声骂了一句脏话，坐下了。

“我今天告诉你我有多恨你了没有？”查德·伯恩问哈洛威。他们俩在遛卡尔，卡尔高高兴兴地在奥布里镇的大街上嗅来嗅去。伯恩让哈洛威到他的办公小隔间碰面，哈洛威不干。对吼了几句之后，他们最终到了街上遛狗。外面又湿又热，伯恩的穿着不适宜外出，一个劲儿地流着大汗。

“我今天还没干招你恨的事。”哈洛威说。

“你让我陪你遛狗。”伯恩说。

“这事不值得你恨我，”哈洛威说，“再说了，你喜欢卡尔。”

“我的隔间里有空调。”伯恩说。

“你的隔间很可能被监听了。”哈洛威说。

“现在你不仅惹人讨厌，还开始疑神疑鬼了。”伯恩说。

“就在过去几星期里，我的飞船被人动了手脚，房子被烧成平地，”哈洛威说，“我想我有资格多疑一点。总之，我有话要跟你说，不想别人听见。”

“除了你的声音，你还有不想让别人听见的事？”伯恩说。

“真幽默，”哈洛威说罢停下脚步，正巧卡尔也在很认真地嗅着路边一棵小树苗，“查德，我和你之间有分歧。我愿意承认我们之间的大部分问题都是我的错。我也知道有时候你会找我麻烦，也是因为我先让你不好过。这样说公道吗？”

“公道。”伯恩沉默了一分钟之后回答。卡尔已经详细地检查过那棵树苗了，给后来的狗留下了印记。他们仨继续往前走。

“这么说吧，”哈洛威继续说，“我们关系有好有坏。但我总是很尊重你一点，查德。你基本上是个体面的好人。有时候你恨我，但你总是邀请我参加你那该死的合同勘测员假日派对。你总是给我公平的报酬——我知道不是每一个扎拉集团的合同勘测员代表都这么正大光明。你甚至还喜欢我的狗。”

“它是条好狗，”伯恩说，“比你好，你配不上它。”

“嗯，就是这个问题，”哈洛威说，“我有一点特别幸运，身边总有我配不上的朋友。卡尔，伊莎贝尔，苏利文，虽然他现在正和我的前女友约会。甚至你，查德，虽然你有时候挺讨嫌，但你比我好，我也配不上你。我的确相当幸运。”

“我也不明白你走的什么运，”伯恩说，“真不明白。”

哈洛威笑了笑。“因为你其实对我挺好的，我要告诉你一些事。我认为你要倒霉了。”

伯恩停住。“见鬼，这什么意思？”他说。

“你有艘飞船。”哈洛威说。

“公司给我配了一艘。”伯恩说，“那又怎么样。”

“我猜你今天回到办公间之后，会发现你的飞船被扣留了。”哈洛威说。

“什么？”伯恩说，“为什么？谁扣了？你吗？”

“不是我，”哈洛威说，“我猜你会发现你的飞船被乔·德里斯的代表律师扣留，作为我起诉他纵火烧毁我房子的呈堂证据。”

“乔·德里斯和我的飞船有什么关系？”伯恩说。

“在一般人看来，没有任何关系。”哈洛威说，“这正是关键，他们扣留了飞船之后，会做些搜查检验，我怀疑他们会在上面找到灭火剂的残留物，和我家用的灭火剂牌子相同。”

伯恩一脸疑惑。“我飞船上怎么会有那个？”他问道。

“显然因为我家着火的时候，你的飞船就在现场。”哈罗威边说边领着他们仨又走了起来，他不想在同一个地方停太久。“我猜也许上面还有别的物证，但我估计那是德里斯的代表律师准备用来制造合理疑点的证据，打算据此推翻我对德里斯烧毁我住所的指控。”

“你家着火的时候我没有用过飞船。”伯恩说。

“你在哪里？”哈洛威说。

“我请假了。”伯恩说，“我本来要去你那些毛毛的听证会，但是我一早起来难受，就不去了。我一整天都待在我的公寓里。”

“有别的什么人和你一起吗？”哈洛威问。

“没有。”

“那就没有人做证说你睡了一整天。”哈洛威说。

“所以呢？”伯恩说。

“所以呢，德里斯已经确保他有无数证人发誓见到他在上班或者在他常去的破酒吧里，”哈洛威说，“怕他的人太多了，每个都愿意上庭做证，他说自己在哪儿就在哪儿，就算他实际上是在我家，烧我的房子。”

“但这说不通啊，”伯恩问，“德里斯或者别的什么人开不了我的飞船。钥匙一直在我口袋里。”

“德里斯坐过你的飞船吗？”哈洛威问。

“你知道他坐过，”伯恩说，“我们来见你的时候他是奥布里的保镖。”

哈洛威凝视着伯恩，心里默数着他要花几秒才能够把脑中的信息拼凑起来。

“糟糕。”伯恩说。

“你把钥匙给了德里斯，因为我不让他踏出那飞船。”哈洛威说，“时间足够他破解密码复制一把钥匙了，他知道怎么做，又有人帮忙。之后只要飞船停在车库里，他可以任何时候开走，出入系统里登记的是你的钥匙信息。”

“为什么找我？”伯恩说。

“因为你是我的代表，查德，”哈洛威说，“所有人都知道你和我合不来。所有人都知道我招你讨厌。我和你争执的记录一条接一条，我为了达到目的总是无视你，绕过你，甚至踩在你头上。现在索登法官裁定对毛毛进一步研究，我威胁到了你的饭碗，还有这星球上所有人的饭碗。有了这一切作为前提，你突然发火想报复我也不是说不通。你推测我在听证会之后会马上回小屋，于是决定把我烧死在里面。这完全说得通。”

伯恩不走了，坐在路边，一句话也说不出来。

“这在陌生人看来完全说得通，”哈洛威说，“真正认识你的人，比如说我，知道这其中有蹊跷，查德。你和我有过不愉快，但我知道你是正人君子。所以我要事先警告你。”

伯恩坐在原地不断地摇头。

“走吧，”哈洛威最后说，推了他一下，“我们要回去了。”

“可能是你错了。”伯恩沉默了一会儿说。

“可能吧，”哈洛威说，“你可以回到隔间之后去车库看看你的飞船还在不在。如果在的话，我建议你彻底地洗一下飞船。如果不在，你会发现我没错——接着你就会被传召出庭在初步审讯中做证。你会发现所有间接证据都指向你，而你没有不在场证明。某人会洗脱嫌疑，而你嫌疑就大了。”

“你告诉我会出这种事，却不告诉我怎么自证清白。”伯恩说。

“我告诉不了你，”哈洛威说，“我本来就不应该告诉你这么多，我之所以能这么做，只是因为我们目前还不知道他们是否已经扣留了你的飞船，要不要传召你做证。你还没成为活靶子。但很快你就是了。在这之前，你得自己想办法。”

“什么办法？”伯恩问。

“想想是谁下令让乔脱罪，把你送入虎口，”哈洛威说，“因为下令的人你动不了，所以一旦你想明白了，你的应对方法也出来了。想想你干什么能给他们造成最大的伤害。”

“这样做没有意义，也帮不了我。”伯恩说。

“查德，所以我说你基本上是个好人，”哈洛威说，“让我这么跟你说吧，人生旅途中有输有赢，但你输了不代表要让别的人赢。你明白我的意思吗？”

“不太明白。”伯恩说。

“反正好好想想吧，”哈洛威说，“说不定就想到了。”他们仨转了个弯，停在了扎拉集团的行政大楼前面。

“你到了。”哈洛威说。

“我还是不喜欢你。”伯恩对哈洛威说。

“我从来没给过你喜欢我的理由，查德。”哈洛威说，“我也不打算假装我有多喜欢你。你只要知道我觉得你是好人，你不应该被陷害。我会尽我所能地不让这种事发生在你身上，这就行了，好吗？”

“好的。”伯恩说罢，突兀地朝哈洛威伸出手，哈洛威握住了。

“谢谢。”哈洛威说。

伯恩点点头，走进大楼里。哈洛威目送他，直至他消失在走廊尽头，然后领着卡尔走到街对面，伊莎贝尔和苏利文在等着他。卡尔径直向伊莎贝尔冲去，她高兴地拍了拍它。

“他怎么样？”苏利文问起伯恩。

“他快吓得尿裤子了，”哈洛威说，“正如我计划的那样。”

“知道他被传召的时候会做出什么事来吗？”苏利文说。

“完全没有头绪。”哈洛威说。

“应该很有意思。”苏利文说。

“可以这么说。”哈洛威说。

“停下，你们俩，”伊莎贝尔说，“可怜的查德，他也是个人知道吗。不是你们俩摆弄的棋子。”

“他肯定是棋子，”哈洛威说，“问题是他为我们所用还是被别人利用。至少我们还设法让他免遭陷害，不用担上纵火的罪名，甚至还有意图谋杀的罪名，我们出发点还好一些。”

“他是个好人，杰克。”伊莎贝尔说。

“我知道，伊莎贝尔，”哈洛威说，“我真的知道。”伊莎贝尔似乎不怎么相信。

“你们俩边散步边聊悄悄话的时候，我和伊莎贝尔也收到了有趣的消息。”苏利文说。

“怎么了？”哈洛威问。

“我们被调走了。”伊莎贝尔说，“我们俩都被调走了。马克被任命为扎拉11号星上的法律总顾问，我被调回地球主管一个实验所。”

“调令什么时候生效？”哈洛威问。

“立即生效，”苏利文说，“我们的职务都被撤掉了，只有三天打包时间。我们的传送飞船计划在你初步审讯的同时离开。”

“真是令人意外的巧合啊。”哈洛威说。

“不光是我们，”伊莎贝尔说，“阿诺·陈的文件错误奇迹般地解决了。他和我们同一班次，要被送到乌拉星上去。”

“他肯定很高兴。”哈洛威说。

“他难过极了。”伊莎贝尔说，“他打电话给我了，唉声叹气的。他这辈子就等着解读新的智慧生物语言了，可他们不让他这么做。他们把他的资料锁上了，他完全碰不到，我也碰不到我的资料。”

“我那里还有你的备份资料。”哈洛威说。

“正是因为这样我才没有唉声叹气。”伊莎贝尔说。

“他们要在CEPA的外星智慧生物专家来之前打发我们走，”苏利文说，“了解毛毛的都得走，除了你，杰克。”

“你有不祥预感吗？”哈洛威说。

“你没有？”苏利文问。

“自从我飞船从天上掉下来那天起我就有不祥预感了。”哈洛威说。

“我们担心你，杰克，”伊莎贝尔说，“我们俩都担心你。”

“你骗不了我，”哈洛威说，“你更担心卡尔。”

“我说真的，杰克。”伊莎贝尔说。

“我个人比较担心你的狗。”苏利文说。

“我就说嘛。”哈洛威说。

“马克！”伊莎贝尔抱怨了一句。

“伊莎贝尔，马克，”哈洛威说，“你们的新任命没有什么影响。什么都没有改变。从我们今天早上醒来起还有三天准备时间。如果我们能成功，三天就足够了。如果不成功，这一切都无所谓了。从现在起，顺其自然好了，我们还有三天时间，赶紧开始准备吧。”

第 22 章

价值六千亿的教训

内德拉·索登法官坐下，环视她的法庭。“又见面了。”她对分别站在控辩方桌后的哈洛威和珍妮丝·梅耶说，“这次还是有关毛毛吗，律师们？”

“不，法官大人。”梅耶说。她代表与她一同站在辩方席上的德里斯。

“我倒是认为辩方当事人有点人猿血统，法官大人。”哈洛威说。

“小心说话，哈洛威先生。”索登边说边拿起她的笔记看，“这里说你是你自己的代表律师。”

“我本来想找别人，但是他今天被遣离这个星球了。”哈洛威说，“所以我只能靠自己了。”

“你知道别人怎么说自己给自己辩护吧，哈洛威先生。”索登说。

“嗯，我知道。”哈洛威说，“但我懂法律。我过去是个律师。”

“你被吊销资格了。”梅耶说。

“原因又不是我不懂法。”哈洛威说。

“嗯，我知道。”索登说，“看过你上次出庭的表现之后，我去查了你的档案。你揍了你的当事人。”

“他活该。”哈洛威说。

“也许吧，”索登说，“但你敢在这里来那套的话，吊销资格这种惩罚相比之下还算轻的，你明白了吗，哈洛威先生？”

“我向你保证我不会揍我的当事人。”哈洛威说。

“很会说俏皮话嘛，哈洛威先生。”索登说，“坐下。”

所有人就座。

“这是由法官主持的初步审讯，”索登的语气听着好像这番陈词滥调，她已经说过无数遍了，在座所有人都知道她接下来要说什么，“当殖民星条件不足或难以召集大陪审团，在控辩双方一致同意的情况下，可请求将涉案证据和相关证供交由法官检视，由法官判断证据是否充分，应否进一步召开正式法庭审讯，刑事或民事皆可如此办理。控辩双方同意做出此项请求吗？”

“同意，法官大人。”梅耶说。

“同意，法官大人。”哈洛威说。

“律师们，本场审讯的目的仅在于让法官决定证据是否充分以及应否召开正式审讯，本次审讯本身并非正式审讯，因此常规审讯中的证据开示[1]规则并不适用，你们明白吗？”索登说，“也就是说，你们中的任一方，或者你们双方，有可能对另一方提供的证人或证据事先一无所知。”

“明白。”梅耶说。

“明白。”哈洛威说。

“律师们，如确须召开正式审讯，那么本场初步审讯的各项裁决具有法律效力，延续到正式审讯召开为止。你们明白吗？”索登说。

梅耶和哈洛威均表示明白了。

“好，”索登说，“那我们从哈洛威先生开始，你指控德里斯先生什么呢？”

“他烧了我的房子。”哈洛威说。

“这么说，纵火。”索登说。

“嗯，纵火。”哈洛威说，“以及企图对我房屋的外围结构纵火未遂，破坏私人财产和意图谋杀。”

“起火的时候你不在家。”索登说。

“他到达我家之前不知道我不在家。”哈洛威说。

“我们别扯远了，哈洛威。”索登说，“我将继续审理纵火

1　证据开示（Discovery）：控辩双方在开庭前各自搜集对己方有利的证据，与案件相关的证据，应向对方披露，受秘密特权保护的除外。

和破坏私人财产这两项指控。如果在你展示证据时能证明纵火未遂和意图谋杀，我再考虑另外这两项指控。”

“好的，法官大人。”哈洛威说。

“梅耶女士，你的当事人愿意承认这些指控吗？”索登问。

“不愿意，法官大人。”梅耶说，“许多证人可以为我的当事人作案发当天的不在场证明。”

“当然，”索登做了一下笔记，抬起头说，“好了，哈洛威先生，控方先陈述。”

“谢谢，法官大人。”哈洛威说着，拿起他的信息板，连接法庭上的大屏幕，“我要出示的第一件证物是一段我住所的监视录像。我在书桌上放置了一个摄像头，无间歇地拍摄录像，传送到我信息板的内存里。恰好能在此案中用以举证，因为摄像头本身已毁于火灾中。”

“这段录像是由高安全级别的摄像机拍的吗？”梅耶问。

“不是。”哈洛威说。

“这么说你可能篡改过录像。”梅耶说。

“我愿意写下正式宣誓书交予法庭，保证这段录像并未经过篡改或剪辑，同时我愿意在公开法庭就此做证。”哈洛威说。

“到时再说，”索登说，“现在，让我们先看看这段录像。”

“好的，法官大人。”哈洛威开始在大屏幕上播放录像：飞船降落在哈洛威的小屋前，一个人从飞船里出来，企图撬窗开门，他看到毛毛了，踩死宝宝，和斑斑厮打。哈洛威悄悄瞥了梅耶一眼，她看到那人对毛毛的所作所为之后，露出一脸惊恐的神色，而德里斯则面无表情地坐在那里。

“停下。”索登突然说。哈洛威暂停录像，法官问他：“这是恶作剧吗？哈洛威先生？”

“什么意思，法官大人？”哈洛威问。

“这段录像到此为止没有任何有关纵火的信息，”索登说，“我只看到一个人在杀害小动物，虽然这让人恶心，但和你的指控没有任何关系。”

“首先，我必须向法官大人申明您刚刚目睹受害的这些毛毛，我们还在等待判定它们到底是智慧生物还是普通的动物，”哈洛威说，“如果最终判定它们是智慧生物，那纵火烧毁我房子的人——我认为是德里斯先生——同时也犯下了谋杀罪。”

“哈洛威先生。”索登法官想打断他。

“然而，这不是本案我的指控，我也并没有做出谋杀指控，”哈洛威快速地补充道，“但这个人伤害毛毛的行为和本案相关，您看下去就知道了。”

“我等着呢。”索登说。

“嗯，法官大人，马上就要到了。”哈洛威继续播放。那人把斑斑摔到地上朝它开枪。“就是这把枪。您看到这只毛毛逃向我的小屋。这人继续开枪，一颗子弹射进了我的小屋。我怀疑就是这一枪引起了火灾。您再等一分钟，烟就起来了。”法庭上所有人继续看下去，等着烟雾出现，于是他们都看到了那人践踏没有反抗能力的宝宝，还开枪打它，把尸体扔进着火的小屋里。梅耶看上去快要吐了。好极了。哈洛威想。

哈洛威在摄像头拍不到画面的时候按停了录像。

“梅耶女士，”过了一分钟，索登说，“你有什么要反驳的吗？”

梅耶眨了眨眼，咳嗽了两声，掩盖她的震惊，回过神来。“录像显示有人意外致使哈洛威先生的小屋着火，不能说明那人就是德里斯先生。”她说。

“此人引起火灾之前企图擅闯小屋，意味着他的纵火行为与犯罪企图相关，”哈洛威说，“根据殖民星法律，这是三级纵火罪。”

“案中此人出现在案发现场可能出于别的目的。”梅耶说。

“在这么酷热的丛林里，”哈洛威反驳，“还戴着滑雪面具？再说了，此人意外遇见其他生物——无论是否智慧生物——第一反应是抬脚踹还开枪打死它们。如果毛毛是智慧生物，这就是谋杀。他不是为了串门而来，法官大人。现在你也能明白为什么我认为入侵者的动机包括谋杀我了。”

“从这段录像来看，意图谋杀的指控仍未成立，”索登说，“但我同意纵火和破坏财产这两项指控合理。”

“即便如此，没有证据显示录像里的人就是我的当事人，”梅耶说，“事实上，里面有相反的证据。哈洛威先生？”梅耶伸出手，想要信息板，哈洛威给了她。梅耶回到影片最开始飞船降落的时候。“这里，”她说，“看那飞船。”

“飞船怎么了？”索登说。

梅耶指着飞船，“看侧面的序列号，”她说，“这是扎拉集团的飞船，不是我的当事人可以接触到的治安官专用飞船。这种型号是分配给扎拉集团的合同勘测员代表用的，好让他们实地考察手下的勘测员。”

“那么在扎拉集团的数据库里查一下这个序列号，就知道飞船是谁的了。”索登说。

“我们不需要查。”梅耶说，“我们已经知道了，他正在法庭外，等着上庭做证。”

“你明白你是在宣誓下做证吧。”索登说。

“明白。”查德·伯恩回答。

“请说出你的名字和所在公司。”索登说。

“查德·伯恩，扎拉集团的合同勘测员代表。”他说。

“你问吧。”索登对梅耶说。

“伯恩先生，你是哈洛威先生的合同代表吗？”梅耶问。

“是的。”伯恩说。

“你当他的代表有多长时间了。”梅耶问。

“从我一来扎拉23号星起就开始当他的代表了。”伯恩说，“到现在大概七年了。”

“你对哈洛威的大致看法如何？”梅耶说。

“我可以骂脏话吗？”伯恩问。

“不可以。”索登说。

“那么最恰当的形容是我们之间关系紧张。”伯恩说。

“有什么具体原因吗？”梅耶说。

“你有多少时间听我说？”伯恩问。

“挑重点说吧。”梅耶说。

“他对CEPA法规和扎拉集团规章漫不经心，他爱顶嘴，他什么事都拿出律师那套来狡辩，我不让他做什么事的时候他就无视我，他总体来说就是个浑球。”伯恩说，眼睛没有离开哈洛威。

“他有好的一面吗？”梅耶有点困惑地问。

“我喜欢他的狗。”伯恩说。

“你说过你恨哈洛威先生吗？”梅耶问。

“经常说。”伯恩说。

“伯恩先生，你知道你的飞船可能被用于一桩罪行中吗？”梅耶问。

“前几天我的飞船被扣押时我猜到了。”伯恩说。

“嗯，”梅耶说，“我们在飞船上找到灭火剂的残留物，和哈洛威先生使用的灭火剂同一个品牌。”

“哦。”伯恩说。

“我们还在一段录像中看到了你飞船的序列号。”梅耶说。

“好吧。”伯恩说。

“伯恩先生，你能说明哈洛威先生的小屋着火案发当天你的行踪吗？”梅耶问。

“我生病了留在家里。”伯恩说。

“所以你没有和别人碰面，也没有别人见过你。”梅耶说。

“没有。”伯恩说。

梅耶转向索登，准备提出纵火案的另一个可能嫌疑犯。

“等等，我说错了。”伯恩说，“我和别人碰面了。”

梅耶想说的话这下堵在喉咙里了。“什么？”她问。

“我和别人碰过面。”伯恩说。

“谁？”梅耶问。

“他，”伯恩说，指着哈洛威，“我去告诉他我犯了个小错，他找到的太阳石矿不属于扎拉集团，属于他自己。”

“什么？”梅耶说。

“什么？”索登也惊讶了。

“没错，”伯恩说，“就在他发现那石矿之前，我终止了他的合同。我这么做事出有因。但是当他说他发现了太阳石矿之后，我想大概是因为我一时太激动，忘记恢复他的合同了，有了那张合同，太阳石矿才归扎拉集团所有。前阵子我在家整理合同的时候，发现缺了他的合同。于是我查了一下，根据‘伯特斯诉韦伦公司案’和‘巴凯特诉扎拉集团案’的先例，他拥有那个太阳石矿。我想扎拉集团也许能从他手中把石矿夺回来，但那样我们就要推翻‘格林诉温斯顿案’中的先例，上一次扎拉集团尝试这么干的时候，后果很严重[1]，我不能冒险。于是我觉得有义务告诉他这件事。正好我知道那天他来奥布里镇了，所以我去找他谈这事。我猜他应该想知道他身家有1.2兆信用币了。换我肯定想知道，谁不想？”

法庭顿时一阵死寂。

“少来了！”最终梅耶开口叫道，“你不会真的以为哈洛威拥有那个太阳石矿吧。”

“真的归他所有，”伯恩说，“我的失误，抱歉。”

“抱歉？”梅耶说，“唯一能证实你行踪的人是原告，而你碰巧让他坐收数千亿扎拉集团信用币？换我也会说抱歉，太巧合了。”

“我能提出反对吗？”哈洛威举起手说。

“什么理由，哈洛威先生。”索登说。

“是我没理解清楚，还是被告前一秒还暗示这名证人纵火烧掉我的小屋，后一秒就怀疑他和我合伙诈骗扎拉集团，不过是一句话，被告的立场就出现了这么大的转折？”哈洛威问。

索登看向梅耶。“他提出的疑点合理，梅耶女士。”索登说。

“法官大人，其他暂且不论，这太可疑了。”梅耶说，“哈洛威先生指控我的当事人纵火，而他又是伯恩先生不在场证明的

1　前文提过，扎拉集团前总裁因此入狱。

唯一证人。”

“呃，马克·苏利文当时也在场。”哈洛威说。

“什么？”梅耶说。

“伯恩找我谈这件事的时候，我正在苏利文家。”哈洛威说，“他是一位可信的证人。他以前是梅耶女士的下属。”

“好吧，”索登说，“我会让一位书记员带他来。”

“那恐怕不能。”梅耶说。

“为什么？”索登问。

“他升职了，”哈洛威说，“他现在是扎拉11号星上的新法律总顾问了，他今天动身赴任。”

“将要离开，还是已经离开了？”索登说着，在哈洛威和梅耶之间来回打量。

“已经离开了。”梅耶说。

“将要离开，”哈洛威说，“他三小时后才出发，现在大概在星际航班的乘客休息里区闲晃。”

索登严肃地瞪着梅耶。“为了使你未来的叙述更准确，我提醒你，梅耶女士，如果人还在星球上，那么他们还没有离开。”

“明白，法官大人。”梅耶说。

“我会派人给苏利文先生重新定下一班的船票，”索登说，“再派人把他带来这里。大概要花半个小时。我们就此休庭等他来了再开庭。”她站起身，对着伯恩说：“你可以离开证人席了，但别走远。”于是伯恩也站起来了。

“我能上法官席前吗，法官大人？”梅耶问。

索登眨了眨眼。“‘我们休庭了’这句话你是哪里不明白，梅耶女士？”她问。

“我请求您，法官大人。”梅耶说。索登不高兴地坐下，示意梅耶和哈洛威上前来。

“我们需要商讨一下那块太阳石矿的所有权。”梅耶说。

“不，我们不用。”索登说，“除了确立伯恩先生的不在场证明，这与本案无关。”

“这关系到这个星球上的一切，”梅耶说，“伯恩先生在公开法庭上做证太阳石矿不归扎拉集团所有。这让我们的处境很危险，我们需要立刻获得初步裁决。”

“这场审判完了再说。”索登说。

“等得越久，他们的法律依据就越站不住脚，”哈洛威说，“作为利益相关方，我也希望能获得初步裁决，越快越好。”

索登的眼神又锐利起来。“好吧，”她说，“你们俩进我办公室来。给你们十分钟陈述，动作快，一旦苏利文先生踏进这个法庭，我们就继续初步审讯。”

索登的办公室容纳她一个人的空间都很有限，挤下六个人就让人有点透不过气了。除了索登、梅耶和哈洛威，查德·伯恩、布拉德·兰登还有威顿·奥布里七世都被梅耶临时叫来了。

“真温暖啊。”哈洛威说，往墙上靠去。

坐在办公桌后的索登瞪了他一眼，然后对梅耶说：“开始吧，快点。”

“伯恩先生没有权力给予哈洛威那块矿产的所有权，”梅耶说，“他只是合同勘测员代表，不是董事会。”

“这点完全无关紧要，”哈洛威说，“伯恩没说他有那样的权利。他只是说他终止了我的合同。他那么做之后，根据伯特斯一案的先例，矿产就归我了。”

“如果你的合同无效，从那一刻起你就是违法逗留在这星球上。”梅耶说。

“我知道你对公司忠心耿耿，梅耶女士。”哈洛威说，“但扎拉集团的规章和殖民星法律不一样。没有合同的勘测员逗留在查拉23号星上，违反扎拉集团规章，但不违反法律。而且，扎拉集团的规章应由集团本身执行。公司没有驱逐我又不能怪我。”

“我们马上执行。”奥布里说，兰登因此几不可察地抖了一下。

兰登做出这个小动作的原因下一秒就清楚了，索登突然直起腰，“再在我面前出言威胁，奥布里先生，你将会在自己公司的拘留所里待上一段时间。”她说。

“没关系，法官大人，”哈洛威说，“但我必须申明没有我的监管，我不允许任何对我名下太阳石矿的开采行为。信得过的帮手不容易找。”

“安静，哈洛威。”索登说，她又问伯恩，“伯恩先生，你确定你在哈洛威先生发现太阳石矿前终止了他的合同？”

“确定，法官大人，”伯恩把他的信息板递给她，“这是终止合同的指令。您会看到在此之后，我和哈洛威先生在原合同的合同附件上签了字，因为他的发现带来了一些条款的更改。然而，因为合同附件所属的原合同没有重新激活，附件本身自然也是无效的。”

索登拿着信息板读了好几分钟，抬头看向梅耶。“就没人复查这种事？”她问。

“所有合同都是标准化的，由勘测员代表负责处理，”梅耶的语气硬邦邦的，“法律顾问只看代表标记出来的合同。”

索登又看向伯恩。“你没有标记这份合同。”她说。

“我标记了合同附件。”伯恩说罢，拿过信息板摆弄了几秒，把文档历史调出来。“只有合同附件上有特殊改动。没有必要标记标准合同，因为都是标准化的啊。”

“只不过你忘了重新激活。”索登拿回信息板，又看了看说。

“是的，法官大人。”伯恩说。

“附件上的签名是你的吗，梅耶女士。”索登说。

“是的。”梅耶说。

索登放下信息板。“这事不复杂，”她说，“既然没有合同，伯特斯的先例适用。”

“哈洛威先生相信他有合同。”梅耶说。

“你的意思是哈洛威先生肩负法律责任，应当履行一份不存在的合同，就因为他相信合同存在？”索登反问，“不，梅耶女士。是扎拉集团在这个星球上横行无忌，什么案件你们都想要当场获得初步审讯判决。判决这就来了——我判哈洛威先生胜诉，正式审理有待进一步排期。这是民事案件，如果我没记错的话，你们前面已经排了不少。所以我大概会在一年后审理。”

“我们请求您将此案提到时间表最前，法官大人。”梅耶说。

“我会考虑，”索登说，“但不是今天。”

“这项判决将导致扎拉23号星上所有开采作业停工。”布拉德·兰登说，“上万人会失业。而您的初步裁决其实已经让他们失业了，只是他们还不知道而已。”

“这就要看哈洛威先生了，不是吗？”索登说着，看向哈洛威。

“我必须说扎拉集团对普通员工如此关心深深感动了我，”哈洛威说，“所以我很乐意保持在此矿产的作业，我要求的不过是总收入的一半。”

兰登脸都白了，他重复了一遍：“一半。”

“你想再多分我点也行。”哈洛威说。

“同时扎拉集团还要负担所有人工和机器的成本？”奥布里加入到这场谈话中来。

“梅耶女士说了。”哈洛威说，“只有扎拉集团员工和合同勘测员才能在这个星球上作业。你什么时候打算改变这点的话，告诉我一声。在那之前，成本你出。”

“这种负担成本的方式不公平。”兰登开口抗议。

“一半收入，不然免谈。”哈洛威打断了他，“这就是我的条件，要么接受，要么闭嘴。”

兰登看向奥布里，后者小幅度地点了点头。“成交。”兰登说。

“好极了，皆大欢喜。”索登边说边站起来，“现在请离开，我还有其他事。”她打开她那间小小专用休息室的门，闪身进去了。

奥布里的眼刀射向坐在一旁的伯恩，“该死的小臭虫，”他骂道，“你再也找不到工作了。我向你保证这点。”

伯恩狠狠地瞪回去。“哼，”他说，“你的律师本来就是这么打算的，不是吗？现在唯一的不同，不过是毁掉我事业和人生的这个决定害你丢了六千亿信用币而已。希望这教训买得值，你这个自大的浑蛋。”说完他站起身离开了房间。

“请说出你的名字。”索登说。

“马克·苏利文，”苏利文说，“我是一名律师，目前刚好没有工作。”

“苏利文先生，哈洛威先生前去拜访你的那天，你还有客人吗？”索登问。

“您的意思是除了哈洛威先生？”苏利文说。

“是的。”索登说。

“我那天还有两位客人。”苏利文说，“如果算上杰克的狗，就是三位。除了杰克和他的狗，那天伊莎贝尔·凡加也在，她是我们共同的朋友。还有就是杰克和查德·伯恩短暂地碰了个面。”

“你知道他们谈了些什么吗？”索登问。

“不知道。”苏利文说，“他们说话声音很低，之后杰克也没有告诉我。后来伊莎贝尔来了，我们就聊别的事了。”

索登看向梅耶：“还有别的问题吗？”

“没有了，法官大人。”梅耶说，“我方仍然会传召证人证明德里斯先生案发当日的行踪。目前我们只不过证明了伯恩先生与事件无关而已。”

“我猜对他来说这就够了。”索登说，“苏利文先生，你可以离席了。我的书记员会把你送到星际航班的航站。”

“如果您允许的话，我想留下。”苏利文说，“我的航班还有十二小时才起飞。”

“随你。”索登说，“哈洛威先生，现在请你呈上你的第二件证物。”

第 23 章

斑斑的复仇

“谢谢，法官大人。”哈洛威说，“正如梅耶女士已经指出的，目前为止呈现的证物只能陈述纵火的发生。不能确定是何人侵入我的小屋袭击杀害毛毛，并纵火烧毁我的房屋。无论他是否事先知晓现场装有监视录像，涉案人为了掩藏他的真实身份费尽心思。他头套滑雪面具，手上戴了手套，脚上穿着最常见的，成千上万的工人和合同勘测员都能从扎拉集团普通商店里买到的靴子。可以说，他处心积虑想要逃过指认。”

“但是，”哈洛威说，“他没有预料的事发生了。”

哈洛威调出之前那段视频其中一小段片段：斑斑突然跳出来，抓了那人一脸血。

“此人显然没有预料到他会被一只毛毛痛揍，”哈洛威说，

“我们来看看，他毫无准备，突然就被一只小动物抓鼻子抠眼睛，”哈洛威眼睛直直地瞪着正在磨牙的德里斯，“被猫一般大的小动物彻底教训他一定完全想不到吧。来，我们再看一遍。”

“除非你接下来能说到点子上，哈洛威先生。”索登说。

“没错，法官大人。我现在就说到了。”哈洛威用慢速再次回放视频，“除了痛揍此人，毛毛也狠狠地撕烂了这张脸——这里可以看到很严重的抓痕、齿印还有其他伤口。而案发到现在已经过去一周了。”

哈洛威暂停视频，走向他的控方桌，从文件夹里抽出一张照片呈给索登。“这是我在三天前拍下的德里斯先生的照片，用的同样是监视摄像机。您能看到他脸上伤痕累累。实际上——”他指向德里斯所坐的位置，“——案发一周后您还能看到他脸上的伤痕。”

索登目光投向梅耶。“我猜你们对这些伤痕有别的解释。”

“有的，法官大人。”梅耶说罢朝德里斯看了一眼，点头示意他开口。

“我喝醉了，”德里斯说，“我在酒鬼酒馆喝多了，回家路上一头栽进了树丛。”

“恭喜。”索登说。

德里斯耸耸肩。“我又不为此自豪，反正伤就是这么来的。”

“哈洛威先生？”索登转而询问。

“我也知道乔嗜酒如命，一般情况下我非常乐于相信他这番说辞。”哈洛威说罢，走向控方桌，又抽出一张印有图表和文字的纸，“可惜这里有一份DNA证据。”

索登接过那张纸，皱起了眉。“纵火烧你房子的人留下了DNA证据？”她说。

“他留了。”哈洛威走回桌边，“您也能想象，现场留下了大量血迹，嫌犯袭击毛毛，毛毛反抗抓伤了他。我测试了这些血液，绝大部分是毛毛的血，毕竟它们中了枪伤，又被狠毒地袭击，四周肯定都是它们的血。但我也采集到了一些人类的血液，足够用于DNA分析。”

“梅耶女士？”索登问。

“原告自己采集分析自己提供的证据程序合理吗，法官大人？”梅耶质疑道。

“我指控一名扎拉集团治安官纵火及破坏财产，”哈洛威说，“这里的治安官圈子很小。我有足够理由怀疑任何由他们采集分析的证物都会遭到破坏。而且鉴于这份DNA证据是由扎拉集团的生物实验室人员采集和分析的，治安官提供的证物也由同个实验室处理，所以我不过是跳过了中间人而已。”

“这份血样是采集自哈洛威先生住处的地板吗？”梅耶问。

索登询问的眼神投向哈洛威。“是的。”他说。

“地板上满是灭火剂泡沫。”梅耶说，“灭火剂里的化学物质会使血液稀释降解，从这种血样得来的DNA证据并不可靠。”

“我的同事说得太对了。”哈洛威满意地看到梅耶的脸上隐隐现出怒气——他竟敢自称是她的同事。哈罗威弯腰从桌下抬出一个医用冷冻箱，放在桌子上。“幸好我们还有从组织样本中提取的DNA证据。”哈洛威说着开始逐个掰开冷冻箱盖的搭扣。

“哪里得来的组织样本？”索登问。

“不是哪里，”哈洛威掀开箱盖，“是谁。”

话音未落，哈洛威手伸进冷冻箱，小心翼翼地从中抱出斑斑。他将毛毛小小的尸体轻轻地平放在桌上，梅耶不由自主发出了抽气的声音。

“你没有必要将一具尸体带到法庭来，哈洛威先生。”索登严厉地说。

“没有任何不敬的意思，法官大人，但我不同意，”哈洛威说，“如果我不带来，我怀疑梅耶不会接受证据的真实性，而这里的证据有两种，”哈洛威举起毛毛小小的手掌，“一是在毛毛指甲下面发现的人类血液和皮肤组织。”说罢哈洛威轻轻地放好毛毛的手，从冷冻箱里摸出一个小罐子。“二是这颗从毛毛身上取出的子弹。”接着他从文件夹内抽出第三张纸，走向法官席，呈上子弹和文件，“这份是扣押德里斯先生所有枪支以便弹道分析的申请。”索登接过文件和小罐子。

“这颗子弹的出处不明，”梅耶抗议，“受害生物身上有子弹孔并不能确切说明伤口是由这颗特定子弹造成的。”

“这颗子弹由扎拉集团的生物学家取出，”哈洛威说，“这位生物学家还进行了其后的DNA分析并与扎拉集团的雇员信息库做了比对。我相信如果有机会，她愿意出庭就此做证。”

索登抬头询问他：“如果有机会？”

“她正要被运往地球。”哈洛威说，“她和苏利文先生被安排在同一班星际航班上。”

索登看了梅耶一眼。“梅耶女士，对哈洛威先生案件有利的所有人员都被突然调离这个星球，其中有什么特别的原因吗？”

“我相信这只是巧合。”梅耶说。

“啊哈。”索登不置可否，“我会让我的书记员再来一次‘搜救’行动，请她前来做证。与此同时，哈洛威先生，请将遗体放回到冷冻箱内。我会暂时保管这项证物。”

“好的，法官大人。”哈洛威说。他往回走到斑斑身边，轻手轻脚地将毛毛放回到冷冻箱里，关上盖子，隔绝了冷凝器发出的单调嗡嗡声。他抱起冷冻箱，放到法官席旁边。

“我们必须指出这位提到的生物学家是伊莎贝尔·凡加博士。”梅耶说，“她与哈洛威先生过往曾是情侣关系。”

“本席已知悉。”索登说，“这也是我保管这具动物尸体的原因之一。”

“不是动物。”哈洛威出言纠正。

“生物。”索登改了用词，“满意了吗，哈洛威先生？”

“嗯，法官大人。”哈洛威回答。

“我会下令对该生物指甲下的DNA进行一次独立的DNA采

集分析，同时还会对德里斯先生的所有武器进行弹道分析。”索登说。

“这具……生物的遗体在这段时间内一直处于哈洛威先生的保管中，”梅耶再次抗议，“我方几乎可以肯定这项证物经过造假。”

“怎么造假？”哈洛威表示难以置信，“我不知道用了什么法子从德里斯先生身上抠下一片血肉，塞到毛毛的指甲底下？这未免太费劲了。”

“这具遗体现在由我保管，我会派人仔细检查有无任何造假痕迹，”索登说，“除非你对我如此安排有所异议。”

“并无异议，法官大人。”梅耶说。

“现在您知道我为什么坚持将遗体带上法庭了，法官大人。”哈洛威说，“如果没有遗体，可想而知梅耶女士会提出多少异议。”

“适可而止吧，哈洛威先生。”索登说。

“抱歉，法官大人。”哈洛威说。

“我们现在休庭半小时，等待我的书记员从航站将凡加博士带过来。”索登说罢站起身。“三十分钟后见。”她走进了办公室。哈洛威坐在原告桌，看着梅耶和德里斯怒气冲冲地商议着什么。

苏利文从观众席走上前来，坐到原告席正后方的位置上。“他看上去不怎么高兴。”他对哈洛威说，用下巴冲德里斯的方向点了点。

“那是因为他以为被扎拉速龙吃掉的毛毛回来缠着他不放了。”哈洛威说，“他那冥顽不灵的蠢脑子终于意识到他大概会因为这事接受审判，如果真到了那一步，他必定会输。”

“而你对此相当享受。”苏利文说。

“我他妈的当然享受。”哈洛威说。

苏利文露出了微笑。“这才是我认识的哈洛威，”他说，“得了便宜能卖老半天乖。”

“才不便宜。”哈洛威说，“目前扎拉集团已经损失六千亿了。”

“这才花了一早上，真不赖。”苏利文赞叹道。

“现在还早呢。”哈洛威附和。

“珍妮丝过来了。”苏利文说。哈洛威一抬头，看见梅耶就站在他的面前。

“我们谈谈。”梅耶说。

“没问题。”哈洛威爽快地说。他站起来跟着梅耶走到了法庭外，德里斯和苏利文被留在了他们身后。

“这件事完全失去控制了。”梅耶说。他们步入了一间空着的会议室。

“我用证据狠狠地教训了你的当事人你才这么说。”哈洛威说。

“少抬高你自己了。”梅耶说，“在初步审讯中用动物尸体作秀是一回事，但这种伎俩到了真正上庭的时候会被我全盘推翻。该死的，哈洛威！你藏着那东西藏了一个礼拜？你真的以为我不会提出合理质疑排除这种证据？更别说这样做根本就有病。”

“我懂了。”哈洛威讥诮道，“所以你想帮我个忙，好让我别在大人玩的审讯游戏中一败涂地，丢人现眼。”

“少来这套。”梅耶说，“我知道你什么来路，哈洛威。我知道你以前靠这手吃饭。我知道在你痛揍你当事人之前，你混得很好。我也知道你揍你当事人不是真的出于激愤。你下手有目的，你赚了一大笔，你在这个星球上混日子不过是度个长假而已。所以，哈洛威，我知道你很厉害。这样行了吧？”

“好吧，这还差不多。”哈洛威说。

“但是我们都心知肚明，这些都是鬼扯。”梅耶说，“你和德里斯有旧怨。没问题。这次他越界了。我们都知道。不如我们共同承认他是个浑球，了结这事吧。”

“你有什么条件？”哈洛威说。

“撤销指控。”梅耶说，“德里斯不认罪，但会道歉。扎拉集团开除德里斯，并在他的雇佣记录上添一笔备注，不允许他再担任与治安有关的任何工作——但不会留下犯罪记录。我们把他送出这个星球，他的余生都会在天知道什么地方洗盘子，还得为此感恩戴德。而且，虽然到了这一步你可能不在乎了，亿万富翁先生，但扎拉集团还会赔偿在这场大火中你遭受的小屋损毁以及其他所有财物的损失。”

“总共赔多少？”哈洛威问。

“反正该给的我们不会少了你。”梅耶说。

“那毛毛呢？”哈洛威又问。

“毛毛怎么了？”梅耶反问。

“你的当事人跺脚踩死了一只，开枪射杀了一只，最终杀害了两只。”哈洛威说，“这好歹也值点什么吧？”

“你开个价。”梅耶说，“但别狮子大张口。”

“这条件不赖。”哈洛威说。

“你想要的都有了。”梅耶说，“该死的，所有人想要的都有了——德里斯不能再当治安官了。他的存在就是威胁，你帮了所有人大忙。”

“前提是你得让他答应。”哈洛威说。

“这你就不用操心了。”梅耶说，“这是我的工作，我也不是省油的灯。”

“我猜也是。”哈洛威说。

“所以我们谈成了？”梅耶说。

“绝对不成。”哈洛威说。

“不成？”梅耶问。

“没门。”哈洛威说，“打死也没门。”

“我能问一下为什么吗？”梅耶说。

“因为，梅耶女士，”哈洛威说，“虽然你的才智和专业不容小觑，我深表敬佩，但你对我到底想从这件事中得到什么还是一无所知。”

伊莎贝尔的做证过程可以说是沉闷到底。是的，法官大人，杰克将这具遗体带给我检验。不，法官大人，就我亲眼所见，遗体没有遭到任何破坏。是的，我亲自取出了那颗子弹。不，我不是合乎专业资格的法证人员。是的，本次DNA分析只是初步的。他们说我要被调走了，整个礼拜有一半时间我都被关在实验室外面。不，我不知道他们为什么要把我关在实验室外面。伊莎贝尔走下证人席时，哈洛威冲她笑了笑。现在人齐了。

“哈洛威先生，在我开始传召辩方证物之前，你还有其他证物呈堂吗？”伊莎贝尔在旁听席就座之后，索登问。

“没有其他物证了，法官大人。”哈洛威说，“但我有一位纵火案的人证。他能明确地指认德里斯先生就是戴着面具的凶徒。”

“很好，”索登说，“带你的证人来，哈洛威先生。”

“证人在我的飞船里，法官大人。”哈洛威说，“还在停放点。”

“那派人去带他来。”索登说。

“苏利文先生知道我的飞船是哪一艘，可以让他去。”

“好，”索登有点不耐烦，“快点。”

哈洛威向苏利文点点头，把钥匙交给他。苏利文接过钥匙离开了。

“你让证人待在飞船里出于什么特别的理由吗，哈洛威先生？”他们等待的时候，索登问了一句。

“证人想和我的狗在一起待一会儿。”哈洛威说。

“这位证人和你之间有私人关系吗，哈洛威先生。”梅耶问。

哈洛威笑着说：“你可以这么说，梅耶女士。”

法庭的门开了，苏利文走了进来，身后跟着一个小小的身影。

毛毛爸爸来了。

第 24 章

不可能的证人

“够了！”索登喝道，“哈洛威先生，到法官席前来，马上来。”

哈洛威走上前。珍妮丝·梅耶径自也跟着走上前去。

“你这是藐视法庭，哈洛威。”索登狠狠地说。

“因为我传召证人吗，法官大人？”哈洛威问。

“因为你把我当傻瓜耍。”索登说。

“我没打算把您当傻瓜。”哈洛威说。

“真的？”索登说，“因为从我的角度来看，你的所作所为完全就是耍我。否则你无论如何也不会在开庭时硬塞这些动物进来。”

“它们不是动物。”哈洛威出言纠正。

“现在不要对我说教，哈洛威先生。”索登警告道，“我真的没这个心情。”

“我也没有硬塞这些动物进来，”哈洛威冒着进一步惹怒索登的风险继续辩解道，“袭击的录像和遭到袭击的毛毛的尸体是对本案相关指控的实质物证。”

“但你利用这些生物打感情牌，影响我们的情绪也毫不犹豫，不是吗？”梅耶说。

“我并不打算特别照顾你的情绪，梅耶。”哈洛威说。

“我也并不打算特别照顾你，任由你来影响我的情绪。”索登对哈洛威说，“我们在庭上讨论的是案件的事实，哈洛威先生。我之前放你一马是因为我以为你快要讲到事实了，但这种伎俩——”索登一脸不赞同地朝着毛毛爸爸的方向点头示意，此时毛毛爸爸已经走到了法庭中央，好奇地看着他们三人，“——清楚地说明了你并不打算还原事实，而是别有目的。你带了一具这些生物的尸体上庭作秀已经够糟了。我不会让你再带一只活的上庭来愚弄我。我放你一马，你却不懂悬崖勒马，非要一头栽下去。”

“这只生物就是我的证人，法官大人。”哈洛威笑盈盈地说，“如果您真如您所说想知道真相，就应该让我请它做证。”

“你打算怎么做呢？”梅耶说，“你突然成了毛毛沟通的专家吗，哈洛威？还是你打算让陈博士来翻译？请一位一旦确立这些生物的语言就立刻名成身就的外星语言学家做证肯定完全没有利益冲突。”

“你对我的潜在证人这么关心我觉得真是耐人寻味，扎拉集团可是用尽了一切手段确保我找不到任何人前来做证。”哈洛威说。

“他不能传召陈博士，梅耶女士。”索登说，“他不能传召任何证人，我重申一遍，哈洛威先生。你被判藐视法庭。我宣布休庭，直至你找到与你案件有关的全新实质法律证据。重新开庭时，你可以入庭，可以和你的新代表律师沟通，但仅此而已。初步审讯结束后，你将因藐视法庭被收押。”

“您要把我交到扎拉集团仁慈的治安官们手上吗？”哈洛威说，“您还真打算把我推下悬崖啊。”

“够了，哈洛威先生。”索登说着站起身来。

“我有一位证人，法官大人，”哈洛威大声抗议，“你必须让我的证人说话。”

“别浪费我的时间了，哈洛威先生。”索登说，“我的回答还是不行。”

“所以我不能说话了？”毛毛爸爸用一种尖细但独特的声音问道，“我来这里说话。我来这里讲我的故事。我现在不能说话了？”

哈洛威在心里默默读秒，看看过几秒才有人反应过来打破沉默。他数到九。

“告诉我，我是真听到了我以为我听到了的声音。”索登法官人还站着，嘴里喃喃地念叨。

“我一直想告诉你这件事，法官大人。”哈洛威飞快地开始解释，“我有一位证人，它准备好了可以做证。”他转向梅耶，“它也不需要翻译。”他又与毛毛爸爸目光相接，爸爸好奇地看着他，“向索登法官问声好吧。”哈洛威示意爸爸。

毛毛转过身站好，回头看向法官，慢慢地说：“你好，索登法官。”

索登法官坐下了。

“他只不过教这只动物背了几句话，”梅耶急切地想挽回局面，“这只能证明它和鹦鹉一样能学舌。”

“哈洛威先生。”索登转向哈洛威。

“和它说说话，法官大人。”哈洛威说，“如果您觉得我是耍您，和这只毛毛说说话。问它问题，什么问题都可以。但我建议您用词简单些。它懂得的词汇不多。”

“这太荒谬了，法官大人。”梅耶说。

“法官大人，我也许是作秀，但我不愚蠢。”哈洛威说，“如果我只是教这只生物鹦鹉学舌，您真以为我会带它上庭在您面前做证吗？这样的把戏能坚持多久不穿帮呢？一轮问题，最多两轮，所有问题就都是即兴的了。我不可能事先预知所有您想说的话、想问的问题。然后呢？我欺骗您对我和我指控德里斯的案件有任何好处吗？”

哈洛威伸手指向德里斯。“如果我骗您，下场是在治安拘留室被他的狐朋狗友特别关照。”他继续说下去，“所以，这不是什么把戏。随便您问什么，随便您问多久，直到您相信为止。”

“这证明不了什么！”梅耶还在抗议，“那东西身上可能装了送话器，它照着说就行。”

“随便你怎么检查。”哈洛威说，“随便你用什么扫描仪检查它的身体，你只不过是浪费时间。不过你执意如此，我也随你便。”

“法官大人，这种公然嘲弄必须马上停止。”梅耶炮火转向了索登。

“安静，梅耶女士。”索登火了。梅耶闭上了嘴，朝哈洛威射去了一道恶毒的眼神。哈洛威板着脸，表情一片空白。索登沉默地坐在法官席前，还在消化这一连串的事态发展。

“法官大人，”过了一分钟，哈洛威催促她，“您得告诉我们接下来应该怎么办。我想知道我是否仍被判藐视法庭。”

索登视线扫向哈洛威。“哈洛威先生，如果我发现哪怕一丁点儿证据表明这名证人与你所言有所出入，你要担心的远远不止是藐视法庭的惩罚。”

“我没意见。”哈洛威说，“但您试着和毛毛说说话吧。”他和梅耶回到了他们的桌旁。

索登垂下眼望向毛毛，它还站在原地，面无表情地看着她。索登张开嘴想说话，又闭上，脸上现出的神情好像在说：我不敢相信我真这么干了。她又抬眼看了看哈洛威。

“它有名字吗，哈洛威先生。”索登问。

“你为什么不问毛毛自己呢？”哈洛威说。

索登目光又回到毛毛身上。“你有名字吗？”她慢慢地问。

“有的。”毛毛说。

长久的停顿之后，索登意识到她说话必须更直接具体。“请告诉我你的名字。”

“我的名字是——”一阵无声的停顿，“杰克·哈洛威叫我‘毛毛爸爸’，但那不是我的名字。我的名字是——。”

索登又抬起头，一脸困惑。“我没听见它说什么名字。”她说。

“您听不见，”哈洛威说，“毛毛的语言在我们可听见的频率之外。记住，当它在用英语和您对话时，它已经用上了所发出的最低频率声音。”

索登点点头。“我能叫你毛毛爸爸吗？”她问毛毛。

“杰克·哈洛威叫我毛毛爸爸，你能叫我毛毛爸爸。”毛毛爸爸说。

“你什么感觉，毛毛爸爸？”索登问。

“我用手感觉。”毛毛爸爸说。

“您的问题可能还要再直接点。”哈洛威说。

“好吧。”索登说，“毛毛爸爸，你怎么说我们的语言？”

“用我的嘴说。”毛毛爸爸回答，脸上带着不解的神情望向索登，好像困惑她连这种事都不知道，还问他怎么感觉。

“不，”索登说，“谁教了你我们的语言？是杰克·哈洛威教你的吗？”

“我遇见杰克·哈洛威之前就会你们的语言了。”毛毛说，“没有人教我你们的语言。安迪·阿帕卡教我们说你们的语言。安迪·阿帕卡从说话的大石板里教我们。”

“这些话毫无意义。”梅耶说，“一点意义没有。”

“说话的大石板是什么？”索登问。

毛毛爸爸转身指着哈洛威的信息板。“那就是说话的大石板。”他说，“你们的叫法不一样。”

“那是块信息板。”索登说。

“是的。”毛毛爸爸说，“人和猴子从天上掉下来，人被——吃掉了，”毛毛爸爸用了一个毛毛的词，“我们到飞船里面看，找到了说话的大石板。它教我们你们的语言。”

索登看向哈洛威，“翻译一下。”她说。

“有个叫山姆·汉密顿的勘测员，”哈洛威说，“他养了一只宠物猴。他的飞船坠毁了。他被扎拉速龙吃掉了。毛毛们从飞船的残骸里面找到了他的信息板。山姆差不多就是个文盲，所以他装了教小孩识字的软件学习认字。这种软件会根据用户的理解能力和自身水平调整难易程度和学习进度。”

“你是说这些小东西靠一块高科技产品就学会了听说人类的语言吗？”梅耶质问道。

“没错，就像人类幼童。”哈洛威说，“非常神奇。”

“幼童和这些生物不一样，他们处于周围人类全天候与他们交流说话的语言环境中。”梅耶说。

“这些生物和幼童也不一样，接触到信息板的毛毛们已经成年了，智力水平足以理解信息板上显示的内容，”哈洛威说，“你还在这些生物只是普通动物的前提下思考。它们不是普通动物。它们就像你我一样聪明。”

“为什么你之前不提这事。”索登问，“你上周在法庭上竭力证明毛毛们有自己的语言，如果你一早让毛毛说英语。你的案子就省事多了。”

哈洛威冲毛毛爸爸点点头。“这个问题让毛毛爸爸回答吧。”他说。

索登看向毛毛爸爸。“你在遇见杰克·哈洛威之前就懂得我们的语言了。”她说。

“是的。”毛毛爸爸回答。

“而你遇见杰克·哈洛威时没有对他说我们的语言。”索登又说。

“没有。”毛毛答道。

“为什么？”索登问。

“我不想让杰克·哈洛威知道，”毛毛爸爸说，“我们不知道杰克·哈洛威是好人还是坏人。你们有很多坏人。坏人抢走我们的家和食物，逼我们离开——”听不见的停顿，“我们不知道还有没有好人。我们见过的所有人都很坏。我们离开家以后，找到了杰克·哈洛威的家。我想去看看，就去看看了。杰克·哈洛威和卡尔来了，我害怕了。但杰克·哈洛威是好人，他给我吃的。我回去告诉我的同伴，我说我找到了一个好人。”

珍妮丝·梅耶对此不屑地哼了一声。

“我想再去找杰克，但我的同伴很害怕。”毛毛爸爸说，“我告诉它们卡尔的事，卡尔就和跟着我们的猴子一样，是一种不太聪明但人类喜欢的动物。我说我会再去，但我不说话，看看杰克·哈洛威和人类到底是怎么样的。我不说你们的语言。我不让杰克·哈洛威知道我会说你们的语言。我想知道杰克·哈洛威会怎么对待不会说话的我，然后再看看他会怎么对待聪明的我。如果杰克·哈洛威是个好人，我们可以让他知道我们是什么，我们很聪明。如果杰克·哈洛威是坏人，我们躲起来离开，就像以前那样。”

哈洛威听着毛毛爸爸向索登解释这一切，又一次惊讶于这生物的智慧。毛毛爸爸的用词很简单——山姆信息板上安装的软件即便调整到最高设置也没有较复杂的成年人用的概念和词汇，毛毛爸爸学到的英语受到这个软件的限制——然而毛毛说话时自信流利，它懂得的英语并不多，但它对懂得的那一点非常精通，足以应付这次审讯。

毛毛爸爸转向哈洛威。“我喉咙疼。”它说。

“当然会疼，”哈洛威安慰道，“你一直压低嗓子说话。”

索登此时注意力也转到哈洛威身上，“他的意思是他一直卧底在你身边，”索登说，“装成宠物卧底。”

“是的。”哈洛威说，“但并不完全像宠物。毛毛爸爸很聪明，这点很明显，我开始只是不知道它的智力水平已经达到了智慧生物的水平。还有，不是‘他’，毛毛没有性别之分。”

索登皱起了眉头。“你叫他‘爸爸’。”她说。

“生物学失误，”哈洛威说，“我先入为主想当然了，又有什么办法呢。”

“好吧，不管了。”索登把注意力又放回到毛毛爸爸身上，“你的所有同伴都能说我们的语言吗？”她问。

“不，”毛毛爸爸说，“我能说，还有其他一些同伴能说。不是很多同伴能说。你们的语言不好学。只有我和跟着杰克·哈洛威的其他几只学了。”

“你为什么想学我们的语言？”索登问。

“我们想知道你们为什么做那些事。”毛毛爸爸说，“我们找到说话的大石板，我们知道我们可以学习怎么和人类说话。我们学了，我们找人说话。我们找不到好人。我们只找到坏人。”

“谁是坏人？”索登问，“你说有很多坏人。”

“是的，”爸爸说，“坏人有机器，挖开地面，拔走大树，空气都臭了。大树是我们的家，我们的食物也在上面。坏人来了我们就要离开。他们看不到我们，因为我们看到动物靠近他们，他们就杀掉动物，我们躲起来了。”

索登听着瞥了哈洛威一眼："我猜你还没有告诉你的朋友你靠什么谋生吧，哈洛威先生。"

哈洛威看上去有些尴尬："我们没谈起过。"

"这里面讽刺的地方就多了。"索登说。

"说得对，"哈洛威说，"但只要想一想它们的生存方式和食物来源，就不难理解它们为什么把勘测员和工人当作坏人。出于同样原因它们找到了我，山姆·汉密顿生前的勘测地挨着我的。不久以前，新来的勘测员在我们的勘测地边缘地带发现了铜矿，扎拉集团就来了，挖了个底朝天。毛毛爸爸的毛毛族人肯定是因此失去了栖息地，自那以后一直在树上不断迁徙，寻找新家。如果您想听一个好笑又悲哀的故事，问问毛毛爸爸为什么它觉得住我家是个好主意。"

索登看着毛毛。"你为什么想住在杰克·哈洛威家里？"她问道。

"我想人类不会挖开自己住的地方，也不会砍树。"毛毛爸爸说。

"想想看吧，法官大人，"哈洛威说，"抛开这句话本身的讽刺性不说，这种想法建构了一种认知模型，非常了不起。这只毛毛利用它对人类的所知，推测出我们的行为模式，还想到了如何利用我们的行为模式，为它自己，为它的族人谋取利益。"

"如果真是这么一回事，那么这只小东西一直在利用你，哈洛威先生。"索登说。

“再次证实了它们是智慧生物，法官大人。”哈洛威说。

“你不介意？”索登有些好奇。

“不介意，法官大人。”哈洛威说。

“哈洛威先生，我可是一点都不意外。”索登故意说着反话。

“好了，法官大人。”哈洛威说，“我能提醒您一下吗，虽然眼下这一切对我们大家都很有启发性，我带毛毛爸爸上庭是为了在此次初步审讯中做证。如果法官大人您已经相信它不是我耍的花招，不是鹦鹉学舌，我希望它可以站上证人席做证。”

“法官大人，我强烈反对。”梅耶说，“这种生物的智慧生物身份还未得到认定。它给出的证词，无论在殖民星官方管辖下还是地球上的任何法庭都不应予以采用。如果允许它做证，您就纵容了您一直竭力避免的荒唐闹剧。”

索登冲梅耶眨了眨眼。“梅耶女士，难道在过去几分钟里你和我不是身在同一个法庭上吗？”她问，“我怀疑我和这只生物刚刚的对话比你和你当事人之间的所有交流加起来时间还要长，内容还要深入。我现在的疑问不再是这些生物是不是智慧生物了。这个问题几分钟之前就得到了圆满解答。现在唯一的问题在于这只特定的生物是不是一位可信的证人。因此，我将要听取它的证词，梅耶女士，然后再做判断。”

“那么我要请求休庭三十分钟来准备。”梅耶说。

“又一次休庭，”索登说，“为什么不呢？”她转身进了她的办公室。

梅耶猛地站起来，一阵风似的冲出了法庭。德里斯盯着她离开，半天合不拢嘴。他发现哈洛威在打量他，于是狠狠地瞪了回去。

“看来你的律师不再优先考虑你的利益了，乔，”哈洛威说，“如果我是你，我就该担心了。”

德里斯交叉手臂，直视前方，不理会哈洛威。

第 25 章

听不见的哭泣

法官索登走出办公室时，扎拉23号星上的整个律师团还有布莱德·兰登和威顿·奥布里正等着她呢。

“好吧，我不能说我对此非常意外。”索登不慌不忙地坐下说。

梅耶不经允许就冲到了法官席前，在索登面前扔下了一个文件夹。“申请本次初步审讯延期，”她说，然后又在桌上甩下第二个文件夹，“申请更换本次初步审讯法院，”第三个文件夹紧接而下，“申请搁置并重审您之前进一步研究毛毛以认定其智慧生物身份的裁决，”最后第四个文件夹，“申请因渎职撤换您本人。”

索登看看那沓文件夹，又抬头看看梅耶：“半小时工作效率够高的。”

“法官大人，事到如今显然您的执法标准松散无度，偏颇不公，已经到了危险的境地了。”梅耶开始进攻。

“你太迟了，梅耶女士。”索登打断她。

“您说什么，法官大人？”梅耶问。

“我说，你太迟了。”索登说，“因为我也不是真蠢啊，律师女士，你去起草这一叠法律垃圾的同时，我在我的办公室里也修改了我有关进一步研究毛毛的裁决。裁决现在改为要求扎拉集团提交疑似智慧生物报告，不再是两星期内，梅耶女士，立即提交。你可以从在场你手下这么多人之中挑一位，在我们继续开庭听取证词时起草报告，在今天办公时间结束之前交给我的书记员。所以这份申请——”索登拿起第三个文件夹，“——已经过期作废了。”

“至于剩下的这些申请，”索登指着那叠文件夹比画了两下，“你申请本次初步审讯延期不予批准，申请更换本次初步审讯法院不予批准，至于申请撤换我，尽管交到我的书记员手上好了，这份申请连同其他任何申请会在今天办公时间结束时一同上交。所以我们现在可以照原定计划继续开庭了。”

“恕难从命。”梅耶说。

“请你重复一遍，梅耶女士。”索登说。

“作为一名坚持职业道德的专业律师，我无法继续本次审讯，”梅耶说，“我认为我的当事人无法在您的主持下得到公正审理。”

“您的哪个当事人，梅耶女士？”索登问，“坐在那边的德里斯先生，还是扎拉集团？”

“任何一个，”梅耶说，“两者皆是。我拒绝继续参加本次初步审讯，我也不会让我手下的律师起草疑似智慧生物报告。我质疑您的专业能力无法主持前者，也无权要求后者。”

“我欣赏你的勇气，梅耶女士——为了你的老板一意孤行，非要扔一支扳手卡住法律的滚滚车轮。但是我的裁决已下，你无从阻挠。”索登说。

“您的裁决已下，”梅耶说，“我想您现在不一定能执行吧。”

“劳你费心了，梅耶女士。”索登说，“但你不走运，这里不是美国最高法院，现在不是19世纪30年代，你也不是安德鲁·杰克逊[1]。至于我如何执行我的裁决，我请你看一下我头顶墙上安装的保安监视摄像头。”

“这些摄像头怎么了？”梅耶说。

“这些摄像头拍下的录像不仅发送给本星球上的治安办公室，”索登说，“它们还同时无线传送经过编码的保密录像到殖民星官方通讯卫星，再转发给最近的殖民星官方巡回法院的数据

1 安德鲁·杰克逊（Andrew Jackson，1767—1845），美国第七任总统，在任期间曾对美国国会通过的法案行使了12次否决权。这里索登讥讽梅耶无权否决她的裁决，不予执行。

库，离这里最近的就是殖民星官方第七巡回法院。设置传输这种保密录像的主要目的是监督法官，因为在允许勘测开采的殖民星历史上，常有法官腐败收贿的先例。这把悬在我们上空的剑，提醒我们保持清廉，公正不阿，保持警觉。”

“然而，这种装置还有另外一个目的，”索登继续说，“如果一位法官察觉持有勘测开采权的当地企业想利用手中权力干涉法庭，或者，比如说，当地的法律总顾问幻想她能非法推翻法庭裁决，又或者面临更严重的事态时，法官可以按下一个紧急按钮，启动实时录像传输，送往巡回法院其中一位当值法官的办公室。这只不过是我们的小小手段，提醒大企业的高管们，即使身处远离地球的封闭行星，他们也不能凌驾于法律之上。我在回到法庭之前就按下了那颗小小的按钮。

“所以，梅耶女士。轮到你选了。要么你代表你的当事人德里斯先生继续本次初步审讯，要么我请求巡回法院派几个殖民星法警来，以藐视法庭和妨碍司法公正的罪名将你带走。你很有可能会被吊销律师资格并面临在监狱服刑的惩罚，而且由于你是扎拉集团的管理人员，贵公司也要承担一笔相当高昂的罚金。

“同样的，如果在今天工作时间结束之前，那份疑似智慧生物报告没有提交到我的书记员手上，第七巡回法院会下令扣押扎拉集团价值等同于其在此星球过去十年总收入的名下财产。既然你当着贵公司未来董事会主席兼首席执行官企图对我施压，干预我的裁决，可以假设他如果有异议早该制止你，因此几乎可以肯定你是奉公司之命行事，扎拉集团也必须承担所有相关惩罚，面临牢狱之灾的包括但不限于你，坐在那边的奥布里先生，还有今天在场每一位扎拉集团律师。苏利文先生除外，他的运气好，已经不在你的部门工作了。

“好了，梅耶女士，面对镜头微笑吧，告诉我你的选择。”

“她太棒了。”哈洛威悄悄地对毛毛爸爸说。毛毛爸爸好奇地注视着眼下发生的一切。它也许不能理解其中的细节，但哈洛威觉得它能从各人的情绪上推断出事态的大致走向。

“我现在将遵从您的裁决，”过了一会儿，梅耶绷着脸说，“但您的书记员仍然会收到我撤换您的申请。”

“到了这地步，你不提交申请我才失望呢。”索登说，“与此同时，梅耶女士，离我的法官席远一点，回去干活吧。”

梅耶往后退了几步，还死死盯着墙上的摄像头。

“现在今天的动乱已经平息了，”索登欢快地说，“我想我们应该听听哈洛威先生的证人有什么话说。”

“请说出你的名字。”索登对毛毛爸爸说。

“你知道我的名字。”爸爸说，它在证人席上，没有坐着，而是站在座位上。

“请再说一次。”索登说。

“我是——”它发出听不见的声音，“杰克·哈洛威和其他人叫我毛毛爸爸。”

“你可以询问证人了。”索登示意哈洛威。

“毛毛爸爸，你记得宝宝和斑斑被杀的那天吗？”哈洛威说。

“记得。”爸爸说。

“谁？”索登问。

“被害的两只毛毛，”哈洛威说，“我叫它们宝宝和斑斑。宝宝是被踩死的那只，斑斑是中枪的那只。”

“继续。”索登说。

“宝宝和斑斑和你什么关系？”哈洛威说。

“你叫宝宝的是我的孩子，”爸爸说，“你叫斑斑的是我孩子当时的伴侣。”

“告诉我们当天发生的事。”哈洛威说。

“法官大人，当天发生的事我们已经看过几遍录像了，”梅耶说，“事件过程已经确定了。”

“法官大人，如果证人不能描述案件，还算证人做证吗？”哈洛威说。

“同意。”索登说，“但不要过分强调细节，哈洛威先生。”

“好的，法官大人。”哈洛威转身继续问爸爸，“告诉我们当天发生的事。”他说。

“你走了。”爸爸说，“你走了，我们离开你的房子，去和我们的同伴说话。宝宝听到你的房子有飞船的声音，宝宝去看，宝宝想去看卡尔，斑斑跟着宝宝去了。我也在附近，但我在树上吃东西。我没有跟它们去。

“我听到斑斑叫我，斑斑说那个人不是你，是别人。我听到我孩子的叫声，然后没了。我听到斑斑在喊，那个人在喊。然后斑斑叫救命。

“我从树里出来就听到很大的声音。我从你房子旁边的树里出来看到那个人踩我的孩子。我看到那个人杀了我的孩子。我看到那个人举起我的孩子扔进你的房子里。你的房子着火了。然后我听到那个人说话。”

“告诉我们那个人说了什么。”哈洛威说。

“有些字我不认识。”爸爸说。

“学他说。”哈洛威说。

“那人说‘开斯的捞滋的脸’。”爸爸说。

“他说‘该死的老子的脸’。”哈洛威翻译。

“嗯，”爸爸说，“那个人是这么说的。那个人声音很大。”

“你看到他的脸了吗？”哈洛威说。

“我没看到他的脸，”爸爸说，“我不需要看到脸，我认得声音。”

“你怎么会认得声音？”哈洛威说。

“那个人以前来过你的房子。”爸爸说

“他什么时候来过我的房子。”哈洛威问。

“那个人和三个人一起来的。”爸爸说，“你让三个人进了你的房子。你不让那个人进去。你不让那个人从飞船里出来。”

“你怎么知道是同一个声音。”哈洛威问。

“那个人在飞船上喊得很响，”爸爸说，“斑斑去看那个人，那个人不喜欢那样。我在树上，我听到那个人喊了。”

“那次你看到那个人的脸了吗？”哈洛威问。

“看到了。”爸爸指向德里斯，“是这个人。”

哈洛威扫了一眼梅耶，然后再看看坐在他们律师团当中的奥布里和兰登。他一个接一个地对他们送上微笑，拿起了他的信息板。

“这是爸爸说的那天。”哈洛威开始播放斑斑用屁股蹭玻璃惹得德里斯拍打飞船的录像，“很可惜这段录像没有录音，但我想大家都能看到德里斯先生嘴巴可没有闲着。”

“哈洛威先生，你没有提到德里斯先生以前去过你的住所。”索登说。

“肯定是我一时忘了，”哈洛威说，“大概因为他没有真的进入我家，他被困在飞船里。正如你们所见。”

“先说他为什么去你家。”索登说。

“因为他是威顿·奥布里的所谓保镖。”哈洛威说。

“那奥布里先生去你家做什么？”索登说。

“我不确定这与本案有什么关联。”哈洛威说。

“说出来我会判断。”索登说。

“好吧，”哈洛威看向奥布里和兰登，“他们来是为了贿赂我，让我在裁定毛毛是否智慧生物的听证会上做伪证。他们愿意为此给我整块东北大陆。”

“他们？”索登说。

“嗯，奥布里和他的助理，布拉德·兰登。”哈洛威说，“查德·伯恩也在场，但我确信他只是一个幌子，他们利用他对合同勘测员的正式探访掩盖这次秘密碰面。您可以问他。我相信此刻他非常乐意告诉您。”

“这只是无根据的指控，法官大人。”梅耶说，“而且，这点上哈洛威先生说得对，这一系列问题不适宜在本案讨论。”

“同意。”哈洛威说，“不过我现在回想起来，德里斯怎么能开伯恩的飞船就解释得通了。他独自留在飞船上的时候完全可以复制钥匙，在对毛毛大喊大叫以外的时间他完全可以做到。”

“没有证据可以证明这点。”梅耶说。

“噢，他千真万确对着毛毛喊了。”哈洛威故意曲解梅耶的话，“事实上，那就是他后来枪杀的毛毛。”

“够了，哈洛威先生。”索登说。

“这是场彻头彻尾的闹剧，法官大人。”梅耶说，“您任由哈洛威毁谤奥布里先生和兰登先生已经够糟了，而让这只动物做证简直可笑至极。这只动物不能指认德里斯先生就是戴着面具的凶徒。我们难道竟然相信这只动物可以认出事前只听过一次的声音吗，还是在案发好几天前听过。这是场骗局，法官大人，就这么简单。”

“尽管我不认为这是场骗局，但梅耶女士说得有她的道理，哈洛威先生。”索登说，“目击证人之所以叫作目击证人而不是耳闻证人是有原因的。”

“法官大人，帮我个忙让德里斯先生不要开口。”哈洛威说。

“什么？”索登说。

“我请求您，法官大人。”

索登神色怪异地看了哈洛威一会儿，“德里斯先生，”她说，“在我允许你开口说话之前，你不得发出任何声音。明白了请点头。”德里斯点点头。

“如你所愿，被告不能开口了。”索登说。

“谢谢，他一旦开口就没有任何意义了。”哈洛威说，“事实上，从毛毛爸爸进入法庭之后，德里斯一直保持沉默。所以我有个建议。梅耶女士说爸爸不可能认出只听过一次的声音。好吧，我们来列队指认。”哈洛威冲庭上的律师团招手，“旁听席上坐着这么多位先生，你爱挑几位挑几位，让德里斯站在他们当中，让毛毛爸爸背对他们，别让他看到他们的脸。再让他们说同一句话。如果爸爸指错人，认不出那个声音，那它的证词自然不成立。”

索登看向梅耶，她似乎正准备要反对。“是你提出耳闻不可靠的。”索登不让她开口，“你选四个人，哈洛威选四个人。先生们，如果你们被选中了，请走到法庭后面，靠墙站好，但先不要排队。德里斯先生，你也到后面去吧。”

哈洛威和梅耶各自选了人，德里斯也拖着脚步走到了墙边。“我也要选一个人，”索登说，“奥布里先生，请到墙边去。”

“法官大人，这太过分了！”布拉德·兰登说。

“少惹我，兰登先生。”索登说，“你老板要么到墙边去，要么因藐视法庭到拘留室去。你选吧。我没有多少时间等你们。”

奥布里走到墙边。

“哈洛威先生，请你的证人准备好。”索登说。

哈洛威走到证人席前，让爸爸转身。“不要看，”他说，“如果你听到认识的声音，就说出来，好吗？”

“好。”爸爸说。哈洛威抬头看向索登，她点点头。“给你的人排队，梅耶女士。”梅耶把人排好，德里斯是第八个，奥布里是第十个。

“把最后一位和其他人换一下。”索登说。

梅耶咬了咬牙，把奥布里换到第四个。

“我们让他们说什么好呢，哈洛威先生？”索登问。

“我想‘该死的老子的脸’就可以了。”哈洛威说。

“一号，说吧。”索登说。

“该死的老子的脸。”一号说了。哈洛威看看毛毛，爸爸没有反应也没有出声。

“二号。”过了一分钟，索登接着叫号。那人也说了这句话。爸爸没有反应。三号也是一样。

“该死的老子的脸。”奥布里说。

“我认识这个声音，”爸爸说，“这个人那天进了哈洛威的房子里。这个人不是杀害我孩子的人。”

索登目光投向奥布里，脸上的神情在说：可抓着你了。奥布里还是满不在乎的样子。

“五号。”索登继续。

五号也念了那句话，爸爸没有反应。六号，没反应。七号，没反应。

“该死的老子的脸。”德里斯说。

爸爸猛地倒抽一口气，屏住呼吸，接着喊出声来：“我认识这个声音，这个人杀害了我的孩子。这个人杀害了我孩子的伴侣。”

“你确定？”索登说。

“我认识这个声音。”爸爸说。它的语气令人惊讶地坚定。爸爸抬头看着索登的眼睛。“你有孩子吗？如果一个人杀了你的孩子，你会认得那个人。你会认得那个人的脸。你会认得那个人的手。你会认得那个人的气味。你会认得那个人的声音。这个声音就是杀害我孩子的人的声音。我见不到我的孩子。我抱不了我的孩子。我的孩子没了。这个人杀了我的孩子。我认得这个声音。”

说完，爸爸跪在证人席上，无声地恸哭——人类无法听见。

法庭沉寂了。

“法官大人。”过了一会儿，哈洛威低声说。

“证词成立。”索登说，“所有人归位就座。”

第 26 章

滚出我的星球，人渣！

“法官大人，”等所有人都坐下了之后，哈洛威说，“如果爸爸的证词成立，我们还需要讨论一件事。”

“什么事，哈洛威先生。”索登说。她看上去累坏了。

“我们已经证明了德里斯先生在纵火现场，”哈洛威说，“梅耶女士可能还要招来她所谓的证人给德里斯先生做不在场证明，但我们有DNA证据和可信的证人证词，也排除了其他可能的纵火疑犯。我也怀疑在我今天出示了这些证据之后，梅耶还能找到什么可信的证人。而且，我们也充分地证明了毛毛是智慧生物。因为裁定爸爸的证词成立之后，您同时也有效地确立了它同类的智慧生物身份。”

“我还没听到你要讨论什么事，哈洛威先生。”索登说。

“显而易见，我要讨论的是谋杀罪名。”哈洛威说。

“什么？”德里斯咆哮道。整场初步审讯压抑下来的怒气终于爆发了。

“谋杀，”哈洛威重复了一遍，转身面对德里斯，“你谋杀了那些毛毛，乔。”

“你胡说！”德里斯猛地站起身。

“不，不是胡说，乔。”哈洛威走到德里斯面前，“这次不是胡说，你完了。因为你走到小小的智慧生物前面，抬起你的靴子就踩，一直踩到它小小的生命消亡。当它的伴侣想要保护它，你把它也杀了。这是两项谋杀罪，公平公正，就这么简单。”

“法官大人。”梅耶来回看着德里斯和哈洛威，请求索登分开这两人。

“哈洛威先生。”索登警告他。

“你以为会怎么样，乔？”哈洛威无视法官，继续说，“我们刚发现新的智慧生物，除了人类我们一共就只发现了三种，而你第一时间就踩死了一只。你以为会有什么结果，乔？”

“滚开，杰克。”德里斯说，“我警告你。”

“你知道的，乔，他们不仅会控告你谋杀。他们还会告你智慧生物仇恨罪[1]。毫无疑问，你残害你遇见的第一只弱小的毛毛就因为它是智慧生物，不是吗？你来了，你看了，你踩死它。”

1　仇恨罪（Hate Crime）：基于种族、宗教、肤色、国籍、性取向等原因针对个体犯下的罪行，量刑从重。

“法官大人！”梅耶几乎是尖叫着抗议。

“如果只是谋杀，你面临的可能不过是终身监禁，乔。”哈洛威说，“但这不仅仅是谋杀，以智慧生物仇恨罪量刑，你会被判死刑。两项死罪。你要死了，乔，你为了寻开心夺去一个小生命，你也要送命了。”

德里斯怒吼着从辩护桌后爬出来朝哈洛威挥出一拳。哈洛威硬受了这一拳，毫不抵抗地摔倒在地。苏利文从旁听席中一翻身跳出来，制住德里斯，把他从哈洛威身上拉开，但德里斯还是在哈洛威的头脸上重重地打了几下，哈洛威没有出手挡。紧跟着苏利文，扎拉集团的律师也纷纷上前，终于制住了德里斯，阻止他继续打下去。

哈洛威挣扎着起来，用他外套的袖子擦去脸上的血。他转身面向索登，索登完全惊呆了。

“正如我所说，法官大人，两项谋杀罪。”哈洛威抹去眉毛上的血，血开始流进他的眼睛里，“再加上一项袭击伤人。”

“胡说！”德里斯在拦着他的一群律师后面大叫，“我要减罪协议，法官大人。”

“你在说什么，德里斯先生。”索登说。

“闭嘴，乔。”梅耶对德里斯说。

“你闭嘴，梅耶。”德里斯说，“我才不会为了那两个混账去死。如果我真要死，他们也逃不掉。”

“德里斯先生！”索登厉声喝道。德里斯闭上嘴。“我再问一遍：你在说什么？”

“我到哈洛威家是奉命行事，”德里斯说，“我奉命到他家装捕兽装置，碰上了毛毛就杀。”

“谁的命令？”索登问。

“我想你猜也知道，法官大人。”德里斯说，“但在达成减罪协议之前，我什么也不会说。”

索登严厉地瞪着德里斯，然后对梅耶说：“你的当事人想要提供信息，达成减罪协议，梅耶女士。”

“此刻我必须请求撤出此案，不再担任德里斯先生的辩护律师。”梅耶说。

“我猜也是。”索登说。她环视法庭，视线停在她想找的人身上。“苏利文先生，你目前没有任何职务在身对吗？”

“是的，法官大人。”苏利文说，“大概40秒前，我从扎拉集团离职了。”

“多巧啊，”索登说，“你愿意担任德里斯先生的辩护律师吗？至少在这段时间内。我可以向你提供殖民星官方公共辩护律师的标准待遇。”

“乐意效劳。”苏利文说。

索登转向还站在证人席上的毛毛爸爸，他安静又专注地看着这一系列事件的展开。“毛毛爸爸，你代表你的族人说话对吗？”

“是的。”毛毛爸爸说。

“很快我的族人需要和你的族人交流，”她说，“你需要选出一个人帮助我们交流。一个你喜欢的人，对你好，对你的族人也好的人。

“我选杰克·哈洛威。”毛毛爸爸说。

“你确定？”索登问。

“我确定，”毛毛爸爸说，“我懂得不如你们多。但我很聪明。我明白哈洛威在这里做的事。杰克·哈洛威让你知道坏人伤害了我的族人，杀了我的孩子。杰克·哈洛威是个好人。我选择杰克·哈洛威。”

“哈洛威先生。”索登说，“你明白你被提名担任什么工作吗？”

“毛毛王国的总守卫者，好像是这样。”哈洛威说。

“你愿意接受这项工作吗？”索登问。

“我愿意。”哈洛威说。

“那么恭喜了。”索登说，“从这一刻起，你正式掌管整个星球。”

“等一下，”威顿·奥布里七世说，“你不能这么做。扎拉集团和殖民星管理局签了勘测开采协议。你这种级别的法官无权裁定协议失效，更无权把星球的监管权交到一个合同勘测员手上。”

“奥布里先生，虽然此时此刻你已经没有任何资格干预法庭了，但你的话倒是提醒了我，我现在要宣布一些重要事宜。”索登说，“但首先，所有人请归位坐好。”

法庭上众人慢慢就座，恢复了秩序。

“现在，听好了。”索登说，“奥布里先生，疑似智慧生物报告一旦提交——而我已经提交了——任何殖民星法官如果掌握星球上原始智慧生物生命受到威胁的确凿证据，他/她按规定必须向该星球的最高法官汇报。最高法官自己担任或者指定他人担任外星智慧生物特别监护官，责任是保障新发现的疑似智慧生物的生存，直到他们的智慧生物身份得到全面评估。特别监护官不仅有权而且必须采取措施保障智慧生物的生存，必要时可采取戒严手段并搁置所有勘测开采项目。”

“奥布里先生，正如你刚才屈尊指教，我不过是一名普通的殖民星法官，”索登顿了一下，说，“然而，正因为你的集团意图在勘测开采的星球上只受最低程度的司法干预，我也是这个星球上唯一的殖民星法官。因此我就是外星智慧生物特别监护官，这意味着我有权而且必须采取行动保护毛毛。”

“今天过后，我非常确信毛毛正处于显著而迫切的威胁之下，威胁来自于这星球上的人类，来自你的集团。”索登说，“我已经亲眼目睹了大量证据，无须坐等法律齿轮转动来证明这种智慧生物的存在。屠杀已经开始，两条生命已经遭受毒手。奥布里先生，不管屠杀出于你的煽动还是鼓励，还是你有意视而不见，此刻我都不关心。我只关心一件事——在人类手里沾上更多毛毛的鲜血之前阻止杀戮。”

“所以，奥布里先生，”索登说，“出于我作为外星智慧生物特别监护官的权力，扎拉集团对扎拉23号星的勘测开采权暂时撤销，即时生效，等待进一步审核。所有勘测开采行为立即停止。所有雇员及合同人员必须于30天内撤出该星球。我宣布实行戒严令。殖民星官方治安官将于24小时内到达星球，扎拉集团保安人员届时必须上缴所有武器，移交治安权力。”

“还有，我任命杰克·哈洛威为助理外星生物特别监护官，职责是将所有本星球的法定权力移交给‘毛毛’这种生物，以待智慧生物的认定结果。”索登说，“他在内部运筹帷幄，处理和毛毛相关的一切事物，而我则负责处理一切与殖民星官方相关的外部事务。因此，如果你有任何与本星球相关的要求，你的人要找他谈，因为他负责与毛毛沟通。”

“我们会对此裁定做出上诉。”梅耶说。

“你们当然会上诉，”索登说，“但在那之前，有事找哈洛威先生谈，明白了吗？”

“明白，法官大人。”梅耶说。

“好，”索登说，“还有，你还打算传召证人，提供有关德里斯先生在案发当天去向的证词吗？”

“不用了，法官大人。”梅耶说。

“那么，回到之前的独立案件，我裁定德里斯先生有关纵火及财产损毁案的证据充足，择日开庭。”索登说，“此项裁决将于法院网站公示，今日庭上发生的一切也将一并公示，晚点我会公布开庭的具体时间。”索登拿起梅耶之前放在审判台上的一个文件夹，说：“往好的一面看，梅耶女士，最终你还是成功更换审讯法院了。”

索登站起身。“本次初步审讯到此结束，”她又加了一句，“谢天谢地。”然后离开了法庭。

哈洛威走向还处于震惊当中的梅耶。“梅耶女士。”他说，接着又叫了一声她才反应过来。

“你还想要什么，哈洛威。”梅耶问。

“我就想告诉你，”哈洛威说，“现在你知道我到底有什么企图了。”

第二天下午，哈洛威大步跨进扎拉集团大厦的高层会议室，信息板就绪，一边是毛毛爸爸，卡尔跟在另一边。他在会议桌左边正中坐下，右边坐着德里斯、德里斯的代表律师苏利文、奥布里和兰登的代表律师梅耶，以及代表扎拉集团董事会的奥布里和兰登。哈洛威放好他的信息板，让毛毛爸爸在会议桌上找个舒服的位置坐好，示意卡尔趴在一旁，卡尔愉快地照办了。

“好了，”哈洛威轻快地发言，“我昨晚睡得像婴儿一样香。你们睡得好吗？”

“差不多得了，别太惹人恨了，杰克。”苏利文说。

“说得对，”哈洛威说，“我和毛毛爸爸谈过，他也和他的族人谈过，我也衡量了我和德里斯先生之间的恩怨，我认为我们提出的条件对大家都好。苏利文先生，我会与德里斯先生和解，对纵火和毁坏财物的损失只要求1信用币的名义赔偿。毛毛同样不会就宝宝和斑斑的死追究德里斯先生、奥布里先生、兰登先生以及扎拉集团。还有，我会代表毛毛向殖民星官方发出请求，撤销对德里斯、奥布里、兰登以及扎拉集团的一切指控。

“最后，虽然我们不会请求索登法官收回暂时撤销扎拉集团勘测开采权的裁决，我们会请求她将裁决改为允许集团人员和财产于六个月内有序撤离。扎拉集团不被允许进一步地采挖或攫取星球的资源，但可在有序撤离的时间内处理已采挖或攫取的资源。细节肯定还有待推敲，但总体上这就是我们大致的提议。”

“你们的要求呢？”奥布里说。

“很简单，”哈洛威说，“我们要求你们走人。首当其冲是你们三位——你，奥布里；你，兰登；还有我个人最强烈要求的你，乔——离开这个星球，永远不要回来。而且，扎拉集团不能对索登法官的裁决提出上诉，不能阻挠毛毛智慧生物身份的认定，不能以任何形式形态留在这个星球。你们所有人都离开。拿好手上所得走人。就这么简单，没有别的要求，一了百了，所有人的账都清了。”

“我们对这个条件没有异议。”苏利文说。

“你们当然没有异议，”奥布里说，“又没有要求你们放弃数十年的收入。”

“我必须指出这个条件只能‘全盘接受或拒绝’，”哈洛威说，“如果你们无法达成一致，那么一切免谈。”

“集团在这里做了这么多，你不能要求我们离开。”奥布里说。

“我当然能，”哈洛威说，“我刚刚就这么做了。挑明了说，奥布里，尽管毫无疑问你可以靠上诉和动议拖个好几年，有两个问题始终存在。第一，归根究底，毛毛是智慧生物。扎拉集团对这个星球没有任何索取的权力。你花上几百万，也只不过是垂死挣扎，无济于事；第二，你们太坏了，过往的很多坏事最终会应在你们头上。”

“很多，”德里斯说，“包括你的飞船事故，杰克。他们很早以前就想除掉你了。”

“该死的，我就知道。”哈洛威拍桌子骂道，“这件事也算在你头上，奥布里。”

“没错，”德里斯说，“我可以保证。”奥布里瞪了他一眼。

“所以如果你要继续执迷不悟，奥布里，放马过来。”哈洛威说，“但我保证，如果你还想要手段，后果是你被五花大绑在桌上，盯着钟，数着秒，等着你脑子里每一个神经元被搅成糨糊。”

“我想你高估了你的能力。”奥布里轻蔑地笑着说。

“这么说可有意思了，”哈洛威说，“尤其是我只用了一个月，就从你手上夺走了一个星球，剖开了贵公司的心脏。”奥布里收起了笑容。“问问你自己，如果给我两个月，或者一年，我能做出什么事来。”

“我们接受条件。”兰登说。

“布拉德。”奥布里想反对。

“闭嘴，威顿。”兰登喝道，“你没有决定权了，这事完了。”

奥布里闭上了嘴。

哈洛威吃惊地看着兰登。“这么说你不是他的私人助理。”过了一会儿，他终于开口问道。

“当然不是，”兰登说，“尽管眼下已经够难看了，如果没人看着他，事情还能更糟。”

“我可说不准，”哈洛威说，“现在就已经很难看了。”

“至少从这一刻起，不会出现更糟的状况了。”兰登说，“奥布里家族的其他人认为在公司高层保留威顿·奥布里这个名字具有品牌价值，这个名字象征着稳定，我们的B级股持有人也看中这点。但最近几代真是每况愈下。”

兰登用手指比了比奥布里：“这位的祖父差点因为‘格林诉温斯顿’毁了公司，而如果我们不灌醉这位的父亲，我们现任的伟大领导人，一旦他清醒，他很可能会努力逐条推翻公司所有的生态友好准则。我们以为这位可能好一点。至少他看着有点智商，也还真的在乎这盘生意。于是我们让他当头儿，放任他胡来，带他到实地巡视看看他会怎么做——现在我们学到教训了。”

“这个教训够贵的。”哈洛威说。

兰登耸了耸肩。“现在看来很贵，没错。”他说，“但来日方长，我们相信毛毛最终会意识到这个星球的商业价值，也许愿意依据它们的需求和愿望来开发。等那一天来临时，希望它们能考虑我们，一个充满潜力和诚意的宝贵合作伙伴。”

“那可说不准，”哈洛威说，“到时候还是这位掌权吗？”

兰登大笑出声，奥布里愤愤地看着他。

“那么我们就算完事了。”哈洛威说，“现在，德里斯先生，奥布里先生，还有兰登先生，请你们从前门离开，一艘飞船正等着将你们送到星际航班上。航班正等着你们。你们的个人物品将随后送到。”

三个人都露出惊讶的神色，“你要我们现在就走？”奥布里说。

“是的，你们现在就走。”一个小小的尖尖的声音说，那是毛毛爸爸。

三人又一起看向毛毛，好像他们忘记它也会说话了。

“你说过你会走。”毛毛爸爸说，“你走。我不要杀害我孩子的凶手呼吸我孩子呼吸过的空气，看我孩子看过的太阳。你们不是好人。你们配不上这些好东西。”

毛毛爸爸站起来，走到桌子的另一头，停在奥布里面前。“我懂的没有你们多。但我不傻。”它指着德里斯，“我知道这个人杀害了我的孩子。现在我知道是你让这个人杀害我的孩子。

你用这个人，杀了我的孩子。杰克·哈洛威说他会抓到——”毛毛爸爸抬头看向哈洛威。

“人渣。”哈洛威帮他说出来了。

“杰克·哈洛威告诉我他会抓到杀害我孩子，杀害我孩子伴侣的人渣，”毛毛爸爸说下去，“杰克·哈洛威抓到了那个人渣。杰克·哈洛威抓到了你。你就是杀害我孩子的那个人。滚出我的星球，人渣！”

尾声

毛毛星球

哈洛威把爆破控制板放在地上，看向毛毛爸爸。

“好了，”哈洛威说，“我们练习过的。”

毛毛爸爸看看他，又看看等指令都快等疯了的卡尔。毛毛爸爸等了等，又等了等，等到卡尔开始低声哀叫，好像在抱怨：你再不快做些什么我就要尿自己一身了，这时毛毛爸爸张了张嘴。哈洛威听不到点火的指令，但卡尔显然听到了，它飞奔向前，在面板上猛地按下爪子。

齐射的烟花瞬间点亮了天空，直冲到人类和毛毛的头顶上方，停在原来的扎拉集团行政大厦顶楼，最后绽放成炫目的火星儿。所有人都开始以各自的方式欢呼，卡尔除外。卡尔觉得“砰”太响了，它不喜欢。哈洛威把吃剩的热狗都喂给了卡尔，于是它又心满意足起来。

就这样，扎拉23号星不再是扎拉23号星。现在，它正式成为毛毛星球。

为了保险起见，星球最终交接的文件在当天早些时候已经完成了，在最后一名扎拉集团员工和最后一台机器上了星际飞船之后，殖民星官方正式把星球管理权交到了哈洛威手上，他现在的头衔是毛毛王国全权代表。哈洛威签署了相关文件，和殖民星官方的官员握好手，之后又拉上毛毛爸爸和官员们站好合影才算完事。在殖民星官方看来，这一刻起，这个星球就独立了。

但所有人都知道烟花放完之后，才能算正式独立。

烟花放完，派对又重新沉浸在一片欢乐的欢笑喧闹和轻歌曼舞之中。哈洛威弯腰拾起引爆面板，关掉电源，向正和一群毛毛聊得热火朝天的陈博士招了招手，然后向笑着看他的伊莎贝尔走去。

“给，”哈洛威把信息板交给她，“我想你大概想留个纪念。”

“真好玩，”伊莎贝尔从他手里接过信息板，“我简直不敢相信你又让狗引爆烟火。还在这么正式的场合上，让毛毛爸爸也跟着你胡闹。”

“你懂的，”哈洛威说，“这是套好把戏。再说了，毛毛爸爸算是毛毛的统领，我又是它的全权代表，我们不会因为爆破惹上什么麻烦的。”

“杰克·哈洛威，”伊莎贝尔说，“你总是知道怎么提前避免惹祸。但这证明了我是对的，你的确教卡尔引爆炸药了。”伊莎贝尔还就势戳了戳哈洛威的胸口。

“终于被你抓到了。”哈洛威投降，“你赢了。”

“胜利的滋味果然甜美。”伊莎贝尔得意地说。

“我相信的确如此。”哈洛威看了看周围，“你的丈夫呢？他错过了烟花。”

“他还在和查德·伯恩开电话会议。”伊莎贝尔说，“他们还在和旅游团体解释为什么旅游团体提议的丛林之旅对任何不想被吃掉的人来说都是坏主意。”

“只要毛毛能分到它们应得的旅游收入，游客被吃掉我也非常满意。”哈洛威说。

“这样回头生意就少了。”伊莎贝尔说。

“嘿，我就负责出主意。”哈洛威说，“细节归查德和马克管。”

“还有，别以为我没有察觉到你在偷懒，”伊莎贝尔说，“如果你总让马克这么忙，我和他结婚就没什么意义了。”

“又不止马克一个人忙，伊莎贝尔·凡加博士，毛毛王国的科学探索部长。”哈洛威特意用上了她正式头衔的全称。

“真可爱，”伊莎贝尔说，“但至少我的工作有意思。你让马克做的工作都是苦差事。”

“星球法律顾问可不全然是苦差事。”哈洛威说。

“你这么支使他就是苦差事了。”伊莎贝尔说。

“建立一个国家又不能只有派对和烟花。”哈洛威说。

“刚放完烟花，还在开派对的人说这话也好意思。”伊莎贝尔说，“我有个主意，你，毛毛王国全权代表先生，去找我的丈夫，带他来派对。这样他就能终于享受建立国家的胜利果实。然后再给我和他放一个礼拜假，这样我们也终于可以度蜜月，享受结婚的甜蜜果实了。”

“这提议棒极了。”哈洛威说，“说起度蜜月，我听说我们快要推出相当引人入胜的丛林之旅了。”

“你先去试试，杰克。”伊莎贝尔轻轻拍了拍他的脸颊，“带我的丈夫来，谢谢。”

“这就去。”哈洛威说。他走向楼层的出口，中途还不忘从冰箱捎带上两瓶啤酒。

哈洛威在苏利文的办公室里找到了他，过去珍妮丝·梅耶的办公室现在归他了。

哈洛威在敞开的门上敲了敲。“你太太派我来带你过去。”他说，接着走进办公室，递给苏利文一瓶啤酒。

苏利文接了。“太好了。我准备好了，正想过去呢。”他又问，“我错过什么重要环节了吗？”

“你错过烟花了。”哈洛威说。

“我从窗户看到了，”苏利文问，“你让卡尔点火了？”

“感觉就应该让它点火，我们都把奥布里镇改名叫卡尔堡了。”哈洛威说。

“宇宙首座以狗名字命名的殖民星首都，”苏利文说，“我们这个王国还真是充满第一次。”

“敬毛毛王国。”哈洛威举起啤酒瓶。

“敬毛毛王国。”苏利文也跟着祝酒。他们碰了碰瓶，喝了起来。

“丛林之旅的事有决定了吗？”哈洛威问。

“查德发了几段扎拉速龙大开杀戒的视频之后他们消停了。”苏利文说，“血腥暴力的掠食兽最能让人反省了。当然，我们和他们通讯完毕几分钟之后，其中一人又找上查德，提议开放狩猎之旅。”

“这创业精神可真不屈不挠。”哈洛威评价道。

“也不怎么明智，”苏利文附和，“我打算试着推广狩猎之旅，前提是游客武器装备除了刀不配别的。”哈洛威被这话逗笑了。“但我其实不太担心生态游客，”苏利文说，“采矿企业才是真正的麻烦。”

“我们说得很清楚了。”哈洛威说，“至少二十年内不允许任何形式的商业开采，二十年后采矿也必须控制在最低限度。”

“总有些人以为自己可以绕过规定，”苏利文说，“尤其是为了太阳石。我们已经逮住了几个私人勘测员。他们以学术考察的名义来到星球上，企图偷溜去找矿石。有一个还成功地顺走了一艘飞船，往你发现的矿层去了，杰克。”

“你们怎么处置他了？”哈洛威问。

“我们没处置他。”苏利文说，“我们在飞船旁边找到了一截断臂。”

“问题解决了。”哈洛威下了结论。

“情况只会越来越糟糕。”苏利文提醒他。

“我知道，”哈洛威说，“加到‘待解决’的文件堆里呗。”

“你怎么想，杰克？”苏利文问，“这么麻烦值得吗？”

“总比不麻烦的后果好，”哈洛威说，“无论对我们还是对毛毛来说。”

两人一时没有说话，沉默地喝着啤酒。

“杰克，”苏利文说，“你还记得我在你的初步审讯中做了伪证吧。我说我看到查德和你碰面交谈了。”

“我记得。”哈洛威说，“我还记得我当时在想这么做对你来说一定不容易。”

“非常不容易，我现在还不能完全放下这件事。”苏利文说，“每次想起来心里就好像有小虫子啃。你也做了伪证，杰克，同时同地你说了同样的谎。但我感觉你好像完全不在乎。”

“的确不在乎。”哈洛威说，“不久前我告诉你有时候做错误的事感觉才对。那么这次做正确的事感觉也对。只不过我必须先说谎才能达到目的。我们可是当律师的，马克，说谎算是必备专业技能之一。”

“这倒提醒我了，”苏利文说，“我又帮你查邮件了。”

“反正得有人去查。”哈洛威又吞下一口啤酒。

“北卡罗来纳州律师公会恢复了你的律师资格，”苏利文说，“以表彰你在保障毛毛的智慧生物认定上的努力和成果，这消息你听了高兴吧。”

“这个说法听起来挺冠冕堂皇的，”哈洛威说，“我喜欢，好像我一开始就是这个计划。”

“你一开始的计划是什么，杰克？”苏利文问。

“我以为我已经表现得很清楚了，我从来就没有计划，马克。”哈洛威说。

“你说是这么说，”苏利文说，“但我不相信。我知道你也不相信。听好，杰克，今天你出力建立了一个王国，为自己不能争取的毛毛争取到了它们的世界，保护它们，不让那些人为了它们脚下土地里的资源屠杀它们。你没有计划做不到这一切，你如果不清楚自己在做什么也做不到这一切。所以，就你知我知，告诉我杰克，你这么做到底为什么？”

“刚开始是为了我自己。”过了一分钟，哈洛威开口了，“因为我行事一向如此，而且似乎一直这样对我也不赖。接着，我是出于好奇想看看事情会如何发展，我到底能从中得到什么好处。最后我这么做下去，是因为我知道事情必须怎样发展，我知道只有我才能保证最终的结果。”

“为什么只有你才能保证？”苏利文说。

“因为毛毛爸爸看错我了。”哈洛威说，“爸爸说我是个好人。我不是，马克。我自私，不顾道德原则，为达目的我乐于坑蒙拐骗。你做伪证过不了自己那关，而我眼睛都不眨一下。”

“毛毛就需要我这样的人。”哈洛威说，“别误会，它们也需要好人，像你，像伊莎贝尔还有查德·伯恩。现在相比之下它们更需要你们三人。但在你们能帮它们之前，我必须把它们交到你们手上。只有我能做成这件事。因为我能为了审判无效揍我的客户；我能在公司问询的时候说谎指责自己的女友；我能骗过所有人，让他们以为知道我在做什么，以为他们清楚我的目的，从而牵着他们走，在我想要的那一刻办成我想做的事。”

“马克，我不是好人。”哈洛威说，“但我是对的人。做这件事，这样就够了。”

苏利文凝视了哈洛威一会儿，然后举起了他的啤酒瓶。

“敬对的人。”他说，“敬你，杰克。”

哈洛威笑了，和苏利文碰了碰瓶，一口喝干了他的啤酒。

致　谢

特别感谢（排名不分先后）：比尔·舍费尔、雅尼·库兹尼阿、帕特里克·尼尔森·海登、切丽·普里斯特、埃利亚尼·托雷斯、希瑟·桑德斯、艾琳·加洛、彼得·鲁特延、威尔·威顿、奇达·科塔奇、德文·德赛、杜塞尔·扬、贾斯丁·拉巴莱斯蒂尔、玛丽·罗宾尼特·科沃尔、里根·艾弗里、凯伦·迈斯纳、张慈安（音译）、安·墨菲和约翰·安德森。

同时也感谢我的出版社，尤其感谢约翰·施利和苏珊·埃里森，还有H.比姆·皮普的前作。

我还要再次单独感谢我的小说经纪人伊森·艾伦伯格，他克服了重重困难，在未能确知是否盈利的情况下仍投入大量心血和热情来促成这本书的完成，我很幸运能有这么好的经纪人。

最后，一如以往，我要对我的妻子克里斯汀和女儿雅典娜表示衷心的感谢和爱意。

图书在版编目（CIP）数据

毛毛星球 /（美）约翰 · 斯卡尔齐 (John Scalzi)
著；万昱译 . -- 南京：江苏凤凰文艺出版社，2020.6（2022.3 重印）
（读客外国小说文库）
书名原文：FUZZY NATION
ISBN 978–7–5594–3644–3

Ⅰ . ①毛… Ⅱ . ①约… ②万… Ⅲ . ①科学幻想小说
–美国–现代 Ⅳ . ① I712.45

中国版本图书馆 CIP 数据核字 (2019) 第 079316 号

毛毛星球

［美］约翰 · 斯卡尔齐 著　　力昱 译

责任编辑　丁小卉
特约编辑　武姗姗　　许天弈
装帧设计　李子琪
责任印制　刘　巍
出版发行　江苏凤凰文艺出版社
　　　　　南京市中央路 165 号，邮编：210009
网　　址　http://www.jswenyi.com
印　　刷　三河市龙大印装有限公司
开　　本　890 毫米 ×1270 毫米 1/32
印　　张　10.5
字　　数　199 千字
版　　次　2020 年 6 月第 1 版
印　　次　2022 年 3 月第 2 次印刷
标准书号　ISBN 978 – 7 – 5594 – 3644 – 3
定　　价　46.00 元
